JOHANNES LAUBMEIER

DAS MARTERL

ROMAN

TROPEN

MIX
Papier aus verantwortungsvollen Quellen
FSC® C014496

Tropen
www.tropen.de

Cover: Zero-Media.net, München
unter Verwendung einer Abbildung von © H. Laubmeier
Gesetzt von C.H.Beck.Media.Solutions, Nördlingen
Gedruckt und gebunden von GGP Media GmbH, Pößneck
ISBN 978-3-608-50168-1
E-Book ISBN 978-3-608-11891-9

Für Hans Bene

whatever you have to say, leave
the roots on, let them
dangle

And the dirt

Just to make clear
where they come from

CHARLES OLSON

BILDER SPAZIERGANG JOHANNES MIT HUND

DIE ZEIT IST eine zähe, langsam aushärtende Masse. Vielleicht gibt es sie gar nicht in diesem Moment. Sie haben die Rathausuhr abgehängt. Statt des großen Ziffernblattes klafft ein kreisrundes Loch. Das Rathaus wird renoviert, der gotische Dachreiter über dem barocken Wellengiebel und das steil zulaufende Dach sind verdeckt von Planen und Gerüsten. Arbeiter hieven Stahlstangen von Ladeflächen, ihre Rufe schallen über den Platz. Das Glockenspiel, 18 Glocken unterschiedlicher Größe, die an einem aus Metall gegossenen Rahmen um eines der Fenster hängen, und das die Bustouristen gerne filmen, weil es einmal am Tag »Gott mit dir, du Land der Bayern« spielt und ihnen beweist, dass sie in der Tat in Bayern sind, ist nicht mehr da. Auf dem First der Sankt-Barbara-Kirche hocken die Störche, aufgereiht, als hätte sie jemand dort platziert.

Im Sommer sitzen Männer unter den Sonnenschirmen vor der leuchtend gelben Fassade des großen Brauereigasthofs mit den geschwungenen Giebeln und dem Bild der Gottesmutter und trinken Bier, aber es ist Frühherbst oder spät im Frühling. Ich bin in meinen frühen Dreißigern, jedes Mal in diesem Moment. Ich biege um die Ecke am Landmodengeschäft, in Turnschuhen gehe ich über die abgeschliffenen, großen Kopfsteine.

Von unten am Fluss nähert sich ein Dröhnen. Ein Mann fährt

seinen Golf GTI mit heruntergelassenen Scheiben auf den Platz. Der Bass ist so laut, dass er mir in den Magen schlägt. »Nessaja« von Scooter. Im Schritttempo rollt er vorbei, und für die Dauer dieses Moments beherrscht der Mann am Lenkrad die Szenerie. Die wenigen Menschen auf den Plastikstühlen vor den Cafés hören auf zu sprechen und warten, bis das Auto und sein Fahrer um die Ecke gebogen sind.

Vor dem Italiener gegenüber steht der Restaurantbesitzer an der offenen Tür. Mario Lucente, ein kleiner Mann mit einem großen Bauch, über den sich wie eigentlich immer ein Poloshirt spannt. Er empfängt die Gäste und schaut denen ein wenig verständnislos hinterher, die andere Cafés ansteuern. »La Piazza da Mario« hat er sein Restaurant und die Eisdiele, die gleich daneben liegt, genannt. Damit jeder weiß, dass der Platz ihm gehört. Die Bewohner von A. sagen, er könnte vielleicht etwas mit der Mafia zu tun haben – oder die Mafia mit ihm zumindest. Ob das stimmt, weiß aber keiner, und es ist ihnen am Ende auch egal. Schließlich ist der Mario ein Guter. Sie sagen immer »der Mario«, als wäre es sein Beruf, Mario zu sein.

Der Mario nickt, als ich mich dem Restaurant nähere. Ich nicke auch. Ich habe, soweit ich mich erinnern kann, nie mehr als ein, zwei Worte mit ihm gewechselt. Als ich durch die Tür trete, rollt wieder der Golf auf den Platz, wieder schwillt das Dröhnen an und verebbt dann allmählich.

Mein Vater sitzt drinnen am Tisch vor der künstlichen Natursteinwand und wartet darauf, dass ich mich verspäte. Geduldig, aber nahe der Tür, damit der Hund, der sich unter dem Tisch auf den kühlen Fliesen ausgebreitet hat, rauskann, wenn er muss. Vor ihm steht eine Apfelschorle, daneben ein halb getrunkener Espresso Macchiato, und der Keks, den er jedes Mal für mich übrig lässt. Sein grüner Anorak hängt über der Stuhllehne, und er hat wieder den alten Pullover an, den andere schon vor Jahren durch einen neuen ersetzt hätten. Aber er weigert sich jedes Mal, wenn ich versuche, ihn dazu zu überreden. Dreitagebart, die Haare wie ein in die Jahre gekommener Beatle, Paul, nicht Ringo. Alt ist er geworden, aber immer noch nicht grau. Seit ein paar Jahren ist er Rentner. *Früh*rentner, darauf legt er Wert. Mit sechzig hat er aufgehört zu arbeiten, seitdem spricht er das *Früh-* mit dem Stolz eines Schelms, dem ein besonders guter Streich gelungen ist.

Er wohnt noch immer in dem kleinen Appartement an der alten Stadtmauer, in das er nach der Scheidung gezogen ist. Er lädt mich selten dorthin ein, wir treffen uns fast immer bei Mario. Und immer mit Hund. Als ich noch zu Hause lebte, war es meiner. Zumindest sage ich mir das selbst. Mein Vater blickt von seiner Zeitung auf und lächelt mir zu. Ich hänge meine Jacke an die Garderobe, hole mir einen Kaffee an der Bar und setze mich zu ihm an den Tisch. Er liest seinen Artikel zu Ende.

Die Tätowierung brennt auf meinem Unterarm, erst wenige Wochen ist sie alt. Rainfarn, ein schlanker Stiel, die gefiederten, lanzettförmigen Blätter, oben, ausgefächert, ein Schirm aus knopfförmigen Blüten. Eigentlich ist es keine Blume, sondern Unkraut. Imker trockneten sie früher und benutzten sie in ihren Pfeifen, des Geruchs wegen, der ihre Bienen besänftigte.

Tansy to take the smell.

Wir gehen los, langsam in Richtung Süden, zum Fluss, der Hund voran. Die Sonne steht schon tief, ist halb hinter den bunten Fassaden verschwunden, es ist kühl im Schatten.

Am rechten Flügel des Brauereigasthofs hängen sie gerade das neue Programm des örtlichen Jazzclubs auf, der sich jede Woche oben in der kleinen Disko, dem »Club Center«, trifft. Wir waren früher dort tanzen, und vor uns unsere Eltern. Ein niedriger, altweiß gefliester Raum, zwei Bars und eine Lichtanlage, die farbige Dreiecke auf die Tanzfläche wirft, daneben die DJ-Box, zu der wir als Teenager hinaufbrüllten, um uns einen Song zu wünschen. An den Rändern der Tanzfläche stehen klobige Bartische, an der Wand hängen raumhohe Porträts, Karikaturen von Marilyn Monroe und Abraham Lincoln – so wie sie Straßenkünstler am Ufer der Seine zeichnen. Dazwischen prangt das Logo der Disko, zwei rote Cs, die ein wenig an Chanel erinnern. Als ich jünger war, war ich überzeugt, dass alle Diskos so aussehen.

Der Vorsitzende des Jazzclubs, ein schlaksiger Saxophonist in den frühen Sechzigern, unterbricht seine Arbeit an den Plakaten und winkt meinem Vater zu. Mein Vater grüßt zurück, mit einer ausladenden Bewegung führt er Zeigefinger und Mittelfinger zum Schirm seiner Baseballkappe und hebt sie in die Luft. Vor etwa zwanzig Jahren haben sie die mit dem Logo des Jazzclubs besticken lassen, orange auf dunkelblau, ein altes Mikrofon, daneben der Befehl »Be Sharp«. Mein Vater trägt sein Käppi immer noch, nur dass die orangefarbene Stickerei blass und aus dem dunklen Blau ein helles Grau geworden ist.

Das Drängen des Hundes jetzt, zum Flussufer hin fällt die Straße steil ab. Links liegt, in Resten, die alte Burg. Im erhaltenen Teil, zur Innenstadt hin, ist das Vermessungsamt untergebracht, das sie seit einiger Zeit das Amt für Digitalisierung, Breitband und Vermessung nennen. In der Mitte des Platzes steht ein Denkmal des berühmtesten Sohns der Stadt. Im 16. Jahrhundert unterrichtete der Historiker zwei bayerische Prinzen, und seine Jahrbücher der Bayern haben manche veranlasst, ihn den »bayerischen Herodot«

zu nennen. Bekannter ist er jedoch heute für den Weißbierbock, der seinen Namen trägt, obwohl er nicht in A. gebraut wird. Hier, in seiner Geburtstadt, wacht er, die Hand nachdenklich am Vollbart, auf dem nach ihm benannten Platz über die Parkbuchten und manchmal kommt ein Arbeiter der Stadtwerke und wäscht ihm den Tabendreck von der Kappe.

Am Fluss lässt mein Vater den Hund laufen. Über die kleine Insel und das abgesperrte Stauwehr gehen wir am Wasser entlang auf die Auenlandschaft zu, die die Stadt nach Südosten begrenzt. An der großen Weide, die wie ein Turm in der Mitte der Feuchtwiesen aufragt, setzen wir uns für ein paar Minuten auf eine Bank. Der Hund wetzt durch das hohe Gras einem Stock hinterher, den mein Vater wirft.

Man riecht den Rainfarn, lange bevor man ihn sieht. Ein herber, durchdringender Geruch von Menthol, Kampfer und Chrysanthemen.

Tansy to take the smell.

Im späten 15. und frühen 16. Jahrhundert riet ein botanisches Volksbuch Frauen, ihre Kinder über den Rauch des verbrennenden Rainfarns zu halten, um sie gegen »alle böse gespenster des teufels« zu immunisieren. Gegen Würmer sollte es auch helfen, weshalb sie es auch Wurmkraut nannten. Gespensterkraut nannte es niemand.

Hinter mir, am Rand der Wiesen, erstreckt sich der große Parkplatz, auf dem sie alljährlich im Sommer das Volksfest feiern, mit Dirndlköniginnen, Fahrgeschäften und Bier. Fünf Tage lang wird dann der Platz, der jetzt wie eine Schürfwunde am Rand der Stadt liegt, zu einem Gewühl aus Leibern, Lärm und blinkenden Lichtern, und die Polizei kontrolliert jedes Auto, das die Stadt verlässt.

Mein Vater geht nur dorthin, wenn am Montagmorgen hinter den Zelten der traditionelle Jahrmarkt stattfindet. Dort kauft er sich am Hutstand einen neuen braunen Filzhut, so einen, wie ihn Väter im Rentenalter eben tragen. Er habe ein Hutgesicht, sagt er jedes Mal nicht ohne Genugtuung – und dass ich das von ihm geerbt habe. Ich bin mir nicht ganz sicher.

Tansy to take the smell.

In Neu-England, wo sie den aus Europa mitgebrachten Rainfarn »Tansy« nennen, legten sie ihn getrocknet in die Särge ihrer Verstorbenen, rieben die Leichentücher damit ein, um zu vergessen, dass die, die da noch immer lagen, längst fort waren. Als im 20. Jahrhundert Leichen exhumiert wurden, die zweihundert Jahre zuvor begraben worden waren, sollen die offenen Gräber immer noch danach gerochen haben. Zumindest erzählt man sich das so. Der Name Tansy soll sich vom griechischen Wort athanasía, Unsterblichkeit, herleiten.

Knirschender Kies unter unseren Schuhen. Seine Schritte federn über den Boden, trotz seines Alters geht er immer noch wie jemand, der zu leicht ist für seine Körpergröße. Einen guten Kilometer von uns entfernt sticht aus einem bewaldeten Hügel der Kirchturm der kleinen Wallfahrtskirche in den Himmel.

Als ich ein Kind war, wanderten wir jeden Heiligabend zur kleinen Marien-Kapelle am Fuß des Hügels. Schon Tage vorher bereitete mein Vater sich darauf vor. Im örtlichen Musikgeschäft kaufte er Notenblätter für Weihnachtslieder, die wir gemeinsam einübten. Am Abend selbst schnallte er seinen Posaunenkoffer und meinen Trompetenkoffer auf einen Schlitten, packte Noten und Notenständer in einen Rucksack, und wir stapften durch den Schnee und das Eis, das unter unseren Füßen brach. Bei der Kapelle angekommen, schraubten wir mit klammen Fingern die Notenständer zusammen und spielten auf unseren eisigen Instrumenten. »O, Tannenbaum«, »Gloria in Excelsis Deo«, »Stille Nacht«. Dann zündeten wir eine Campinglaterne an einer der Kerzen an und gingen zurück nach Hause. »Licht für den Christbaum holen« nannten wir das. In den vollbesetzten Weihnachtsgottesdienst in der Stadtpfarrkirche gingen wir selten. Mein Vater ging nie.

Am Wegrand jetzt der Farbfleck. Schlanke Stiele, gefiederte, lanzettförmige Blätter und oben, ausgefächert, die Schirme aus knopfförmigen, gelben Blüten. Alles umgebender Geruch. Mit einem kleinen Messer schneide ich ein Büschel aus dem Rainfarn heraus, um es meiner Mutter mitzubringen. Der Geruch klebt an meinen Händen, den Hemdsärmeln und dem Hund, der durch die gelben Blüten hindurchpflügt. Für einen Moment ist da nichts als dieser Geruch.

Mein Vater geht ein paar Meter hinter uns. Er holt eine kleine Digitalkamera aus der Jackentasche, mit der er erst den Hund, dann mich, dann wieder den Hund und dann einen Graureiher fotografiert, der rund zweihundert Meter von uns entfernt durch die Wiese stakt und erschreckt auffliegt, als wir näherkommen.

Zuhause wird mein Vater die Bilder auf seinen Computer laden, in einen Ordner, den er »Bilder Spaziergang Johannes mit Hund« nennen wird, und sie mit Photoshop Elements bearbeiten. Wie bei allen Fotos, die er an seine Freunde oder Verwandten verschickt, wird er den Hintergrund unscharf stellen, so unscharf, dass er zu einer breiigen Farbfläche verschwimmt. Als würde ihn die Umgebung der Dinge, die er fotografiert, nicht interessieren. Als zähle nur das, was direkt vor ihm liegt. Wie alle Fotos, die er so bearbeitet, werden auch diese furchtbar hässlich aussehen. Und ich werde es ihm nicht sagen.

Die letzten Meter zur Kirche führen durch feuchtes Gras, über eine kleine Metallbrücke, durch die Bäume, die sich am Hang festklammern. Unten, auf kleinen Halbinseln zwischen den Schleifen des Flusses, stehen Baumstümpfe, die die Biber übrig gelassen haben. Angespitzt ragen sie aus der lehmigen Erde. Dabei habe ich hier noch nie einen Biber gesehen.

Den Rainfarn in meiner rechten Hand, ziehe ich mich mit der linken am Geländer nach oben, Schritt für Schritt die Treppe hinauf zur Kirche. An der Marienkapelle mache ich kurz Halt. Ein paar Stufen vor ihr plätschert Wasser, das gegen Augenleiden helfen soll, in eine steinerne Schale. Der Hund beugt sich über die Quelle und beginnt, gierig daraus zu trinken. Ich höre meinen Vater lachen.

34 Stufen vom Parkplatz vor der Kirche in den Kirchhof. Der Kies zwischen den Gräbern. Die Sonne zwischen den Ästen. Ich drehe mich nach meinem Vater und dem Hund um und finde sie nicht.

Nichts von all dem macht Sinn. *Tansy to take the smell*, schreibt der Dichter Charles Olson als Maximus von Gloucester in seinem dritten Brief an den Ort seiner Kindheit. Tansy, Rainfarn, um den Geruch zu nehmen. Um die Gegenwart zu übertünchen, in der die, die da waren, fort sind.

Am hinteren Ende des Friedhofs lege ich die Blumen vor die Mauer, gleich neben die Kerze im Glas und den katzenkopfgroßen

Kiesel, auf den ein Junge vor zehn Jahren mit Acryl-Farbe einen hellen Hund gemalt hat und einen Mann im Anorak.

Nichts von all dem ist wirklich passiert. Und alles immer wieder.

Tansy to take the smell.

FAKTEN

A. Ein tödlicher Verkehrsunfall hat sich am Donnerstag gegen 19.30 Uhr auf der Staatsstraße am östlichen Ortsausgang von A. ereignet. Ein Auto und ein Motorrad kollidierten. Der Motorradfahrer (55) aus A. erlag nach Auskunft der Polizeiinspektion K. knapp zwei Stunden nach dem Unfall seinen schweren Verletzungen. Der ebenfalls aus A. stammende Autofahrer (40) wurde nicht verletzt.

Laut Polizei kam es zu dem Unglück, als der Motorradfahrer auf der Staatsstraße von A. Richtung O. fuhr und der Autofahrer nach bisherigen Erkenntnissen bei der Abfahrt von der B16 die Vorfahrt des Motorradfahrers missachtete.

Aufgrund des Unfalls wurden die B16-Abfahrt und die Staatsstraße kurzfristig gesperrt. Zur Klärung des genauen Unfallhergangs wurde von der Polizei ein Sachverständiger hinzugezogen.

Mittelbayerische Zeitung,
Samstag, den 6.6.2009

HEIMKEHR

ICH HABE BESCHLOSSEN, mit dem Zug nach A. zu fahren, weil es mir nicht mehr möglich ist, die Angelegenheiten dort weiterhin unerledigt zu lassen. Ich bin in den letzten zehn Jahren kaum dort gewesen. Ein paar Tage zum Passerneuern, für eine Hochzeit, für einen Besuch bei meiner Mutter zu einem runden Geburtstag. Immer stieg ich allein in den Flieger nach München, Leo nahm ich nie mit.

In den ersten paar Jahren, nachdem ich A. verlassen hatte, fragten mich Menschen, die ich früher einmal gut gekannt hatte, noch, wann ich wieder »in die Heimat« kommen würde. Sie nannten mich »Engländer«, aber sie schienen damit jemanden zu meinen, der ich nicht war. Meist sagte ich dann, dass ich nicht genau sagen könne, wann ich das nächste Mal in der Gegend sei. Ich würde mich melden. Irgendwann hörten sie auf zu fragen.

Als ich im Herbst 2009 nach England zog, hatte ich nicht vor, lange dort zu sein. Zu der Zeit kannte ich niemanden, der in einem anderen Land lebte, Auswanderer gab es in Romanen und diesen Fernsehsendungen über Menschen, die an Urlaubsorten am Meer Restaurants eröffnen wollten. Dass ich blieb, war ein Versehen. Anfangs mochte ich einfach die Ruhe, die mein College erfasste, wenn die meisten meiner Kommilitonen in den Semesterferien nach Hause geflogen waren. Später blieb ich, weil ich eine Stelle als studentische Hilfskraft bei einer Professorin für Sozialanthropologie hatte. Dann, am Ende meines ersten Jahres, schüttete ich bei einem der Bälle, die im Frühling in den Gärten der Colleges stattfinden, versehentlich ein Glas Rotwein über das Abendkleid einer Literaturstudentin. Ich bat sie um ihre Nummer, damit ich die Kosten für die Reinigung bezahlen könne. Die darauffolgenden Weihnachtsfeiertage verbrachte ich gemeinsam mit ihr auf dem Land in Surrey, im Haus ihrer Eltern, die nicht aufhörten, sie Leonora zu nennen – was sie hasste, weil sie fand, dass das zu sehr nach einer Tochter aus vornehmem Hause klang.

Wir zogen an den Stadtrand von Cambridge, in eine kleine möblierte Wohnung im ersten Stock eines Stadthauses, das Leos ehemaliger Professorin und ihrer Frau gehörte. Leo begann, in einer Londoner Galerie für moderne Kunst zu arbeiten, und ich schrieb für eine britische Tageszeitung. Unseren Urlaub verbrachten wir oft auf dem Narrowboat eines Freundes, der bei einer Headhunting-Agentur arbeitete.

Er hatte das Boot vor einigen Jahren einem pensionierten Bankangestellten abgekauft, weil er nicht wusste, was er sonst mit seinem ersten Bonus machen sollte. Ich half ihm damals, es von Birmingham in eine Kleinstadt nördlich von London zu überführen. Mit einer Höchstgeschwindigkeit von drei Meilen pro Stunde lenkten wir das 57 Fuß lange Boot eine Woche lang in Richtung Süden, auf schmalen Kanälen, an deren Rändern Kühe weideten und alte Abteien ungestört verfielen. Wenn wir an eine Schleuse kamen, vertäuten wir das Boot, das sein Vorbesitzer, obwohl er zu jung war, um das Empire selbst erlebt zu haben, »Rule Britannia« getauft hatte. Mit den speziell dafür geschmiedeten Schraubenschlüsseln öffneten wir die kleinen Luken der Schleusentore, um den Wasserspiegel entweder nach oben oder unten zu korrigieren, dann fuhren wir weiter, nie schneller als drei Meilen. Am Abend saßen wir auf dem Dach des Bootes und schauten in die Landschaft, und mein Freund sagte mir, dass ich einen neuen, weniger imperialen Namen dafür erfinden müsse, weil das mit der Sprache schließlich mein Job sei. Als wir das Boot am Ende der Reise aufs Trockendock hoben, taufte ich es auf den Namen »Princess Anne's Revenge«. Mein Freund fand das zwar nicht so lustig wie ich, aber er widersprach auch nicht.

Draußen ziehen großflächige, rechteckige Äcker vorbei, als ich durch den wankenden Zug in Richtung Speisewagen balanciere. In Großbritannien sind die Felder sanfter, sie folgen dort den Linien der Natur, ohne Rücksicht auf Effizienz oder Erträge. Hier wirken sie, als wären sie der Landschaft auferlegt worden. Ein Bauer in seinem Traktor wirbelt Staub auf, die Wolke scheint ihn zu verfolgen, als er vom Feld in einen Weg einbiegt.

An einem der Tische im Bordrestaurant sitzen drei Männer in Anzügen und arbeiten beim Bahn-Kaffee in der Kühle der Klimaanlage gemeinsam an einer Präsentation. Einer von ihnen beginnt, am Handy über Geschossflächen und Mezzanine-Finanzierungen zu sprechen, seine Sprache ist so gnadenlos wie die geraden Linien der Felder. Ich verstecke mich hinter meiner Kaffeetasse. Was mache ich hier?

Eigentlich hat diese ganze Sache damit begonnen, dass Leo von einem Kunstsammler, den sie aus London kannte, das Angebot bekommen hatte, die Berliner Dependance seiner Galerie aufzubauen, und weil sie noch nie im Ausland gelebt hatte und die politischen Ereignisse in England uns forttrieben, sagte sie zu.

Es war mehr ein Weggang als ein Umzug. Im Januar packten wir das wenige an Einrichtung, das in unserer Wohnung uns gehörte, in Luftpolsterfolie. Die Bücher und Schallplatten schichteten wir in Umzugskartons, von denen wir, um Gewicht zu sparen, einige bei Leos Eltern unterstellten, um sie später dort abzuholen. Ich weiß noch, dass wir uns, als wir in einer Bar im Flughafen von Stansted auf unseren Flug warteten, darüber wunderten, wie reibungslos alles gelaufen war.

Leo fing bald nach unserer Ankunft an zu arbeiten und schrieb sich, obwohl es für ihre Anstellung nicht nötig gewesen wäre, an einer Sprachschule für Abendkurse ein. Als unsere Möbel ankamen, stellte ich meinen Schreibtisch an eines der Fenster und war fest entschlossen, meine Arbeit einfach fortzusetzen. Doch in den folgenden Wochen gelang es mir nicht, auch nur einen sinnvollen Satz aufzuschreiben. Über Stunden hinweg saß ich, wenn Leo in die Galerie gegangen war, vor meinem Computer und starrte. Jedes Mal, wenn ich versuchte, einen klaren Gedanken zu fassen, schoben sich Schemen davor, die mir im ersten Moment wie Erinnerungen vorkamen und die ich doch, sobald ich versuchte, sie genauer zu betrachten, nicht wiedererkannte.

Jeden Abend, kurz bevor Leo nach Hause kam, zog ich mich an und kochte das Abendessen. Danach saßen wir auf unseren Bettdecken auf dem Boden des noch leeren Wohnzimmers, wo sie mir, schon bald auf Deutsch, von ihren Tagen in Berlin erzählte, den Menschen, die sie traf, und den Orten, die sie auf ihrem Weg durch die Stadt entdeckte. Ich sprach wenig. Ich befürchtete, dass sie bemerken könnte, wie abgetrennt von allem ich war.

Ich bestelle ein Bier und hoffe, dass der Alkohol meinen Schwindel überdeckt. Zu Beginn meiner Reise war es nicht mehr als ein leichtes Unwohlsein gewesen, doch schon als der ICE in den Randbezirken Fahrt aufnahm, überkam mich eine Schwäche, und ich begann zu schwitzen. Als würde sich, irgendwo zwischen

Lunge und Magen, ein Vakuum in mir ausbreiten. Kurz vor Halle befiel mich dann die Übelkeit, und ich nahm zwei der Reisetabletten, die Leo mir gekauft hatte. Ich hatte protestiert, als sie sie mir an der Wohnungstür in die Jacke gesteckt hatte. Das Reisen, hatte ich ihr geantwortet, habe mir noch nie etwas ausgemacht. »You never know«, hatte sie erwidert, und dass ich aufhören solle, mich wie ein kleiner Junge aufzuführen.

Warum mich so etwas gerade jetzt zum ersten Mal überfällt, weiß ich nicht. Vielleicht liegt es daran, dass ich jahrelang nicht mehr mit einem Schnellzug gefahren bin. Das britische Schienennetz ist maroder als das deutsche, was das Bahnreisen zwar zäher, aber angenehmer macht. Vielleicht ist es auch einfach nur Zufall, ähnlich wie bei einem Seefahrer, der nach Jahren auf dem Meer auf einmal seekrank wird. Zwischen zwei Funklöchern rufe ich eine Freundin aus England an.

»I'm on my way.«

»Crazy. What is the place called again?«

»Niederbayern. Lower Bavaria.«

Sie lacht. »You should have stayed in Britain. You know what you want to do?«

Als ich ihr antworte, schaue ich auf das Gepäck zu meinen Füßen. Mehr als fünf Kilo wiegen die beiden Gedichtbände und die verschiedenen dünneren Aufsatz-Sammlungen, sie füllen den gesamten Rucksack, der vor mir unter dem Tisch liegt, verbrauchen mehr Platz als meine Kleidung. Eigentlich sind sie für Reisegepäck viel zu schwer, aber es war auch keine Frage der Vernunft.

I set out now
in a box upon the sea

Charles Olson. Ich könnte sagen, dass ich auf die Bücher des Dichters, über den ich während meines Studiums einige Essays geschrieben hatte, zufällig gestoßen bin in einer der Kisten, die in unserer Wohnung standen. Aber das wäre gelogen. Vielmehr ist es so, dass mich, während ich selbst nichts schreiben konnte, ein mir unerklärliches und bald obsessives Bedürfnis erfasst hatte, seine Gedichte zu lesen.

Im Jahr 1957 ging Charles Olson zurück in die Stadt, in der er als Kind seine Sommer verbracht hatte, nach Gloucester in Massachusetts. Er zog in eine Wohnung im zweiten Stock eines Hauses auf einer kleinen Halbinsel, 28 Fort Square, kaltes Wasser, der Blick auf das Meer. Jemand, mit dem ich mich einmal während eines sehr formellen Dinners in Cambridge unterhielt, hatte Olson in den Sechzigerjahren für einige Tage in Gloucester besucht. Die ganze Wohnung sei ein Gewühl aus Zetteln, Notizheften und Büchern gewesen, erzählte er.

Von diesem unaufhörlich wachsenden Archiv aus erkundete Olson die Stadt. Er muss den Leuten vom ersten Tag an aufgefallen sein: ein Findling von einem Mann, zwei Meter groß und einen Meter breit, mit tiefschwarzen Augenbrauen und lichten weißen Haaren. 13 Jahre lebte Olson in der Stadt und schrieb an seinem Gedicht, das er immer als Chronik sah:

I would be an historian as Herodotus was, looking
for oneself for the evidence of
what is said

Geschichte, davon war er überzeugt, seien weder Dinge, die in der Vergangenheit passiert seien, noch das Schicksal, das einen an der Gurgel hat. Man schreibt sie auch nicht, wie übermütige Männer mit Macht sich das gerne einbilden, man findet sie für sich selbst heraus.

Als Olson mit 59 Jahren an Leberkrebs starb, erstreckte sich das Gedicht, das längst zum Epos angewachsen war, über mehr als sechshundert Seiten. *I, Maximus of Gloucester, to you*, beginnt es.

Die Männer im Speisewagen haben aufgehört, ihre Präsentation zu bauen, und stellen sich stattdessen ein Pils nach dem anderen ins Gesicht. Das sagt man so, dort, wo ich hinfahre. Ich versuche, mich zu konzentrieren. Ich habe das hier schließlich gelernt. An andere Orte gehen, mit anderen Menschen reden, für sich selbst herausfinden. Es ist zehn Jahre her, das hier ist nichts anderes als sonst.

In Nürnberg steige ich in einen langsameren Zug nach Ingolstadt um, dort dann in die private Regionalbahn, die mich an mein Ziel bringen soll. Wie immer schaue ich auf dieser letzten, dreißig Minuten andauernden Etappe aus dem Fenster. Auch hier verdorren zu beiden Seiten der Gleise die Felder, aber sie sehen anders aus – obwohl ich nicht sagen könnte, worin ihre Andersartigkeit besteht.

Wie einen Countdown zähle ich die vier Bahnhöfe herunter, an denen der Zug vor A. Halt macht. Nicht aus Spannung oder Vorfreude, mehr aus einem Reflex heraus, aus Gewohnheit, wie um mir zu beweisen, dass ich mich noch daran erinnere. Im Kopf führe ich eine Strichliste markanter Orientierungspunkte: der Bahnübergang mit dem Schlagbaum, die spitzen Hausdächer hinter den Lärmschutzwällen, das dunkelgrau gestrichene Bahnhofsgebäude, der Autolagerplatz, die vier Schornsteine der Ölraffinerie in Fahrtrichtung rechts.

Kurz vor A. werden die Abstände zwischen den Wegmarken, die ich wiedererkenne, kleiner. Die Fußgängerbrücke am Ortsrand, unter der seit mehr als 15 Jahren ein Kaugummiautomat im Wasser liegt, den ein paar Kinder dort hineingeworfen haben, nachdem sie ihn aus einer Wand herausgerissen hatten, um ihn zu plündern. Die steinerne Eisenbahnbrücke, unter der die Teenager an den Wochenenden Lagerfeuer machten. Die Kläranlage und davor der Skatepark, in dem sie Sangria aus Trinkrucksäcken tranken, die sie bei Aldi gekauft hatten.

Dann, ohne Vorwarnung, die Kleinstadt selbst. Wie ein geducktes Raubtier lauert sie hinter den Bäumen am Bahndamm. Das große Wohngebiet mit den neu gebauten Einfamilienhäusern auf der einen Seite, die Altstadt und der Friedhof auf der anderen. Dann der Lautsprecher: »Nächster Halt: A.«

TIEFSEETAUCHER

ES IST SOMMER, irgendwann in den frühen Neunzigerjahren, und der Junge steht neben seiner Mutter am Bahnhof. Er wartet auf den Zug. Seine Haare sind kurz geschnitten, keine Frisur, eher eine Notwendigkeit. Einmal im Monat kürzt sein Vater sie ihm mit einem Kurzhaarschneider, auf der Terrasse hinter dem Haus, bevor er seine eigenen schneidet. Nur eine Strähne hinten rechts lässt er jedes Mal stehen, ein kleines Rattenschwänzchen, das »Schwanzerl«. Er sagt dem Jungen, dass es gut aussieht, aber er selbst hat keines. Warum eigentlich nicht, fragt der Junge sich jedes Mal, wenn er seinem Vater dabei zusieht, wie der mit dem Haarschneider Streifen über seinen eigenen Kopf zieht. »Alles auf zehn Millimeter«, so nennt der Vater das. Erst viele Jahre später wird der Junge das Schwanzerl abschneiden. Er wird es tun, bevor sein Vater nach Hause kommt, mit einer Küchenschere vor dem Spiegel im Badezimmer, weil sie ihn in der Schule dafür ausgelacht haben.

An diesem Nachmittag im Sommer weiß er noch nichts von solchen Dingen. In dem integrativen Kindergarten, in den ihn seine Eltern schicken, hat ihm niemand beigebracht, wie das mit dem Auslachen funktioniert. Er ist verkleidet, über sein T-Shirt und die kurzen Jeans-Shorts hat er einen gelben Regenmantel gezogen, er trägt seine Lieblingsschuhe, die gelb sind und rot und grüne Sohlen haben und außerdem einen Klettverschluss, weil er sich bei dieser Sache mit den Schnürsenkeln noch nicht ganz sicher ist. »Man muss mit fünf Jahren noch nicht unbedingt Schleifen binden können«, sagt ihm sein Vater. Auf dem Kopf trägt der Junge eine Kappe mit einem kleinen Schild aus dunkelblauem Lackstoff. Und über Augen und Nase eine Taucherbrille. Seine Mutter hat sie ihm gekauft, bevor sie vor einigen Wochen in den Urlaub an die Nordsee fuhren. Es war das erste Mal, dass er das Meer sah. In der rechten Hand hält er den roten Käscher, mit dem er damals im Meer Fische fangen wollte, bis er enttäuscht feststellen musste, dass dort, wo er stehen konnte, keine waren. In der linken Hand hält er einen roten Plastikschlauch, der, wenn man ihn über dem Kopf schwingt, ein lautes Heulen von sich gibt, das mit steigender Drehgeschwindigkeit immer höher wird. Ein kurzes Stück Kantholz, in das jemand mehrere Löcher gebohrt hat, steckt in einer der großen Taschen des Regenmantels. Das Holz hat der Junge vor einigen Wochen im Gartenschuppen gefunden und behalten, weil er fand, dass es wie ein Funkgerät aussah.

Er ist ein Tiefseetaucher und ein Meereserforscher auf der Suche nach Dingen, die noch nie ein Mensch gesehen hat. Mit dem Funkgerät hält er Kontakt zu seinem Schiff, wenn er auf dem Boden des Ozeans auf Entdeckungsreise geht, mit dem Käscher fängt er die Fische, die in seiner Vorstellung die seltsamsten Formen annehmen und oft mit den Fischen, die er kennt, überhaupt nichts mehr gemeinsam haben. Der Schlauch ist seine Verbindung zur Luft, ein Wunderwerk des menschlichen Erfindergeistes, er ist immer genau so lang, dass er knapp über die Wasseroberfläche reicht. Der Junge hat ihn erfunden, weil sein Vater ihm zu Beginn des Urlaubs erklärt hatte, dass der Schnorchel, der im Set mit seiner Taucherbrille kam, leider nicht für Tauchgänge in die Tiefsee geeignet sei.

Ein bisschen hofft der Junge auch, dass sich mit dem durchdringenden Ton, den der Schlauch erzeugt, wenn man ihn wirbelt, besonders seltene Tiefseekreaturen anlocken oder vertreiben lassen, je nachdem. Er hat, obwohl ihn in den Wochen seit dem Urlaub kaum etwas mehr fasziniert hat, ein klein wenig Angst vor dem, was sich im Meer vor den Menschen verstecken könnte.

Auf dem Weg zum Bahnhof hat er versucht, seiner Mutter zu erklären, als was er sich verkleidet hat, aber er ist sich nicht sicher, ob er sich ihr verständlich machen konnte. Sie lachte, als er sich aus dem Verkleidungskoffer, der immer unter dem Bett seiner Eltern steht, seine Montur zusammensuchte, und sagte ihm, dass es schon wichtig sei, Dinge zu entdecken, von denen man noch nichts weiß. Nur die Taschenlampe, die er eigentlich noch in die andere Tasche des Regenmantels stecken wollte, weil ihm sein Vater erzählt hatte, dass es in der Tiefsee sehr dunkel ist, durfte er dann doch nicht mitnehmen, weil sie losmussten und sie zu suchen zu lange gedauert hätte. Während der zehn Minuten, die der Weg zum Bahnhof dauerte, verbrachte er zehn Tage in einem besonders tiefen Teil des Meeres. Er entdeckte drei seltene Fischarten, barg einen Piratenschatz, besiegte ein Seeungeheuer und flüchtete vor einem zweiten, das zu gefährlich war. Seiner Mutter macht es nichts aus, dass er verkleidet durch die Stadt läuft und dabei mit Monstern kämpft, von denen andere nicht wissen, dass es sie gibt. Ihm ist nicht klar, dass es manchen Menschen etwas ausmacht, und dass manche Kinder sich nicht, wann immer sie wollen, sondern nur an Fasching verkleiden dürfen. Er verkleidet sich jedes Mal, wenn sie an den Bahnhof gehen, um auf den 17:30-Uhr-Zug zu warten, der aus Ingolstadt kommt, es ist sein Ritual, auch wenn er nicht weiß, was ein Ritual ist.

Als sie vor dem großen, gelb gestrichenen Bahnhofsgebäude warten, drückt der Junge die Scheibe der Taucherbrille platt gegen die Scheibe der hohen Tür des Büros, in dem der Mann sitzt, der die einfahrenden Züge ankündigt. Er winkt, als der zu ihm herüberblickt. Der Mann winkt zurück und kommt zur Tür. Er kennt den Jungen, schließlich sind sie jede Woche einmal hier, immer um die gleiche Zeit wartet er verkleidet auf den Zug. Er fragt ihn, warum er eine Taucherbrille aufhabe, was er denn da spiele. Der Junge erklärt, dass er die für seine Arbeit brauche und dass es wirklich eine richtige Arbeit sei, das Meer zu erforschen, und kein Spiel. »Aha«, sagt der Mann. Heute dauere es ein bisschen länger, Verspätung wegen Gleisarbeiten, sagt er dann, aber keine Sorge, in ein paar Minuten ist er da. Der Junge sagt, dass er sich keine Sorgen mache. Er weiß ja, dass er kommt. Er kommt immer. Der Mann geht zurück ins Büro, wo er die Taste neben dem Mikrofon nach unten drückt und mit der Mikrofonstimme, die der Junge nur von Bahnhöfen und Fahrgeschäften auf dem Volksfest kennt, verkündet, dass der Zug aus Ingolstadt wegen Gleisarbeiten Verspätung habe. Der Junge ist, als die Stimme blechern über den Platz schallt, ein bisschen stolz darauf, dass er das, anders als die anderen Menschen, die warten, schon weiß, weil er den Mann kennt. Er setzt sich auf die Stufen vor der Tür und wartet auf seinen Vater.

15 Minuten später rollt der Zug auf den Bahnhof zu, schnell erst und dann langsamer, bis er mit quietschenden Bremsen zum Stehen kommt. Der Junge versucht vorauszusagen, aus welcher Tür sein Vater kommen wird. Es dauert ein wenig, bis er ihn auf den Bahnsteig treten sieht, er erkennt ihn sofort, er ist immer der Dünnste. Der Junge beginnt, den Schlauch über seinem Kopf zu wirbeln. Ein singender Ton erklingt und erfüllt den gesamten Platz zwischen dem Zug und dem Bahnhof. Die Menschen, die

aussteigen, schrecken auf und schauen zum Bahnhofsgebäude, auf das Kind, das sie da in einem seltsamen Kostüm begrüßt wie jemand, der sie nicht mehr alle beieinander hat.

Sein Vater schreckt nicht auf. Er verabschiedet sich, wie jede Woche, von einem Mann mit einem roten Bart und einem schwarzen Hut, geht mit federnden Schritten auf seine Frau und den Jungen zu und umarmt sie.

»Gut, dass du den Schlauch dabeihast, da findet man euch gleich«, sagt der Vater. Auf dem Bahnhofsvorplatz stehen nie mehr als eine Handvoll Menschen.

»Was bist du heute?«, fragt der Vater.

»Ein Tiefseetaucher und ein Meereserforscher.«

»Und was hast du entdeckt?«

Der Junge erzählt von den drei Fischen und dass er zwei Seeungeheuer besiegt hat. Das ist zwar ein klein wenig gelogen, weil er ja schließlich nur eines besiegt hat, aber es klingt beeindruckender. Dann erklärt er seinem Vater, wie genau der Atemschlauch funktioniert, den er erfunden hat. »Also ein erfolgreicher Arbeitstag, oder?«, fragt sein Vater. Der Junge nickt ernsthaft. Er weiß, dass er und sein Vater in diesem Moment zwei Männer sind, die sich über die Arbeit unterhalten – auch wenn er nicht genau weiß, was sein Vater eigentlich dort macht, wo er jeden Morgen mit dem Zug hinfährt. Sie schauen dem Zug beim Anfahren zu, dann hebt der Vater den Jungen auf seine Schultern und fragt ihn, ob Tiefseetaucher eigentlich auch Eis essen, und der Junge fragt, ob man Eisverkäufer auch mit Piratengold bezahlen kann.

LICHTSCHRANKE

ES IST NOCH NICHT DUNKEL, als ich mit meinem Gepäck in A. aus dem Zug steige, aber es geht darauf zu. Wie ein Deckel sitzen die Wolken über der tiefstehenden Sonne. Drei Jugendliche hängen auf einer Bank vor dem Bahnhofsgebäude herum, einem dreistöckigen Klotz, der gelb war, bevor die Zeit und der Dreck ihn grau färbten. Sie rauchen, als würde gleich etwas passieren. Früher, als die Strecke zwischen Ulm und Regensburg noch von der Deutschen Bahn befahren wurde, konnte man in der Schalterhalle warten, doch seit sie den Fahrkartenschalter abgeschafft haben, geht dort keiner mehr hinein. Nur der Mann, der die Fahrzeiten kontrolliert, sitzt noch in dem Büro, in dem er immer gesessen ist. Die Stimme, die die einfahrenden Züge ankündigt, kommt vom Band. Ein süßlicher Geruch weht von den Jungen zu mir herüber, hinter mir fährt der Zug an. Ich weiß, wo ich jetzt hinmüsste. Der Weg ist im Muskelgedächtnis. Ich bin ihn sicher mehr als tausendmal gegangen, damals, als es der Weg nach Hause war. Die Menschen, die mit mir ausgestiegen sind, verlassen den Bahnhof. Ich bleibe stehen.

Sie müssen den Fahrplan geändert haben. Nach zwanzig Minuten fährt der zweite Zug ein. »Sie müssen zum Gleis zwei«, ruft einer der Jungen mir zu. »Ich will gar nicht weg«, höre ich mich sagen. »Ich habe vor zehn Jahren mal hier gewohnt.« Als ich mich zu ihm hindrehe, fällt mein Blick auf die hohe Glastür, die früher von der Schalterhalle direkt auf den Bahnsteig führte. Davor steht jemand, macht aber keinerlei Anstalten, in den Zug zu steigen. Es steigt auch niemand aus. Der Zug beginnt zu beschleunigen, er verlässt den Bahnhof nach Osten. Ich gehe am Bahnhofsgebäude vorbei nach Süden, zur Stadt. Die Jungen rauchen weiter. Vielleicht passiert ja gleich wirklich etwas.

Auf dem Vorplatz parken zwei Autos. Mein Rollkoffer holpert über die Pflastersteine, das Rattern der Räder kommt mir unerträglich laut vor. Ich hebe ihn hoch und trage ihn. Ich will niemanden stören, aber ich will auch vermeiden, dass einer der Anwohner, vom Lärm meines Gepäcks aufgeschreckt, ans Fenster kommen und mich sehen könnte. *Polis is eyes*, schreibt Olson. Er hat diesen Satz nicht so gemeint, glaube ich, aber er kommt mir trotzdem in den Sinn in diesem Moment. Die Kleinstadt hat Augen, hier sehen sich die Leute. Früher gefiel mir das.

Vorbei an der Post, ein klobiges Gebäude, das anmutet, als müssten Kastanienbäume vor ihm wachsen. Eine breite steinerne Freitreppe führte früher in den Schalterraum im Hochparterre, aber wie schon der Schalterraum im Bahnhof ist auch der lange geschlossen. Und obwohl niemand mehr die Treppe hinaufgeht, um oben ein Paket abzuschicken, nennen die Menschen das Gebäude hier immer noch »die Post«. Ihre Pakete bringen sie heute in die Postfiliale, die von einem Waschmaschinengeschäft ohne Freitreppe wenige Häuser weiter betrieben wird. Das nennen sie auch »die Post«, aber es klingt anders, wenn sie es sagen.

Über die Kastanienbäume spitzt, ganz knapp, der kleine Dachreiter der evangelischen Kirche. Anders als die beiden katholischen Kirchen liegt sie nicht in der Altstadt, sondern gegenüber einer Fahrschule, in diesem Wohngebiet, das im Norden abrupt an den Bahngleisen endet. Ich war in all den Jahren, in denen ich hier lebte, nie drinnen.

Am Ende der Bahnhofsstraße knickt der Weg nach links in die Altstadt ab, die Pflastersteine sind hier schöner als am Bahnhof, größer und glatter. Das Stadttor, das hier einmal den Zugang zum Ort erlaubte, gibt es nicht mehr, vor ungefähr hundert Jahren wurde es abgerissen, weil die Autos nicht durchpassten, nur noch ein Grundriss aus weißen Steinen erinnert heute daran. Die Stadtmauer steht noch, zumindest in Resten, doch sie fällt kaum auf, weil sie hier, anders als an anderen Orten in der Stadt, noch einen Zweck erfüllt. Als die Menschen ihre Häuser bauten, nutzten sie, um Zeit und Baumaterial zu sparen, die schon vorhandene Wehranlage als Rückwand. Nur an manchen Stellen kann man die roh behauenen Steine noch sehen und die kleinen Schießscharten, die zu Fenstern geworden sind.

Wenige Schritte hinter dem einstigen Tor fällt mein Blick eine Seitenstraße entlang und geht ins Leere. Unten, vor den zwei Fenstern seiner Wohnung im Erdgeschoss, hatte er sein Motorrad geparkt, um es im Blick zu haben. Eigentlich galt dort ein Halteverbot, doch die Frau, die die Strafzettel in der Innenstadt verteilte, hatte sich nach einem Monate andauernden und über Bande geführten Streit bereit erklärt, so zu tun, als stünde vor den Fenstern kein Motorrad. Ich frage mich, wie lange es damals gedauert hat, bis sie realisierte, dass er nicht nur kurz weggefahren war. Kurz bin ich versucht, hinunterzugehen, dann gehe ich weiter. Da unten ist ja nichts mehr.

Ich kenne den Weg. Vorbei an der Sparkasse, am Waffenladen, in dem heute E-Zigaretten verkauft werden, vorbei am Optiker, am Griechen und am Café. Durch das Stadttor, die Straße hinunter, Asphalt jetzt. Tankstelle, Kreisverkehr, Lidl, Drogeriemarkt, Netto. Schräg links in die Siedlung, die sie nach dem Zweiten Weltkrieg für die Flüchtlinge aus dem Osten aus dem Boden gestampft haben. Vorbei an den Genossenschaftshäusern für die Gastarbeiter. Links zwischen die hochgewachsenen Hecken, vorbei am blühenden Flieder. Das Gartentor leicht anheben, über den Stein, der es davon abhält, andauernd offen zu stehen. Hindurchducken unter dem überwucherten Torbogen, unter den blass-pinken Kletterrosen. Die Treppe hinauf, eine Stufe, die zweite. Den Schlüssel aus der hinteren Hosentasche kramen, einmal umdrehen, zweimal, weil sie immer abschließt, so gut es geht. Die Tür aufdrücken, ins Haus treten. Schuhe im Vorbau ausziehen, auf keinen Fall nach oben damit. Dann dort sein.

Es wird hell, so plötzlich, dass ich für einen Augenblick nichts mehr sehe. Der Nachbar gegenüber muss eine Lichtschranke an seine Garage montiert haben, für einen langen Moment entreißt ein greller Flutlichtstrahler die Straße der Dunkelheit. Das Gartentor verhakt sich, als ich es öffnen will, ich trete dagegen und es schwingt zur Seite.

Ich sperre die Haustür auf, zwei Umdrehungen mit dem Schlüssel, öffne die Tür und treffe, ohne hinzusehen, den Lichtschalter. Die Energiesparlampe flackert erst, dann liegt der Gang in gedämpftem Licht vor mir. Ich werfe den Koffer, den Seesack und meinen Rucksack mit den Büchern vor die Treppe. Ich vergesse, die Schuhe auszuziehen. Auf dem Tisch im Esszimmer liegt eine Nachricht von meiner Mutter. »Herzlich willkommen, lieber Johannes. Ich freu mich sehr, dass du da bist«, hat sie in geschwungenen Buchstaben mit Goldstift geschrieben, und dass im Kühlschrank zwei Stücke Zwetschgendatschi stehen.

Vor zwei Tagen ist sie von München aus weggeflogen, gemeinsam mit einer Freundin. Sie habe es dringend nötig, sich eine Auszeit zu nehmen, hatte sie mir erzählt, als sie Leo und mich kurz nach dem Umzug in unserer Berliner Wohnung besucht hatte, und ich hatte ihr vorgeschlagen, Meditations-Exerzitien in einem Kloster in Indien zu buchen. Es war nicht ernst gemeint gewesen. Sie reist selten und ungern, es strengt sie an. In den letzten Jahren hatten Leo und ich sie in den Sommern zu uns nach England eingeladen, und sie war auch immer gekommen und hatte, soweit ich das sagen kann, die Wochen, die sie mit uns verbrachte, jedes Mal genossen. Trotzdem musste ich sie in jedem Jahr erneut dazu überreden. Am Ende, glaube ich, tat sie es nur, weil sie wusste, dass mit mir in Niederbayern nicht zu rechnen war. Umso perplexer war ich deshalb auch, als sie mir bei einem Telefonat vor wenigen Monaten eröffnete, dass sie eine Reise nach Dharamsala gebucht hatte und schon bald mehrere Wochen dort in Kontemplation der inneren Dinge verbringen würde.

Ich schenke mir ein Glas Milch ein, setze mich an den Tisch und esse ein Stück Zwetschgendatschi. Sie benutzt zum Backen immer noch Vollkornmehl und nur die Hälfte des Zuckers.

Ich versuche, den Ort zu sezieren, herauszufinden, was fehlt. Eigentlich sieht alles noch so aus, wie es immer ausgesehen hat. Immer noch hängt der Hängesessel im Wohnzimmer, immer noch steht in der Ecke der Wohnzimmerschrank aus hellem Holz, das unterste Fach voller Brettspiele, darüber CDs. Vor dem Sofa steht der hölzerne Freischwinger-Sessel, den mein Vater vor 25 Jahren seinem Vater zum siebzigsten Geburtstag geschenkt hatte, damit der mit seiner Beinprothese bequem vor dem Fernseher sitzen konnte. Immer noch liegt im Raum der teure Ahornfußboden, der einzige Luxus, den sich meine Eltern erlaubten, als sie das Haus renovierten. Sie kauften ihn günstiger von einem befreundeten Apotheker und seiner Frau, die ihn für ihr Wohnzimmer bestellt hatten, dann aber entschieden, dass ihnen die Bretter nicht hell genug waren.

Es riecht anders, das ist es. Früher habe ich den Geruch nie wahrgenommen. Flüchtig, wie Heu, der Rest des Leinöls, mit dem sie alle paar Jahre den Fußboden imprägnierten, und darüber die Kräuter, die meine Mutter am Fenster neben der Anrichte trocknete. Salbei, vielleicht, Rosmarin oder Thymian. Erst jetzt, wo ich ihn nicht mehr wahrnehmen kann, erinnere ich mich daran, wie intensiv es roch, wenn ich früher zu Hause ankam. Wenn es regnete, kam der sumpfige Geruch des nass gewordenen Hundefells dazu, der sich über alles andere legte. Vor einiger Zeit musste der Hund eingeschläfert werden. Die Leine und das Halsband hängen immer noch an der Garderobe, sie will sich irgendwann einen neuen holen, sagt sie. Bisher hat sie es nicht geschafft.

Mit dem Gepäck auf den Schultern steige ich, ohne das Licht einzuschalten, die steile Treppe hinauf. Der Raum, der früher mein Kinderzimmer war, liegt am Ende des Flurs. Als ich wegging, sagte ich ihr, dass sie das Zimmer gerne für etwas anderes benutzen könne. Sie bestand darauf, alles so zu lassen, wie es war. Erst als sich abzeichnete, dass Leo und ich wohl länger in Cambridge bleiben würden, begann sie, die Einrichtung zu verändern, was ihr jedoch nicht ganz gelang. Heute ist der Raum eine seltsame Mischung aus Gästezimmer und dem, was hier von mir übrig ist. Zwei unspielbar alte Trompeten auf einem Sideboard, im Regal die paar Bücher, die ich, als ich damals nach England zog, entweder vergessen hatte oder nicht mitnehmen wollte. »Angela's Ashes«, »Der große Gatsby«, ein Arthur-Miller-Omnibus. An der Dachschräge, die in den kleinen Raum hineinragt, schimmert ein leichtes Grau durch die Wandfarbe. An einem sturmfreien Wochenende kurz nach meinem sechzehnten Geburtstag hatte ich dort mit schwarzer Acrylfarbe den Schriftzug meiner Skapunkband an die Wand gemalt, daneben »Rancid« und einen

Totenschädel. Ich bekam keinen Ärger dafür. »Super schaut das aus«, kommentierten meine Eltern mein Werk, als sie zurückkamen. Ich war felsenfest davon überzeugt, dass sie es ernst meinten. Schon wenige Monate später fand ich es selbst so hässlich, dass ich es mit einer zweiten Tube Acryl wieder übermalte. Heute sieht man es nur noch, wenn man weiß, dass dort etwas war. Auf dem Schreibtischstuhl liegt ein Fell, das mein Großvater, als er noch lebte und bei Kräften war, einem seiner Stallhasen abgezogen hatte. Auf dem Tisch davor wartet die Akte. Meine Mutter hat sie hingelegt, warum ich sie brauche, hat sie nicht gefragt.

Das erste Mal sah ich die Akte im Winter, nachdem es passiert war. Sie stand im Wohnzimmerschrank, eingeklemmt zwischen Ordnern voller Kontoauszüge, Rechnungen und anderer Unterlagen meiner Mutter. Wie sie dort hingekommen war, wusste ich nicht. Ich wusste nicht einmal, dass wir sie hatten. Als ich sie aus dem Schrank zog, fiel sie mir fast aus den Händen. Jemand hatte mit neongelbem Textmarker die Nummer 34 auf den Schnellhefter geschrieben. Hastig begann ich zu blättern, überflog nur, was darin stand. Es genau zu lesen, fühlte sich falsch an. Nach ein paar Seiten hörte ich den Schlüssel in der Haustür. Schnell stopfte ich sie zurück zwischen die Ordner. Als ich sie ein paar Wochen später noch einmal herausnehmen wollte, fand ich sie nicht mehr. Vielleicht, dachte ich mir damals, war sie nie wirklich da gewesen.

Für einen Moment wiege ich den Umschlag in meinen Händen. »Dringend: Wie telefonisch besprochen – Übersendung der Unterlagen. MfG« steht auf dem Deckblatt, darüber das Aktenzeichen und der Betreff: Tödl. VU.

Ich will sie gerade öffnen, als draußen der Bewegungsmelder des Nachbarn auslöst und der Scheinwerfer aufflammt. Ich trete ans Fenster, aber da ist niemand. Das Licht flutet die leere Straße und den Flieder im Vorgarten. Er ist verblüht, wie Rost zieht sich Bräune über die eigentlich violetten Blütenbüschel. Ich warte, bis das Licht wieder ausgeht, dann nehme ich mein Telefon vom Schreibtisch und rufe Leo an. Sie hebt nicht ab. Ohne mich auszuziehen, lege ich mich auf das Schlafsofa, um ihr eine SMS zu schreiben. »I'm home«, tippe ich, lösche es wieder und schreibe stattdessen »I'm there«. Dann versuche ich zu schlafen.

UMBAU

ES IST FRÜHLING. Der Junge ist sehr erleichtert, dass es Frühling ist, weil es ja sonst vielleicht schneien würde. Das wäre überhaupt nicht gut, weil sie ab morgen kein Dach mehr haben. »Bei uns ist Umbau«, sagt seine Mutter zu Leuten, die sie nicht so gut kennt. Zu ihren guten Freunden sagt sie es nie, aber das wäre ja auch ein bisschen komisch. Die wissen ja, dass Umbau ist, manche von ihnen helfen sogar mit. Manchmal glaubt der Junge, dass seine Mutter es vielleicht gar nicht sagt, damit die Leute es wissen, sondern um zu erklären, warum seine Klamotten so staubig sind. Er glaubt auch, dass seine Mutter Umbau nicht so gerne mag, sie sieht so müde aus.

Es ist schon das zweite Mal, dass sie ihr Haus umbauen. Das erste Mal war vor einigen Jahren, als er vier war. Seitdem ist dort, wo früher das Wohnzimmer war, das Klo, und da, wo das Klo war, ist jetzt nichts. Dafür ist das Wohnzimmer größer. Sein Vater hat damals die Wand von der Küche zum Wohnzimmer einfach mit einem riesengroßen Hammer weggeschlagen, der Junge durfte auch wegschlagen, aber nur mit einem kleinen Hammer. Seitdem ist es heller im Wohnzimmer, weil das Licht vom Fenster im Vorgarten bis durch die Terrassentür durchscheinen kann.

Der Junge weiß nicht, warum sie ein Jahr lang umbauen wollen, und er weiß nicht, warum sein Vater alles selbst macht. Die Eltern einiger Schulfreunde haben auch umgebaut, aber weil bei ihnen

Maurer dabei waren und ein Haufen anderer Arbeiter, ging es schneller. Sie wohnten auch nicht auf der Baustelle, sondern woanders. Der Junge glaubt, dass das seiner Mutter lieber wäre, weil er dann nicht so staubig wäre und sie den Leuten nicht immer erklären müsste, dass bei ihnen Umbau ist. Leider haben sie kein zweites Haus.

Seinem Vater scheint der Umbau sehr viel Spaß zu machen, er macht fast nie eine Pause. Pausen macht man nur, wenn einem etwas keinen Spaß macht, weil man es, wenn man Pause macht, nicht machen muss. Sein Vater arbeitet sogar nach der Arbeit. Vor ein paar Wochen fuhr er, als es schon dunkel war, noch in die Schreinerei eines Freundes und schliff dort die ganze Nacht lang die Fenster ab, er war ganz staubig, als er zurückkam, und zu müde, den Jungen, der sich gerade für die Schule fertig machte, zur Bushaltestelle zu bringen.

Dem Jungen macht der Umbau nichts aus. Eigentlich findet er ihn sogar ganz gut, aber das sagt er seiner Mutter nicht. Beim ersten Umbau hat er zu seinem Geburtstag einen gelben Tretroller geschenkt bekommen, und weil sie das Wohnzimmer ausgeräumt hatten, durfte er auf dem Holzfußboden das Fahren üben. Er hofft, dass er auch dieses Jahr an seinem Geburtstag ein großes Geschenk bekommt. Der Junge weiß nicht, dass seine Großeltern damals seiner Mutter das Geld für den Tretroller gaben. Dass es im Haus so staubig ist, findet der Junge nicht schlimm. Er mag es eigentlich sogar lieber so, weil ihm dann niemand sagt, dass er nicht mit Straßenschuhen auf dem Wohnzimmerfußboden herumlaufen darf. Sie haben nämlich gerade gar keinen Wohnzimmerfußboden, sein Vater hat ihn mit einer Brechstange rausgerissen, sodass man die Erde sehen kann und die Balken, auf denen man ohne Straßenschuhe gar nicht balancieren kann. Auf dem neuen Fußboden, das hat seine Mutter ihm schon gesagt, wird er nie wieder mit Straßenschuhen herumlaufen dürfen, weil der aus Ahorn ist und sehr teuer war. Sie wollte den teuren Boden nicht, aber sein Vater hatte es sich in den Kopf gesetzt.

Manchmal mag der Junge das Umbauen nicht. Wenn seine Mutter weint, weil der Regen das Loch, das sein Vater bis spätnachts im Vorgarten gegraben hat, wieder zuschüttet. Oder wenn sein Vater ihm nicht zuhören kann und ihm sagt, dass er keine Zeit für ihn hat. Er mag es auch nicht, wenn seine Eltern streiten, nachts, wenn er schon ins Bett gegangen ist. Sein Vater wird dann laut, aber das merkt er nicht, glaubt der Junge.

Insgesamt findet der Junge aber trotzdem, dass Umbauen spannender ist, als einfach nur so in einem Haus zu wohnen. Weil sie gerade kein Wasser haben, gehen sie zum Duschen zu Frau Richter, die nebenan wohnt, und auch ihre Wäsche waschen sie da. Der Junge ist gerne drüben bei Frau Richter. Sie spricht ganz anders als seine Eltern, sie redet sehr hochdeutsch, sagt seine Mutter. Frau Richter wohnt schon fast fünfzig Jahre in ihrem Haus, aber sie hat dem Jungen erzählt, dass sie nicht aus Bayern kommt, sondern aus dem Sudetenland, ihrem eigentlichen Zuhause. Dort hatte sie auch ein Haus, aber das gehört ihr nicht mehr, sie ist weggegangen, weil andere Menschen dort wohnen wollten. Sie hat nur noch Fotos davon in ihrer Küche hängen. Der Junge mag es, wenn Frau Richter ihm Geschichten aus dem Sudetenland erzählt, aber er ist sich nicht ganz sicher, ob das, was sie ihm erzählt, wirklich stimmt. Er hat in seinem Atlas nach dem Sudetenland gesucht, und er hat es nicht gefunden.

Morgen will sein Vater das Dach abdecken. Der Junge hatte sich kurz ein wenig davor gefürchtet, wegen der Einbrecher. Jetzt hat er keine Angst mehr. Am Vormittag hat seine Mutter ein Matratzenlager im Arbeitszimmer gebaut, sie hat die Decken und Kissen, die normalerweise oben auf ihren Betten liegen, in der Mitte des Raums zusammengeschoben wie ein Floß. Da werden sie alle gemeinsam schlafen, bis sie wieder ein Dach haben, hat sie ihm erklärt, und sein Vater hat ihm gesagt, dass es ein bisschen wie Urlaub sein wird, weil das Zimmer mit der Plane, die vor dem offenen Fensterloch hängt, ja fast ein Zelt ist. Dann hat seine Mutter den Rucksack des Jungen und eine Taschenlampe aus dem Keller geholt und ihm gesagt, dass er schon einmal mit dem Packen anfangen kann. Eigentlich, findet der Junge, hat sein Vater recht. Umbauen ist wirklich wie Urlaub. Deshalb ist es auch nicht so schlimm, dass sie dieses Jahr keinen Urlaub machen werden.

Am Ende ist es dem Jungen nicht so wichtig, ob der Umbau Spaß macht oder nicht. Das Wichtigste ist, dass das Haus nach dem Umbau Türme haben wird. Er weiß, dass man das, was sie anbauen, nicht Türme nennt, sein Vater hat ihm erklärt, was Gauben sind, er hat ihm auch den Plan gezeigt, den er mit einer Bekannten, die Architektin ist, selbst gezeichnet hat. Aber weil der Junge das Wort Gauben langweilig findet und Türme mehr nach einer Burg klingen, nennt er sie so, und sein Vater verbessert ihn nicht. Einer der Türme, das haben ihm seine Eltern versprochen, wird seiner sein. Er ist in seinem Kinderzimmer, und sie wollen ihm einen Schreibtisch dafür kaufen, wenn sie mit dem Umbau fertig sind. Der Junge nimmt sich vor, Frau Richter das nächste Mal von den Türmen zu erzählen. Er ist sich fast sicher, dass ihr altes Haus keine Türme hatte. Sonst wäre sie sicher nie weggezogen.

LANDSTRASSE NACHTS

ZWEI STUNDEN LANG versuche ich einzuschlafen, dann gebe ich auf. Für gewöhnlich muss ich nur die Augen schließen, bevor ich wenige Sekunden später das Bewusstsein verliere, als hätte jemand einen Schalter gedrückt, doch jetzt schaffe ich es nicht. Ich gehe nach unten und ziehe mir meine Jacke an. Auf der Straße vor dem Garten glühen die Laternen durch den Nebel wie riesige, reglose Leuchtkäfer. Als ich das Gartentor hinter mir ins Schloss hebe, bricht eine rot getigerte Katze durch die Hecke, rennt über die Straße und verschwindet im gegenüberliegenden Garten. Wieder das Flutlicht vor dem Haus, sonst nichts. Ich hatte vergessen, wie still es hier nachts wird.

Langsam wandere ich durch die menschenleere Siedlung. Einfamilienhäuser und Zweifamilienhäuser am Straßenrand, in einem der Vorgärten ragt ein zwei Meter hoher, blau-weiß bemalter Pfahl aus dem Rasen. Auf der Spitze sitzt ein Holzstorch, auf einem roten Holzherz darunter steht, in breitem Edding, ein Befehl:

Nach langer Zeit hod's der Stefan endlich gschafft / und hod die Vreni zu seiner Frau g'macht. Der Kindsbaum bleibt jetzt 1 Jahr stehn, dann wollma a Kind in der Wieg'n drin sehn. Vergesst's ihr eure Pflichten, müsst ihr a Festl für uns ausrichtn.

Ein kleines Stück die Straße hinunter stechen drei siebenstöckige Wohnblöcke in den Nachthimmel. Als wir Kinder waren, nannten wir sie nur »die Hochhäuser«, weil sie damals die höchsten Gebäude in A. waren, die höchsten Gebäude, die wir kannten. Ich glaube, sie sind es immer noch. An der Kreuzung am Ende der Straße, die wir als Kinder »die Kreuzung« nannten, biege ich rechts ab. Die Straße führt zum östlichen Ortsausgang, vorbei am Friseursalon »Santana Style« und einem Zahnarzt, vor dessen freistehendem Praxisgebäude zwei steinerne Backenzähne über die Eingangstür wachen wie Löwen vor einem Herrschaftssitz. Auf einer Brache nebenan stehen Sonnenblumen, die man abschneiden und mitnehmen darf, wenn man das Geld dafür in eine Kasse wirft, dahinter endet die Stadt. Unspektakulär, wie Städte eben enden, ein Feuerwehrgerätehaus, ein McDonald's, ein Autoteilehändler und eine 24-Stunden-Tankstelle schachteln sich um einen Kreisverkehr, den sie in den Neunzigerjahren gebaut haben, um die Autofahrer auf ihrem Weg in den Ort hinein zum Abbremsen zu zwingen. Jenseits davon liegt, wie ein abgestürztes Raumschiff, das Einkaufszentrum.

Auf dem Parkplatz davor, direkt gegenüber der Tankstelle, sitzen zwei Männer und zwei Frauen auf Campingstühlen vor ihren aufgemotzten Toyotas, sie schauen über die Straße auf das grüne Licht der Benzinpreisanzeige wie Sehnsüchtige aufs Meer. Seit ich denken kann, treffen die Tuner der Gegend sich hier auf dem Asphalt. Und seit ich denken kann, habe ich Angst vor ihnen gehabt und deshalb auch nie einen gefragt, was genau sie eigentlich machen, wenn sie dort sitzen.

Hinter dem Kreisverkehr beginnt die Landstraße. Rollt über einen Hügel und in die Dunkelheit, ein vier Kilometer langes Band aus

Asphalt in Richtung des Nachbardorfs. Rechts davon Wiesen, links der Wald. Das Dorf O. war der erste Ort, den ich kannte, der nicht meine Heimatstadt war – das erste Woanders –, und der Weg dorthin die erste Entfernung, die ich abschätzen konnte. Fünf Minuten mit dem Auto, fünfzehn mit dem Fahrrad, eine Stunde zu Fuß, jahrelang zerteilte ich Strecken im Kopf in diese vier Kilometer. Zweimal A. nach O., viermal, fünfundzwanzig Mal. Jede Entfernung war ein Vielfaches dieser ersten.

Ich lasse den Kreisverkehr und die Tankstelle hinter mir und stapfe auf dem Fahrradweg nach oben zur Hügelkuppe. An der höchsten Stelle führt ein Weg nach rechts zwischen die Bäume, zu einer Lichtung, in deren Mitte ein mannshoher Felsen aus dem Gras ragt. Zwei Bänke stehen unter einem Pavillon aus Metall, im Papierkorb daneben liegen ein paar Wodkaflaschen, zurückgelassen von Jugendlichen, die hier manchmal trinken, weil der Ort ab vom Schuss ist. Ansonsten kommt selten jemand vorbei. Nur eine Vertiefung im Stein verrät, dass einmal eine Plakette an etwas erinnerte. Etwas Wichtiges.

»Napoleonshöhe« nennen die Menschen in A. den Hügel vor der Stadt, in Erinnerung an den Frühling von 1809. Damals, zu Beginn des fünften Koalitionskriegs, traf eine Armee aus französischen und bayerischen Soldaten im Südosten des Orts auf österreichische Streitkräfte. Bereits 1806 hatten die königlich-kaiserlichen Truppen auf die Franzosen gewartet, die am Ende nicht auftauchten. Drei Jahre später kam dann aber sogar der französische Kaiser selbst.

John McGill, ein pensionierter amerikanischer Armee-Colonel und Militärhistoriker, hat die Ereignisse dieser Tage in einer Trilogie mit dem Namen »Thunder on the Danube« aufgeschrieben – Donner auf der Donau. Was ins Deutsche übersetzt ein wenig wie die bayerische Version eines Muhammad-Ali-Kampfes klingt, ist in Wirklichkeit eine relativ dröge Abhandlung für Menschen, die sich für relativ dröge Abhandlungen über organisierte gegenseitige Auslöschung und das Preisen von großen Männern interessieren. Trostlos soll der Morgen des 20. April 1809 gewesen sein, »roh und regnerisch«. Als Napoleon auf einem weißen Araber in A. ankam, jubelte das 7. Korps der Grande Armée unter dem Kommando des Marschalls François Lefebvre, das sich zu diesem Zeitpunkt ausschließlich aus bayerischen Soldaten zusammensetzte. Der bayerische Kronprinz Ludwig, der Napoleon verachtet haben soll, rief »Vive l'Empereur!« – so sehr habe ihn die Ausstrahlung des Kaisers beeindruckt. Vielleicht war es auch nur die Aufregung, die ihn für einen Moment die Selbstbeherrschung vergessen ließ.

Gemeinsam mit den bayerischen Offizieren ritt der Kaiser zur Anhöhe, um eine Rede zu halten. Der Kurfürst übersetzte. Er sagte ihnen, dass er sie vor den Österreichern beschützen würde und dass er sie groß machen würde, er drohte damit, dass die Doppelmonarchie sie in österreichische Regimenter zwangsrekrutieren würde, und versprach ihnen, dass dieser Krieg der letzte sei, den sie gegen ihre Feinde führen müssten. Was man eben so sagt.

Zwei Tage dauerten die darauffolgenden Kämpfe, die heute »Schlacht von A.« genannt werden, obwohl es eigentlich mehrere Gefechte in der weiteren Umgebung der Stadt waren. Als alles vorbei war, bekam ein Arzt in einem Hospital in A. eine Medaille, weil er 4318 Verwundete verarztet hatte, und A. bekam als Belohnung für seine Geduld mit den Unannehmlichkeiten ein neues Wappen mit zwei gekreuzten Schwertern. Als alles vorbei war, waren 7200 österreichische und 1000 französische und bayerische Soldaten tot, und Napoleon Bonaparte gewann den Krieg. Es sollte der letzte sein, aus dem er als Sieger hervorgehen würde.

Im Stadtmuseum von A. erinnern sie bis heute an diese zwei Tage: ein paar Gewehre, Kugeln, Uniformen und Karten mit den Truppenbewegungen und als Herzstück der Ausstellung ein gepolsterter Stuhl. Wenige Tage nach der Schlacht von A. traf Napoleon ein kleines Artilleriegeschoss aus weiter Entfernung am Fuß und prellte ihm den Knöchel. In einem Schloss wurde die Wunde, die einzige Kriegsverletzung, die sich der Kaiser in seiner Karriere zuziehen sollte, verbunden. Und weil er dabei auf einem heimischen Stuhl saß, steht der heute in einer Vitrine im Stadtmuseum. Doch deswegen bin ich nicht hier.

Mehr als zwanzig Minuten stehe ich auf dem Hügel und schaue hinunter, in Richtung des Nachbardorfs. Der Ort, an dem es passiert ist, liegt ein paar hundert Meter entfernt. Die Landstraße trifft die Bundesstraße, ein paar Bäume, eine Verkehrsinsel, ein Überlaufbecken für Regenwasser. Auf der linken Seite der Kreuzung erstreckt sich ein Lagerplatz, ein riesiges Steinschild erinnert daran, dass hier früher einmal Grabsteine verkauft wurden, bevor die Firma vor wenigen Jahren pleiteging. Rechts verkauft ein Import-Export-Unternehmen chinesische Statuen.

Vermutlich hat Napoleon bei seiner Rede am Morgen des 20. April 1809 dort hinuntergeschaut, vielleicht war damals dort eine Wiese, aber wer weiß das schon. Heute ist es ein Ort zwischen Orten. Zwischen der Stadt und den Wäldern. Zwischen den Straßen. Kein Ort. Kein Hinweis darauf, dass hier etwas passiert ist. Dabei ist hier ja etwas passiert. Etwas wirklich Wichtiges.

Sachverhalt: Am 04.06.2009 um 19:18 ereignete sich an der Kreuzung des Abfahrt-Astes A./G. der B16 und der Staatsstraße 2144 folgender Verkehrsunfall mit einer getöteten Person.

Für den Fahrer des Kraftrads war das Kollisionsgeschehen definitiv nicht vermeidbar. Ein ursächlicher Zusammenhang zwischen Unfallereignis und Todeseintritt ist zu bejahen.

Men are only known in memory, schreibt Charles Olson in *West*, seinem ersten Gedichtband – Menschen kennt man nur in der Erinnerung. Vielleicht kennt man alles nur in der Erinnerung, und nichts existiert einfach so, nur für sich. Orte und Dinge hätten dann keine Bedeutung, außer der, die wir ihnen zuschreiben. Vielleicht werden sie überhaupt erst zu Orten und Dingen, wenn wir sie dazu machen. Anders ist es ja nicht zu erklären, dass ein Hügel, auf dem an einem Vormittag im frühen 19. Jahrhundert die Weltgeschichte Halt machte und 8200 Leben auslöschte, heute nur noch ein paar Teenager anzieht, die sich in erster Linie für Wodka und kein bisschen für den fünften Koalitionskrieg interessieren, und dass ein gepolsterter Stuhl, auf dem vor rund zweihundert Jahren ein klein gewachsener Korse saß, um sein Wehwehchen verarztet zu bekommen, heute hinter Sicherheitsglas in einem Museum steht. Und anders kann ich es nicht erklären, dass es mich bei einem Nachtspaziergang, den ich ja überallhin hätte unternehmen können, wie einen Pilger auf einen Hügel vor der Stadt zieht, von dem aus ich auf eine Kreuzung schaue, an der es nichts zu sehen gibt. Dass ich weiß, dass dieser Punkt, den jeder nur kreuzt, an der Kilometermarke 9100 der Landstraße 2144 liegt. Und dass diese Landstraße, die für mich früher nur eine Maßeinheit dafür war, wie weit etwas weg ist, heute nur noch der Ort ist, an dem mein Vater starb.

Ich gehe zurück zum Fahrradweg. Ein Lastwagen dröhnt den Hügel hinauf, an mir vorbei in die Stadt. Für einen Moment liegt die Kreuzung im gleißenden Licht der Scheinwerfer. Dann wird es dunkel. Statt den direkten Weg am Einkaufszentrum vorbei zu nehmen, gehe ich jetzt auf einem Fahrradweg, der am Rand der Stadt zurück in Richtung der Siedlung führt. Inzwischen ist die Dunkelheit fast absolut.

Als hinter mir ein Brummen langsam, aber stetig lauter wird, bin ich für einen Moment versucht, mich in die Büsche zu werfen. Doch es ist nur ein junger Mann, der auf seinem Mofa ohne Licht auf dem Fahrradweg in dieselbe Richtung unterwegs ist wie ich. Ich wedle mit den Armen, um ihn auf mich aufmerksam zu machen. Als er mich sieht, ist es fast zu spät. Mit einem wilden Schlenker weicht er mir aus und schafft es gerade noch, den Lenker wieder herumzureißen, kurz vor dem fast drei Meter tiefen Hang, der rechts zu den Pferdeweiden hin abfällt. Es bleibt der einzige Kontakt, den ich auf meinem Weg zurück nach A. mit Menschen habe. Im Wald rechts neben dem Fahrradweg rumort ein Tier. Welches, kann ich nicht erkennen. Ich halte mich links.

Die Siedlung liegt noch immer im Halbdunkel. Als ich am Pfahl mit dem Storch und dem Holzherz vorbeikomme, muss ich kurz an Vreni und Stefan denken. Ich frage mich, wie viel Zeit ihnen noch bleibt. Vielleicht ist Vreni schon schwanger, und Stefan freut sich darauf, Vater zu werden. Vielleicht hat er auch Angst davor, oder sie wollen gar keine Kinder und haben gestern ein Fass Bier gekauft.

Statt vorne durch das Gartentor des Hauses zu gehen, betrete ich den Garten durch den überdachten Autostellplatz, der am hinteren Ende des Grundstücks liegt, gleich neben dem alten, gemauerten Schuppen und dem aus Holz, der später dazukam. Das Außenlicht an der Terrasse brennt, sie muss es angelassen haben, bevor sie zum Flughafen fuhr. Als hätte sie Angst, dass ich sonst den Weg nach Hause nicht finde.

Im Haus angekommen, esse ich das zweite Stück Zwetschgendatschi und gehe zurück in das Zimmer, um mich ins Bett zu legen. Diesmal ziehe ich mich aus und bin erleichtert, als ich langsam wegdämmere. Dann ist da auf einmal Napoleon. Er steht immer noch auf dem Hügel im Osten, doch jetzt leuchtet hinter ihm das goldene M des McDonald's und statt auf einem Araber sitzt er auf einer chinesischen Statue. Der Felsen steht nicht mehr auf dem Hügel, sondern unten auf der Verkehrsinsel. Wie ein Wegweiser ragt er an der Kreuzung auf. Dort, wo früher die Plakette war, hat jemand mit Klebeband ein laminiertes Bild befestigt. Als ich es genauer anschauen will, werde ich aus dem Moment gerissen. Napoleon steht jetzt auf dem Parkplatz des Einkaufszentrums, inmitten der Tuner. Und auf dem Hügel ragt jetzt statt des kleinen Korsen der Schatten eines riesigen Mannes in den Nachthimmel, Maximus von Gloucester.

Ich wache auf, obwohl ich nicht wirklich geschlafen habe. Das Licht am Bett brennt noch. Für zwanzig Minuten setze ich mich an den Schreibtisch und versuche, etwas zu schreiben. Dann krame ich meinen Laptop aus dem Rucksack und starte eine Dokumentationsserie, in der ein über beide Arme tätowierter Historiker mit beeindruckendem Esprit über seine britischen Lieblingsburgen spricht.

FAKTEN

MAI 2019, A.

- Mein Vater kam am 4.10.1953 in der Oberpfalz zur Welt
- Mein Vater hieß wie ich. Johannes, nach seinem Vater, ebenfalls Johannes, meinem Großvater. Johannes Baptist. Mich haben sie nach dem anderen benannt
- Mein Vater war das älteste von sechs Kindern, er hatte vier Schwestern und einen Bruder
- Mein Vater wuchs auf dem Dorf auf, in einer Raiffeisenbank, sein Vater war der Vorsteher
- Als er jung war, hatte mein Vater eine Dauerwelle. Warum?
- Mein Vater trug eine Brille. Zwölf Dioptrien
- Mein Vater hat mein ganzes Leben lang geraucht, eine Schachtel pro Tag, Marlboro, keine Lights, später hat er seine Zigaretten selbst gerollt, mit einer dieser silbernen Boxen, in denen man auch den Tabak aufbewahren kann
- Mein Vater fing mit vierzig (?) an, Posaune zu lernen
- Mein Vater hat gern fotografiert, aber nicht wirklich gut
- Mein Vater hatte Stiftung Warentest und Öko-Test abonniert. Früher auch den Stern
- Mein Vater hatte eine dunkle (?) Stimme
- Mein Vater wurde manchmal laut
- Mein Vater hat Apfelschorle getrunken. Und Espresso Macchiato

– Mein Vater fuhr Motorrad, eine BMW 650R. Sie erinnerte mich immer an ein Brauereipferd, nur kälter
– Mein Vater wurde fünfundfünfzig
– Mein Vater. Als er noch lebte, habe ich ihn nie so genannt
– Diese Liste ist nutzlos

DHARAMSALA

OHNE AUFZUWACHEN BIN ICH WACH. Aufrecht auf dem Ausziehsofa, als hätte ich im Sitzen geschlafen. Die Sonne steht grell vor dem Fenster, der grüne Kinderwecker aus Plastik, der auf dem Nachtkästchen neben mir steht, zeigt erst kurz nach halb acht an. Auf dem Bildschirm des Laptops leuchtet es. »Are you still watching?«

Ich weiß, wo ich bin. Ich weiß, wie weit ich den Arm ausstrecken muss, um vom Bett aus die Heizung zu erreichen, auf die ich mein Telefon lege. Ich habe gelernt, kurz vor der Tür nicht auf die vierte Diele von links zu treten, weil dort ein Astloch ist, an dem man mit den Socken hängen bleibt. Ich weiß genau, wie weit ich die Klinke hinunterdrücken muss, damit die Tür aufschwingt. Es fühlt sich an, als hätte mein Körper das Haus in den 18 Jahren, die ich hier gelebt habe, auswendig gelernt, so wie ein Schüler ein Gedicht lernt, um es am nächsten Tag vor der Klasse herunterzubeten, auch wenn sein Sinn sich ihm nicht erschließt. Mein Rücken schmerzt. Ich drücke mich nach oben, stolpere in Richtung Fenster und reiße es auf. Im Flieder randalieren die Spatzen.

Für ein paar Minuten setze ich mich ins Licht. Als Kind saß ich oft auf dem hölzernen Fensterbrett, las mit angezogenen Knien, den Blick auf die Rasenfläche des Genossenschaftshauses, auf der im Sommer unser Nachbar jeden Samstagnachmittag sein Rennrad reparierte. Am Abend saß er dann in einem Klappstuhl auf dem Rasen vor seinem Schuppen, einem schmalen Abteil in einer Reihe von Abteilen, und hörte dem FC Bayern beim Fußballspielen im Radio zu. In meiner Erinnerung steht das blank geputzte Rad vor ihm, und er trägt Fahrradkleidung, Radlerhosen, ein Trikot und eine dieser Radfahrerkappen mit einem kleinen hochgeklappten Sonnenschild, die man nur trägt, wenn man das Fahrradfahren sehr ernst nimmt. In meiner Erinnerung, ich bin ungefähr zehn Jahre alt, erklärt er mir am Jägerzaun, wie Klick-Pedale funktionieren und warum man damit schneller ist.

In Boxershorts steige ich die steile Treppe hinunter in die Küche, öffne einen Schrank nach dem anderen und wühle mich durch Gläser mit losen Teeblättern, getrockneten Kräutern und Nüssen, bis ich schließlich eine Dose Instantkaffee finde. Ich greife mir eine Tasse aus dem Buffet und schütte das Pulver direkt aus der Dose hinein, viel zu viel.

Die Löffel sind nicht mehr dort, wo sie früher waren. Im Wasserkocher schwimmen Energiekristalle, sie stoßen mit einem leichten Klackern aneinander, als das Wasser zu kochen beginnt.

Das Erste, was mir auffällt, sind die Spruchkalender. Es sind mehr geworden in den letzten Jahren. Sie schmücken die Wände des großen Raums, der Küche, Wohnzimmer und Esszimmer gleichzeitig ist – Zitate von Hildegard von Bingen, Albert Einstein, Dietrich Bonhoeffer, dazwischen Paulo Coelho. Alle von ihnen zeigen den Tag, an dem sie nach Indien geflogen ist. Ihr Flug hob früh am Morgen ab, sie muss sie noch in der Nacht umgeblättert haben, um sich auf die Reise einzustimmen. Sie liest die Sprüche wie gläubige Katholiken Psalmen lesen. Seit sie ein Smartphone hat und ich ihr erklärt habe, wie sie Bilder in den Status ihres Messenger-Programms laden kann, macht sie manchmal Fotos von Zitaten, die ihr besonders gut gefallen, und postet sie. Manchmal schaue ich sie mir an. Aber nicht oft.

Mit der Tasse Instantkaffee in der Hand schlurfe ich durchs Haus. Bei jeder geschlossenen Tür, die ich öffne, habe ich das Gefühl einzubrechen. Das Bad, gelb und weiß gefliest, mit gelben und weißen Handtüchern und gelben, heruntergelassenen Jalousien. In einem Korb neben dem Waschbecken liegt ein Kopfmassagegerät, eine dieser Krallen, mit denen man, wenn man sie sich auf den Kopf schiebt, immer ein bisschen aussieht wie Professor X auf der Suche nach neuen Mutanten. Daneben hängen an einer Stange ihre Halsketten, silbern mit großen Halbedelsteinen. Auch hier klebt ein Spruch. »Hier siehst du den Menschen, der für dein Leben verantwortlich ist«, steht in großen Buchstaben auf einer Postkarte neben dem Spiegel.

Ich würde gerne sagen, dass es ein Zufall ist, dass ich hier bin, während sie es nicht ist. Die Wahrheit aber ist, dass ich erst dann die Möglichkeit, zurück nach A. zu fahren, in Erwägung zog, als sie mir von ihrer Reise erzählte. Nicht, weil ich sie nicht sehen will. Ich muss das, was ich vorhabe, nur auf meine Weise erledigen, und das kann ich nicht, wenn sie hier ist.

In ihrem Arbeitszimmer im ersten Stock arbeitet sie nicht mehr, seit sie allein lebt. Der Blick geht auf den Garten, auf einen Strauch, der ganz umhüllt ist von intensiv rosafarbenen Blüten. Als ich ein Kind war, liebte ich ihr Zimmer. Oft schlich ich mich gleich nach der Schule hinein – nicht, weil ich es nicht gedurft hätte, sondern weil ich in Ruhe die Bücher, die auf Ivar-Regalen an drei Wänden des Raums standen, anschauen wollte. Wenn eines interessant aussah, klaute ich es mir, nahm es mit in mein Zimmer und las es auf dem Fensterbrett. So entdeckte ich Bücher ohne Empfehlung, ohne zu wissen, ob ich das, was in ihnen stand, verstehen würde.

Die giftgrüne Taschenbuchausgabe von »Der Herr der Ringe«, die ich wegen der Adler auf dem Schuber als eines der ersten Bücher aus dem Regal nahm, stellte ich zwei Mal zurück, weil ich es nicht über Tolkiens Ethnografie des Auenlandes hinausschaffte. »Die Säulen der Erde« las ich, als ich gerade zehn geworden war, bis heute muss ich mich daran erinnern, wie unangenehm ich Folletts explizite Szenen fand und wie sehr es mich verstörte, dass er den Geruch eines verbrennenden Körpers mit dem eines Bratens verglich. Das Ende der Artus-Sage, die ich in erster Linie deshalb mitnahm, weil die Stadtbücherei kein Prinz-Eisenherz-Heft mehr hatte, das ich noch nicht kannte, verursachte in mir eine mehrere Tage andauernde Traurigkeit, die nicht so sehr von der Tatsache herrührte, dass der König und seine Ritter fast allesamt eines grausamen Todes starben, sondern vielmehr von der absoluten und unumkehrbaren Vernichtung einer reinen und edlen Sache, von der ich angenommen hatte, dass sie für immer Bestand haben würde.

In ihrem Schlafzimmer liegt Wäsche säuberlich gefaltet auf dem schlichten hölzernen Doppelbett. Sie schläft nicht mehr hier, sondern auf einem Diwan im Wohnzimmer, das sei ihr lieber, sagt sie. Sie begann damit, als der Hund es nicht mehr schaffte, abends die Treppe hinaufzulaufen, zu der Decke vor der Schlafzimmertür, auf der er geschlafen hatte, seit er ein Welpe war. Weil er allein im Wohnzimmer nachts Angst hatte, legte sie sich neben ihn auf das Sofa, irgendwann kaufte sie den Diwan und schlief ab dem Moment dort, vor dem Fenster zum Garten.

Unten, im Erdgeschoss, die Tür zum Keller nur angelehnt. Die Treppe hinunter ist noch steiler als die in den ersten Stock. Grobe Holzstufen führen unter das Haus. Nur die Hälfte des Gebäudes ist unterkellert. Am Ende der Treppe liegt der längliche, schmale

Raum mit den gekalkten Wänden, an dessen Ende die Gefriertruhe stand. Sie steht immer noch da, ein neueres Modell zwar, aber an der gleichen Stelle. Noch immer genug Eingemachtes für zwei Jahre im Regal an der Wand daneben. Ein grob geschnittener Türrahmen führt in den zweiten, größeren Raum, an dessen Wänden sich Boxen stapeln. »Weihnachtsschmuck« 1 bis 4, »Osterschmuck«, »Geburtstag«. Ein alter Hornschlitten lehnt in der Ecke, gleich neben einer riesigen Plastikwanne mit Lego. Kaum etwas hat sich verändert, seitdem ich vor ein paar Jahren das letzte Mal hier unten war. Ich gehe nach oben. Gegenüber der Kellertür liegt das Arbeitszimmer meines Vaters. Meine Mutter hat nie aufgehört, es »Papas Zimmer« zu nennen, nicht nachdem er ausgezogen war und nicht vor zehn Jahren. Die Holztür ist ein wenig verzogen, sie knarzt leicht, als ich sie vorsichtig aufdrücke.

Plutarch schreibt in seiner Biografie über den legendären athenischen König Theseus, der den Minotaurus erschlug, in einem kurzen Absatz über das Schiff, mit dem der Held nach erfolgreichem Kampf gemeinsam mit den jungen Männern und Frauen, die eigentlich als Opfer für den Minotaurus vorgesehen gewesen waren, von Kreta aus zurück nach Athen segelte. Die Athener, schreibt er, seien ihrem König so dankbar gewesen, dass sie sein Schiff als Souvenir aufbewahrten, um sich für alle Zeit an seine Taten zu erinnern. Rund vierhundert Jahre lang fungierte das Schiff als Herzstück einer kultischen Verehrung. Um aber zu verhindern, dass das Gefährt irgendwann einfach zu Staub zerfiel, ersetzten sie nach und nach die Planken und Balken und Segel, denen die Jahre und das Wetter zugesetzt hatten. Schnell kam es zum Streit darüber, was das für das Schiff, das so über die Zeit gerettet wurde, bedeutete, ob das Schiff seinen Namen überhaupt noch verdient hatte. Egal wie viele Originalteile man ersetze, sagten die einen, das Schiff sei für immer das Schiff des Theseus, weil jede neue Planke, jeder neue Nagel in dem Moment, in dem er eingesetzt werde, Teil des Schiffs werde. Die anderen argumentierten, dass das Schiff mit jedem ersetzten Teil ein wenig mehr von seiner Theseushaftigkeit verliere und man es deshalb irgendwann nicht mehr guten Gewissens so nennen könne. Doch wenn das der Fall war, wann hörte das Schiff des Theseus auf, das Schiff des Theseus zu sein? Wann hört irgendetwas auf, etwas zu sein, das es einmal war?

Ich weiß genau, was meine Mutter darauf erwidern würde. Dass es von Anfang an nicht um das Schiff gegangen sei, würde sie sagen, sondern um Energien. Seit ich mich erinnern kann, hat sie beim Beantworten solcher Fragen immer eine fast schlafwandlerische Sicherheit an den Tag gelegt. Wenn ich ehrlich bin, beneide ich sie manchmal darum, weil ich weiß, dass mir das, selbst wenn ich es versuchen würde, nicht gelänge. Vielleicht habe ich deshalb immer versucht, mich an die Fakten zu halten, an das, was unwiderlegbar war. Looking for the evidence. Ich öffne die Tür.

WANDERN

EIN BISSCHEN SEHEN DIE GIPFEL AUS wie die Zähne eines wilden Tiers, denkt sich der Junge, als würden sie den Himmel fressen, und die Wolken gleich mit. Er ist fast sieben, und er hat die allerschrecklichste Angst. Unten, da wo er gerade so das Wasser des Königssees sehen kann, liegen die Fliegenpilze. Sein Vater hat ihm gesagt, dass das St. Bartholomä ist, eine Kirche, die auf der Halbinsel Hirschau steht. Halbinsel ist ein seltsames Wort. Dem Jungen ist schwindlig, als er vor dem grob gehauenen, hölzernen Geländer steht, dass sie an den Rand der Aussichtsplattform im Osten gebaut haben, es kommt ihm unsicher vor, weil ja der Boden dahinter einfach verschwindet. Sein Vater steht hinter ihm. Er passt auf, dass der Junge nicht zu nahe an den Abgrund herangeht, aber es ist gar nicht der Abgrund, vor dem der Junge Angst hat. Er schaut nach oben und denkt an den bösesten Mann, den er sich vorstellen kann. Ein älterer Junge, fast schon ein Jugendlicher, hat ihm am Abend zuvor im Aufenthaltsraum der Berchtesgadener Jugendherberge von ihm erzählt.

Der Watzmann, hat er dem Jungen gesagt, ist der böseste Mensch der Welt, und er hat mit solcher Grausamkeit über seine Untertanen geherrscht, dass Gott ihn und seine Familie in Berge verwandelt hat. Wie genau der König grausam war, wusste der Jugendliche nicht, aber er sagte, dass es sicher ist, dass der Watzmann sich irgendwann aus den Felsen befreien wird. Todsicher.

Der Junge steht am Abgrund und starrt auf den Berg, der sich vor ihm auftürmt. Verzweifelt sucht er nach einem Zeichen, das ihm sagt, wie viel Zeit ihnen noch bleibt. Was, wenn er sich jetzt befreit, fragt er den Vater, gerade jetzt, wo sie hier stehen? Er erzählt ihm von dem älteren Jungen und der todsicheren Rückkehr. Der Vater lacht. Der Junge müsse sich keine Sorgen machen, sagt er. Mit einem Befreiungsversuch sei frühestens in 100 Jahren zu rechnen. Er habe sich da vor ihrem Urlaub selbstverständlich informiert.

Vor zwei Monaten hat der Vater dem Jungen seine ersten Wanderstiefel gekauft. Ein Paar nach dem anderen hatte er ihn anprobieren lassen, bevor er zufrieden war, und das war ziemlich anstrengend, weil der Junge mit jedem neuen Paar eine kleine Holzrampe hinauflaufen musste, damit sein Vater und der Ladenbesitzer, der ihr Nachbar ist, herausfinden konnten, ob alles passte. Am Ende nahmen sie die braunen, und auch die roten Schnürsenkel, die der Junge sich gewünscht hatte. Dann sagte der Vater dem Jungen, dass er die Schuhe über die nächsten Wochen einlaufen müsse, damit er sich beim Wandern keine Blasen hole. Oder reinpieseln, aber weil der Junge nicht in seine Schuhe pieseln wollte, hat er sie wirklich jeden Tag getragen, und das scheint auch funktioniert zu haben. Er hat noch keine Blasen.

Der Vater zieht die zwei Hälften der metallenen Brotzeitbox auseinander, und dann stellt er sie zwischen sich und den Jungen auf den großen Felsen und gibt ihm ein Stück Debretziner. Er sagt auch den Satz, den der Junge so gern mag. »In der größten Not …«, sagt er, »… schmeckt die Wurst auch ohne Brot!«, schreit der Junge in den Wald. Dann klemmt er die Wurst zwischen seine Zähne wie ein Pirat einen Dolch und lacht. Als der Junge die Wurst gegessen hat, breitet der Vater die Karte auf dem Felsen aus und legt seinen Kompass darauf. Er zeigt dem Jungen, wie er die Himmelsrichtung ablesen kann und wie er die Karte daran ausrichten muss. Er zeigt ihm ihre Position auf der Karte und erklärt ihm die Höhenlinien. Er holt einen Höhenmesser aus seiner Hosentasche. Der steckt in einer Hülle aus speckigem Leder und sieht fast aus wie ein Kompass, aber statt der Himmelsrichtungen misst er, ob man oben oder unten ist. Der Vater erklärt dem Jungen, wie man damit »die Höhe bestimmt«. Er sagt ihm, dass er ab jetzt für die Höhenmessung zuständig sei, Updates alle 50 Meter, Herr Höhenmesser vom Dienst. Dann nimmt er seinen verbeulten, hellgrauen Filzhut ab, den er nur zum Wandern trägt, setzt ihn dem Jungen auf und sagt ihm, dass er ein Hutgesicht habe. Der Junge rennt den Felspfad hinauf und ruft »Einsfünffünfnull Meter« in den Wald. Zwei Stunden später kann der Junge nicht mehr. Schon seit neun Uhr sind sie auf diesem steinigen Pfad unterwegs, der in steilen Serpentinen den Berg hinaufgeht. Das Wort Serpentinen kommt von Schlangen, sagt sein Vater. Eigentlich hat sein Vater ihm versprochen, dass sie mittags an der Gotzenalm essen werden. Aber jetzt ist es schon acht nach zwölf und die Gotzenalm taucht nicht auf. Der Junge hat seinen Vater schon dreimal gefragt, wann sie da sind, aber seine Antwort hilft gar nichts, weil sie immer gleich ist und einem gar nicht sagt, wie lange etwas dauert. »In einer Stunde geht man viel«, sagt er dann immer und streckt ihm die Zunge heraus. Als er es nochmal sagt, wird der Junge sauer. Deshalb geht er jetzt einfach so schnell, dass er das, was man in einer Stunde geht, in einer halben Stunde schafft. »Wow! Du hast ja auf einmal einen Tiger im Tank«, ruft sein Vater und der Junge versucht, noch ein bisschen schneller zu gehen. Eine halbe Stunde später taucht die Hütte hinter einem großen Felsen auf.

»Siehst du das?«, fragt der Vater den Jungen und zeigt auf die breite Schneise, die auf der anderen Seite des Tals den Berghang hinunter rollt. Er klingt dabei ein wenig aufgebracht. »Skigebiete machen die Berge kaputt«, sagt er. »Berge sind zum Hinaufgehen da, nicht zum Hinunterfahren«, sagt er, aber das weiß der Junge schon. Sein Vater sagt das immer.

An der Gotzenalm setzen sie sich auf die Terrasse und warten auf das Mittagessen. Der Vater hat es für ihn ausgesucht, und er hat gesagt, dass man das essen muss, wenn man beim Wandern ist. Der Junge weiß nicht, was ein »Gernknödel« ist, und er befürchtet, dass Kräuterlimonade ein schreckliches Getränk sein könnte. Er hat es aber trotzdem bestellt, weil sein Vater ein Wanderer ist und sich auskennt.

Der Vater trägt eine blaue Cargo-Hose und ein Hemd über einem T-Shirt, er hat Sonnengläser über seiner Brille, die er einfach so draufstecken kann. In seinen Wanderstiefeln hat er Socken an, die bis zu den Knien gehen und die die Oma des Jungen gestrickt hat. Der grüne Wanderrucksack mit dem Bauchgurt ist so schwer, dass der Junge ihn nicht hochheben kann. Ein Viertel des eigenen Gewichts darf ein Wanderrucksack höchstens haben, hat ihm der Vater am Abend zuvor erklärt. Sonst ist er zu schwer. Der Junge musste sich deshalb entscheiden, was er mitnehmen will. Er hat einen Wanderführer über das Berchtesgadener Land, Hirschtalg für die Füße, ein zweites Paar Socken und eine lange Unterhose eingepackt und er hat seinen Teddybären, den er zur Taufe bekommen und dann selbst Mane getauft hat, obendrauf gestopft.

Am wichtigsten, sagt der Vater, sind das Wetter und das Licht. An den Tagen, an denen sie wandern, steht er immer schon auf, wenn es draußen noch dunkel ist. Eigentlich steht er nie auf, wenn es draußen noch dunkel ist, aber in den Bergen schon. Er bereitet dann die Ausrüstung vor, packt ihre Rucksäcke und trinkt drei Tassen Kaffee. Wenn der Junge danach noch schläft, weckt er ihn, aber meistens schläft er nicht mehr, weil er seinem Vater gern beim Packen zuschaut.

An diesem Morgen sind sie mit einem kleinen Boot aus Holz über den See gefahren, das »EMB Ramsau« heißt. Es lag sehr tief im dunklen Wasser, sodass es unter dem Nebel hindurchgleiten konnte. Am Ufer reichten die Äste der Tannen bis an die Wasseroberfläche heran, fast sah das so aus, als würden sie trinken. Als sie halb über den See waren, brachte der Kapitän das Boot an einem Felsen zum Stehen, der senkrecht aus dem See ragte. Er öffnete die Glastür in der Mitte des Bootes und spielte auf einem Flügelhorn, das fast so etwas ist wie eine Trompete, aber auch nicht, eine Melodie zum Felsen hin, die dann zurück auf den See hallte, sodass es fast wie Glas klang. Der Junge drückte seine Nase an die Scheibe. Er hauchte gegen das Fenster und versuchte mit dem Zeigefinger die Felsen nachzufahren, die am Ufer vorbeizogen. Aber weil sich das Boot bewegte, musste er schon nach wenigen Sekunden neu anfangen. Sein Vater saß neben ihm auf der blau gepolsterten Bank, aber er sah das nicht, weil er eingeschlafen war.

Gegenüber von der Halbinsel hält das Boot nur, wenn man dem Kapitän sagt, dass man rausmuss, die Haltestelle ist dort nur ein schmaler Steg. Dahinter führt eine Treppe aus Steinplatten an einem hölzernen Unterstand vorbei, und dann geht ein Weg in steilen Serpentinen den Berg hinauf. Die ersten Meter musste der Vater den Jungen fast schieben, weil der so müde war. Am frühen

Vormittag war es kühl und düster im Wald, nur manchmal glitzerte der See durch die Bäume. Der Junge ging wenige Schritte vor seinem Vater. Er sah ihn nicht, aber er hörte ihn, schon nach wenigen Metern schnaufte er schwer. Weil er raucht. Der Pfad knirscht, wenn man mit den Wanderstiefeln darüber läuft. Der Vater hatte seine Daumen in Schlaufen an den Rucksackträgern eingehakt, deshalb machte der Junge das auch. Über den Bäumen konnte man den Himmel nicht sehen, weil da der Watzmann war. Die Schneefelder auf dem Watzmann sahen ein bisschen aus wie die Streifen auf dem Rücken eines wilden Tiers.

Wenn man beim Bergwandern oben ankommt, ist man sehr überrascht, weil da plötzlich so viel Platz ist. Hochebene heißt das, sagt der Vater dem Jungen. Ein paar Weidekühe mit langen Hörnern stehen auf einer Wiese und kauen, und das Gras sieht ein bisschen aus wie ein plüschiger Teppich, nur manchmal schauen Steine aus ihm heraus. Der Junge steigt über einen hölzernen Übertritt am Rand des Waldes und in die Sonne. Der elektrische Weidezaun surrt, ganz leise. Er will einen Steinadler sehen, sagt er seinem Vater. Er hat noch nie einen Steinadler gesehen, aber hier, in den Bergen, sollen sie leben, so steht das in dem Adlerbuch, das ihm seine Eltern zum Geburtstag geschenkt haben. Einer der größten Adler ist das, Flügelspannweite über zwei Meter. Der Junge weiß alles, was man über Steinadler wissen muss. Dunkelbraune Federn, außer im Nacken, wo sie golden sind. »Weißt du, dass ein Steinadler sogar junge Steinböcke jagt?«, fragt er seinen Vater. Sein Vater wusste es nicht, sagt er. Nicht schlimm, antwortet der Junge, meistens fressen Steinadler eh keine Steinböcke, sondern Murmeltiere.

Mit zusammengekniffenen Augen sucht der Junge den Himmel

ab. Auf der Hochebene ist es sehr hell, aber der Junge findet trotzdem keinen Steinadler. Als er enttäuscht aufhört zu suchen, zeigt sein Vater auf einen kleinen Felsen. Ein Murmeltier streckt dort seinen Kopf in die Höhe, es pfeift schrill und verschwindet dann, und der Junge ist so aufgeregt, dass er vergisst, dass er einen Steinadler sehen wollte.

Der Vater schneidet aus einem Strauch am Wegrand einen Stock. In der Gotzenalm hat er dem Jungen einen Stocknagel gekauft, ein Metallschildchen, das ungefähr so groß ist wie der Daumen eines Erwachsenen. Später, sagt der Vater, wird er den Stocknagel am oberen Ende des Stocks festmachen, als Erinnerung daran, dass sie da waren. Auf dem Stocknagel ist der Königssee drauf, mit einem Ruderboot, und im Hintergrund sieht man die St.-Bartholomä-Kapelle und den Watzmann. So muss sich das anfühlen, wenn man einen Orden bekommt, denkt sich der Junge und er beschließt, ab jetzt sein ganzes Leben lang Stocknägel zu sammeln. Sein Vater erzählt ihm nicht, dass man kaum etwas sein ganzes Leben lang tut.

Am Abend kauft der Vater eine Postkarte, auf der das Gleiche drauf ist wie auf dem Stocknagel, nur in größer, und er sagt dem Jungen, dass sie die gemeinsam seiner Mutter schreiben werden. Der Junge fragt, was man denn draufschreiben muss auf so eine Postkarte. Der Vater sagt, dass es gar nicht so wichtig ist, was draufsteht. Man schickt Karten nämlich nicht, damit die Leute wissen, was man macht, sondern damit die Leute wissen, dass man an sie denkt.

GEISTERWELT

DAS ZIMMER IST EIGENTLICH kein Zimmer mehr. Meine Mutter hat es nie geschafft, irgendetwas darin zu verändern, eine neue Bestimmung zu finden für den Raum, der, zumindest dem Namen nach, immer noch ihm gehört. Noch immer säumen die Ivar-Regale, die mein Vater, weil ihm dunkles Holz besser gefiel, selbst beizte und die er so zugeschnitten hatte, dass sie genau diesen Raum ausfüllen, diese Wände. Noch immer steht neben der Terrassentür die kleine Vitrine mit den tönernen Köpfen und Figuren, die er während seiner Ausbildung in einem Praktikum geformt hatte. Den Rest haben Zeit und Alltag hinzugefügt. Weil es nichts Neues werden konnte, füllte sich das Zimmer mit allem, was andernorts keinen Platz fand, und wurde so zu einer Art Lager. Der Wäscheständer beansprucht fast die Hälfte des Raums, Mineralwasserkästen stapeln sich an der Wand, das Bügelbrett lehnt daneben. In der Mitte stehen Umzugskisten, die ich, als ich nach England ging, später abholen wollte.

Ich bin schon versucht, rückwärts wieder hinauszugehen, als ich in einem der Ivar-Regale den mit Herbstblättern beklebten Schuhkarton sehe. Meine Mutter verziert nur dann etwas, wenn es wichtig ist. Ich bahne mir einen Weg zum Regal, ziehe die Kiste heraus, auf deren Deckel eine dünne Staubschicht liegt. Im Wohnzimmer setze ich mich auf den Boden vor dem Schrank und hebe den Deckel ab. In ihr stapeln sich, bis an den Rand, Grußkarten, bedruckt mit Variationen einer Handvoll Motive. Blumen in Schwarz und Weiß, Kreuze, Blumen in Bunt, Horizonte.

Im Juni 2009 spannte meine Mutter eine Paketschnur im Küchenfenster, der Blick auf den Fliederbaum, mit kleinen Wäscheklammern hängte sie die Kondolenzkarten daran. Mehr als neunzig kamen, mir war es, als tauchten sie aus dem Nichts auf. Ich hatte noch nie so viele Grußkarten auf einmal gesehen.

Eine ehemalige Klassenkameradin, die ich seit meinem Abitur nicht mehr getroffen hatte, schrieb, dass sie an mich dachte. Viel Kraft und Zuversicht, herzlichen Glückwunsch. Ich musste zweimal hinsehen, bevor ich realisierte, dass der Satz, der da am unteren Ende der Karte stand, nicht so endete, wie Karten bisher in meinem Leben geendet hatten. Herzliches Beileid. Die Kreissparkasse schickte einen Brief, auf Kreissparkassenbriefpapier, mit einem Zitat von Albert Schweitzer in großen Buchstaben. Tragisch, viel zu früh. Worte, schrieb der Sparkassenmitarbeiter, seien »in solch einer Situation« nur unzureichender Trost, aber es sei ihm ein Bedürfnis, sein Mitgefühl auszudrücken. »Vielleicht gibt Ihnen die Erinnerung an die gemeinsame Zeit Kraft und Trost in diesen schweren Stunden.« Der Landtagsabgeordnete schrieb, auf Landtagspapier mit schwarzem Rand und Kreuz neben dem bayerischen Wappen.

Immer wieder stolperte ich über die Sätze. Kaum jemand schrieb, wie er sonst sprach. Sie »entboten« Anteilnahme, »trugen uns im Gebet«, versicherten ihre »Zugeneigtheit«, spendeten »Trostworte« – es schien mir damals, als sei der Tod ein besonders strenger Deutschlehrer, der Respekt für die Sprache einforderte und jede Unbedarftheit mit dem Rohrstock bestrafte.

Dazu die Gedichte, die Worte der anderen, denen die Absender das Sprechen über den Tod eher zutrauten als sich selbst. Bonhoeffer, Augustinus, irische Segenssprüche. Als ich zum dritten Mal in ebenso vielen Tagen dasselbe Gedicht von Rilke las, überkam mich der Drang, dem Dichter posthum ins Gesicht zu schlagen.

Eine Frau, die ich nicht kannte, schrieb meiner Mutter einen zweiseitigen Brief. Dass sie erst spät vom Tod meines Vaters erfahren habe und dass es ihr sehr leidtue. Sie sei, schrieb sie dann weiter, derzeit in Behandlung bei einer Geistheilerin, die viel von der »geistigen Welt« wisse.

Falls du interessiert bist, mit Hans in Kontakt zu treten, ihm Fragen stellen möchtest, kannst du Frau Schulzinger anrufen, abends ab 18:30 Uhr.

Nur Geduld müsse meine Mutter haben. Ein Medium, da war die Dame sehr präzise, könne erst sechs Monate (Minimum: 182,5 Tage) nach dem Tod den Kontakt aufnehmen. Schon jetzt aber könne Frau Schulzinger ihr viele Fragen über die Geistwelt beantworten, da sie vor einigen Wochen mithilfe einer anderen Geistheilerin selbst Kontakt mit ihrem verstorbenen Mann gehabt habe und dieser ihr so noch diverse Dinge von äußerster Wichtigkeit habe mitteilen können. Welche Dinge das waren, sagte die Frau nicht. »Ich wollte dir diese Information unbedingt zukommen lassen«, beendete sie ihren Brief, unter den sie das Foto einer roten Heckenrose klebte.

Als ich den Brief zum ersten Mal las, musste ich lachen über den Gedanken, man müsse einfach nur eine Nummer wählen, um die Toten ein Stück ins Leben zurückzuholen. Als ließe sich die Endlichkeit per Hotline überwinden.

Ich wusste genau, welche Dinge von äußerster Wichtigkeit der Geist meines Vaters meiner Mutter bei einer Séance mitteilen würde: »Maria, lass mich mit deinem esoterischen Schmarrn in Ruhe.«

Am Ende aber war auch dieser Gruß, wie die anderen, ein Ringen um die richtigen Worte, voller Angst vor den falschen. Nichts half, nicht in jenem Moment. Stattdessen erinnerte mich jede Karte nur erneut daran, dass es passiert war. Zuerst hörte ich auf, die Texte der Karten zu lesen, schaute nur noch unten nach, wer sie geschrieben hatte. Die meisten der Namen konnte ich nicht einordnen. Wie viele ich damals gelesen habe, weiß ich nicht mehr. Bei meinen Versuchen, mir die Zeit unmittelbar nach dem Tod meines Vaters ins Gedächtnis zu rufen, sie mir selbst irgendwie als Geschichte zu erzählen, lande ich jedes Mal vor einem ungeordneten Haufen aus Emotionen und Erinnerungen, die sich jeder Gewichtung und Reihenfolge widersetzen.

Ich erinnere mich daran, dass ich damals jeden Morgen und zum ersten Mal in meinem Leben schweißgebadet aufwachte – ohne zu wissen, warum. Als würde es sich gegen die Tatsachen verwehren, schien mein Gehirn jedes Mal, wenn ich in diesen Tagen einschlief, meine Erinnerungen an die vergangenen Tage zu löschen. Für ein paar Sekunden an jedem Morgen war nichts passiert, dann erfuhr ich es jedes Mal aufs Neue. Die Tage wurden mechanisch, Aufstehen, Duschen, eine Hose, ein T-Shirt, Kaffee. Ziellose Spaziergänge, jeden Vormittag. Vorbei an der Tankstelle, an der ich mir den größten Kaffee kaufte. Jeder Tag wie endlose erste Schritte aus einem dunklen Raum ins Freie.

Dass ich im roten Honda Jazz meiner Mutter kreuz und quer durch den Landkreis fuhr, mit einer Palette Espresso in Dosen vom Supermarkt im Kofferraum, die ich aus der Angst heraus gekauft hatte, ansonsten vor lauter Erschöpfung einfach mitten am Tag einzuschlafen.

Dann kam das, was zu erledigen war. Der Besuch bei einem Bestatter, der »Trauerhilfe« hieß, eine Auswahl von Särgen. Ach, eine Urnenbestattung ist geplant, hier unsere Auswahl. Urnen mit Notenzeilen, mit Blumen, aus karminrotem Metall und mit eingraviertem Kreuz. Ich entschied mich für eine schlichte runde Urne aus hellem Holz für fünfhundert Euro. Es war die günstigste, die der Bestatter im Angebot hatte.

Ich erinnere mich, dass draußen vor dem Bestattungsbüro auf der anderen Straßenseite eine frühere Schulfreundin stand, die ich seit Jahren nicht gesehen hatte. Als sie mich erkannte, eilte sie zu mir herüber und umarmte mich. Stocksteif stand ich da und antwortete auf die Frage, wie es mir gehe, als wäre ich mein eigener Pressesprecher. Passt schon. Wird schon. Aufstehen, Duschen, Hose, T-Shirt, Kaffee.

Dass ich mir am Tag nach seinem Tod ein Album von Mark Knopfler mit dem Titel »Shangri-La« im CD-Laden des Einkaufszentrums kaufte. Ich kannte das Album nicht, aber ich wusste, dass er Mark Knopfler gemocht hatte. Endlos und ohne Pause spielte ich es im CD-Spieler des Autos. Ich hielt das Radio nicht aus, ich konnte es nicht ertragen, dass in diesem Moment irgendetwas anderes passierte. Der Innenminister Dagestans wurde bei einer Hochzeit von einem Scharfschützen erschossen, bei den Tonys gewann »Der Gott des Gemetzels«. Chile, Brasilien und Bulgarien rutschten in die Rezession und eine Frau in Texas überlebte einen Blitzschlag, der sie traf, als sie gerade in ihrer Küche stand. Im peruanischen Dschungel starben bei Zusammenstößen zwischen Polizei und indigenen Demonstranten 32 Menschen, an einem Straßenabschnitt mit dem Namen »Curva del Diablo«. All das erfuhr ich erst einige Jahre später, als ich im Internet »events June 2009« eingab. Damals bekam ich nichts davon mit. Mark Knopfler sang »Boom, like that«, mehr als einhundert Mal.

Dass ich mich irgendwann an jedem Nachmittag an derselben Stelle in der Innenstadt von A. wiederfand, ohne dass ich geplant hatte, dorthin zu gehen. In der Zeitung hatten sie keine Namen genannt, doch es dauerte nur zwei Tage, bis ich wusste, wer der Fahrer des weißen Passats war. Sein Haus lag am selben Platz, an dem auch mein Vater wohnte. Von der gegenüberliegenden Seite aus schaute ich auf die Haustür, nie länger als fünf Minuten, weil ich Angst hatte, dass jemand aus dem Haus auf die Straße treten könnte.

Dass ich das Adressbuch meines Vaters aus seiner Wohnung holte und begann, die Nummern darin anzurufen.

Johannes hier.

Ja, der Sohn von Hans.

Es tut mir leid, dass ihr das so erfahrt: Hans ist gestorben.

Motorradunfall. Donnerstag. Beerdigung sind wir gerade dabei. Wir schreiben es dann in die Zeitung.

Ja, danke.

Dass ich bei jedem Anruf für einen Moment hoffte, dass die Menschen am anderen Ende schon Bescheid wussten, damit ich es nicht erneut erzählen musste. Damit ich mich nicht noch einmal als der mit dem toten Vater vorstellen musste. Die meisten wussten nicht Bescheid.

Dass irgendwann die Träume begannen. Agententhriller, in denen der Unfall nur fingiert war und mein Vater sich aus unerfindlichen, aber im Traum völlig logischen Gründen unter falschem Namen in immer neuen südeuropäischen Städten versteckte. Ich fing an, nachts den Fernseher laufen zu lassen.

Dass sich nichts richtig anfühlte in diesen Tagen. Großeltern starben mit 85 und Rockstars ein paar Jahrzehnte früher – Väter starben nicht. Bis dahin war der Tod für mich immer das Abtreten am Ende eines vollendeten Stückes gewesen – keine unvorhergesehene Unfassbarkeit, wo vorher sein Höhepunkt war.

Dass ich die Platte für das Urnengrab an der Wallfahrtskirche auf dem Hügel am Rand der Auenlandschaft beim Natursteinhandel neben der Unfallstelle bestellte. Geburtsdatum, Sterbedatum, kein Kreuz.

Dass ich auf dem Handy meines Vaters anrief. Zuerst kam das Freizeichen, dann das Tuten. Dann die Mailbox. »Das ist die T-Mobile-Mailbox von«, mein Vater sagte seinen Namen, und ein Piepton ertönte. Jedes Mal überlegte ich, etwas zu sagen. Jedes Mal legte ich auf, nur um wenige Stunden später erneut anzurufen, um meinen Vater seinen Namen sagen zu hören.

Dass ich wusste, dass er nicht abheben würde, um diverse Dinge von äußerster Wichtigkeit mit mir zu besprechen. Das Telefon lag in meinem Zimmer. Am Ladekabel, damit der Akku nicht leer wurde.

Johannes, lass mich mit deinem Schmarrn in Ruhe.

Ich habe den Inhalt der Box auf dem Wohnzimmerfußboden ausgebreitet, die Karten bedecken beinahe die gesamte Fläche zwischen Esstisch und Schrank. Mit einem großen Schritt steige ich aus dem Ring aus Blumen und Kreuzen heraus, vorsichtig, damit ich die Ordnung, die ich geschaffen habe, nicht durcheinanderbringe. In konzentrischen Kreisen liegen sie um die leere Box herum, an den Wänden darüber die Kalendersprüche und Aphorismen. Wie diese Ordnung funktioniert, weiß ich selbst nicht genau. Ich werde sie liegen lassen. Vielleicht kommt es mir.

POLYTRAUMA

VON ALLEM, WAS ZU DIESEM HAUS GEHÖRT, war der Garten mir immer schon das Liebste. Die Bäume, die früher hier standen, stehen immer noch hier. Der ältere der beiden Apfelbäume ist gespickt mit weißen Blüten. Seine Kornäpfel werden als Erstes reif, als Kind mochte ich sie nicht, weil sie so mehlig waren und schon vom Herabfallen Druckstellen bekamen und matschig wurden. Der jüngere, den meine Eltern zu meiner Taufe vor dem Holzschuppen einpflanzten, ist nie sehr groß geworden, aber seine Früchte, die erst spät im Herbst reif werden, schmeckten mir besser. Sie waren so süß, dass es mir beim Essen einen Schauer über den Rücken jagte. Vielleicht mochte ich sie auch nur lieber, weil es »meine« Äpfel waren. Die Eibe, in die ich als Kind oft kletterte, weil ihre Äste so eng standen, dass man sich wie in eine Hängematte hineinlegen konnte und dabei selbst ein Teil des Baums wurde, gibt es immer noch. Früher verschattete sie zu fast jeder Tageszeit das Arbeitszimmer meines Vaters, doch meine Mutter hat sie zurückschneiden lassen. Sie staubt sonst im Sommer so, sagt sie. Im hinteren Teil des Grundstücks, vor dem gemauerten Schuppen, steht der Walnussbaum. Er war schon alt und ausladend, als meine Eltern das Haus kauften, ich habe das Gefühl, dass er ein ganzes Stück größer geworden ist. Früher, als die Stromleitung noch oberirdisch und quer über das Grundstück verlief, mussten einmal im Jahr Arbeiter mit einer Hebebühne kommen und ein rechteckiges Loch in seine Krone schneiden, damit sich die Kabel nicht darin verfingen. Zu der Zeit ragte auf zwei Meter hohen Stelzen das Baumhaus in ihn hinein, und daneben hing an Autogurten die Schaukel. Das Baumhaus ist lange nicht mehr da, aber sie hat eine Kinderschaukel an die alten Gurte gehängt, damit die Nachbarsjungen, die in einem der Genossenschaftshäuser wohnen, dort spielen können.

Schon beim Schritt durch die Terrassentür fühle ich mich wohler, zum ersten Mal, seit ich hier bin, habe ich das Gefühl etwas wirklich wiederzuerkennen. Dabei hat sich der Garten von allem eigentlich am stärksten verändert. Ursprünglich war er nicht viel mehr als der Rasen und die Bäume, doch seit sie ihn vor ein paar Jahren neu hat anlegen lassen, verstecken sich überall auf dem Grundstück kleine Sitzecken mit Bänken oder Liegen, und in den Blumenbeeten am Rand, die sie mit gebrochenem Plattenkalk eingefasst hat, stehen Skulpturen, die sie selbst baut, aus Dingen, die sie findet. Sie entschied sich, den Garten zu verändern, nachdem sie Leo und mich zum ersten Mal in Cambridge besucht hatte. Ich habe mir immer vorgestellt, dass die englischen Landschaftsgärten, die wir uns dort gemeinsam angesehen haben, sie dazu inspiriert haben.

Um der aggressiven Vormittagssonne zu entkommen, setze ich mich an den kleinen gusseisernen Tisch unter dem Nussbaum. Ich habe die Akte aus dem Zimmer mitgenommen, um sie nun endlich einmal richtig zu lesen.

My thought was (…),
there should be materials here for Maximus

Olson sammelte für die »Maximus Poems« alles, was irgendwie mit Gloucester zu tun hatte. Er wühlte sich durch Archive, jedes noch so kurze und unwichtige Schriftstück war von Bedeutung, weil es ja – in einem Zusammenhang, der sich ihm vielleicht noch nicht eröffnet hatte – bedeutsam werden könnte. Jeden Abend las er die »Gloucester Daily Times«, um sein Forschungsobjekt, die Stadt, in allen Details zu erfassen. Er nahm die Texte als Grundlage, als Rohmaterial. Und das mache ich jetzt auch. Vielleicht finde ich ja etwas.

Zum Zeitpunkt des Unfalls herrschte Sonnenschein, die Fahrbahn war trocken.

Ein Beamter der kreisstädtischen Polizeiinspektion hat die Unfallanzeige verfasst, mit einem Kollegen, schreibt er, sei er damals an die Kreuzung gekommen. Auf zwölf Seiten hat er, sauber gegliedert, seine Eindrücke festgehalten.

Nach ersten Angaben des 01 blieb er an der Kreuzung stehen, da bevorrechtigter Verkehr kam. Er ließ einen vorfahrtsberechtigten Pkw, der von links aus Richtung A. kam, passieren, setzte dann zum Abbiegevorgang an, da seiner Meinung nach die Straße frei war.
Der 02 prallte frontal mit seinem Kraftrad gegen den vorderen linken Kotflügel des Pkw des 01, schlug auf der Windschutzscheibe des Pkw auf und blieb wenige Meter weiter neben dem Fahrzeug verletzt liegen.
Der 01 gab an der Unfallstelle an, den Motorradfahrer übersehen zu haben, da er durch die tief stehende Abendsonne geblendet wurde.

Sie hätten zuerst nicht gewusst, schreibt der Beamte, wer mein Vater gewesen sei. Auch die Schwere seiner Verletzungen sei nicht ersichtlich gewesen, nur offene Brüche, »mit seinem Ableben war vorerst nicht zu rechnen«. Er sei ansprechbar gewesen, steht unter »6.2 Verletzungen des 02«. Was er sagte, steht nicht da. Ein Hubschrauber landete zeitnah an der Kreuzung, und weil der Zustand meines Vaters »deutlich instabiler« wurde, flogen sie ihn ins Krankenhaus.

Um 21:39 erging die Mitteilung, dass der 02 seinen schweren Verletzungen erlag. Lt. Todesbescheinigung starb der 02 an einem hämorrhagischen Schock. Weiter erlitt er ein Polytrauma.

Sonstige Geschädigte: -keine-

Als ich mich durch die Absätze des Berichts arbeite, befällt mich ein seltsam leeres Gefühl. Einerseits tritt hier unter dem Nussbaum zum ersten Mal seit zehn Jahren das Vorgefallene vor die bloße Tatsache seiner Existenz. Gleichzeitig fehlt mir, als ich diese genaue Beschreibung des Ereignisses lese, jedes Gefühl dafür, was passiert ist.

Dabei steht darin ja alles, was man wissen muss, jedes noch so kleine Detail. Das Abschleppen des weißen Passats kostete 120 Euro und 22 Cent, der Abschleppdienst rundete ab auf 120. Für die Blutuntersuchung, die ergab, dass mein Vater zur Zeit des Unfalls keinerlei Alkohol im Blut hatte, berechnete das rechtsmedizinische Institut 76 Euro 4 Cent, inklusive Schreibgebühren, Kopierkosten und Porto. Der Leichentransport kostete 217,08 Euro.

Nichts an diesem Bericht ist Material, denke ich mir, was für eine idiotische Idee.

Nur auf der ersten Seite scheint das Ausmaß der Ereignisse für einen Moment klar zu werden. Über die Überschrift »Unfallanzeige Personenschaden« hat jemand mit schwarzem Filzstift ein Kreuz gemalt. Ein bisschen sieht es aus wie das Aschekreuz, das unser Stadtpfarrer den Kirchenbesuchern früher am Aschermittwoch mit zwei schnellen Daumenstreichen auf die Stirn malte. Auf dem offiziellen Formular wirkt es fremd, als wüsste der ausfüllende Beamte selbst, dass sein Bericht der Wucht, die er zu beschreiben versucht, in keiner Weise gerecht wird.

Ich will die Akte schon wieder hineintragen, als ich einen Namen entdecke, der mir bekannt vorkommt. »Für das unfallanalytische, technische und medizinische Gutachten wurde ein Sachverständiger verständigt«, steht da. Dahinter ein Name, den ich kenne.

Ich nehme mein Handy vom Tisch und scrolle durch meine Kontakte. Ich beginne bei Z. Vor einigen Jahren habe ich mir angewöhnt, vor Nummern, die ich nur für den Moment speichere, »ZZZ« zu schreiben, damit sie zwischen den wichtigen nicht stören.

Die Namen, die dort stehen, sind wie Kisten auf einem Dachboden, ich kann sie oft schon nach kürzester Zeit nur noch mit Mühe einordnen. Ich finde einen, den ich als den eines jordanischen Cafébesitzers zu erkennen glaube, in dessen Shishacafé in Amman ich einmal einige Tage geschrieben hatte, weil es dort Internet gab. Ich finde einen walisisch klingenden Namen und vermute, dass es der des Labourpolitikers aus den Valleys nördlich von Cardiff ist, der mich an einem Nachmittag vor einigen Jahren mit seinem Kleinwagen über eine halbfertige Autobahn chauffierte, von der er sich erhoffte, dass sie den Wohlstand in die ehemalige Stahlarbeiterstadt zurückbringen würde. Dazwischen steht der Name, der auch im Polizeibericht steht. Warum ich die Nummer damals aufgeschrieben habe, will mir nicht mehr einfallen. Wahrscheinlich erschien es mir, kurz nachdem es passiert war, aus irgendeinem Grund wichtig. Als ich den Kontakt öffne, steht in den Notizen »4/6 Papa Bericht anrufen«. Ich bin mir sicher, dass ich nie angerufen habe.

Eine halbe Stunde später wähle ich die Nummer. Ich überlege, gleich wieder aufzulegen. Auf einmal erscheint mir alles irrwitzig – bei jemandem, den man nicht kennt, anzurufen, um ihm Fragen zu etwas zu stellen, das vor fast einem Jahrzehnt passiert ist. Vielleicht ist er in den Ruhestand gegangen und hat den Telefonanschluss abgemeldet. Das Freizeichen ertönt.

Ein Mann, der um die fünfzig Jahre alt klingt, meldet sich am anderen Ende. Seine Stimme hat eine kaum wahrnehmbare Färbung, wie man sie nur bei Menschen vorfindet, die irgendwann einen starken Dialekt abgelegt haben, den man nur dann noch erkennen kann, wenn man einmal denselben hatte.

»Grüßgott«, beginne ich. Ich erschrecke darüber, wie automatisch ich diese Begrüßung nutze, die ja nur hier geläufig ist und die ich mir mit großer Anstrengung abgewöhnt habe, weil sie jeden irritiert, der nicht aus Bayern kommt. Ich nenne ihm meinen Namen.

»Sie kennen mich nicht, und es tut mir leid, dass ich Sie so überfalle, aber Sie haben vor zehn Jahren einen Unfall begutachtet.«

»Ja …«, erwidert er.

»Das war am Ortsausgang von A., eine Kleinstadt in Niederbayern, ein Motorrad und ein Auto sind damals dort kollidiert. Wahrscheinlich können Sie sich gar nicht mehr daran erinnern, wie gesagt, Entschuldigung.«

»Das BMW-Motorrad?«, fragt er nur.

Ich habe mir das, was ich sagen wollte, auf einen Zettel geschrieben, alle Details, die ich kenne und die ihm helfen könnten, den Unfall zu identifizieren. Dass er nichts davon braucht, bringt mich völlig durcheinander. Ich beginne zu stottern.

»Mein Vater war das Motorrad, fuhr das Motorrad, Ihr Name war in der Akte.«

Er sagt nichts, er hört nur zu.

»Ich bin gerade in A., weil ich Dinge herausfinden will. Keine Sorge, es geht nicht um Fehler, ich will mich nur daran erinnern.«

»Ok!«, antwortet er. Er klingt überrascht.

»Ich habe gehofft, Sie könnten mir vielleicht ein paar Sachen darüber erzählen, ich würde Sie auch auf einen Kaffee einladen, oder ein Mittagessen!«

»Nein«, sagt er, »kommen Sie mich besuchen, im Café ist das doch nichts. Ich rede gern mit Ihnen darüber.«

Meine plötzliche Euphorie überrascht mich, ich zittere. Mir wird flau im Magen, doch diesmal ist es nicht unangenehm. Mit aller Kraft versuche ich, nicht zu aufgeregt zu klingen. Er habe jetzt erst einmal ziemlich viel Arbeit, sagt er, nennt mir seine Adresse und einen Termin in einigen Wochen.

»Ja, gerne, ich freu mich drauf!«, antworte ich und verschlucke mich fast daran, wie verrückt das klingt.

»Ich freue mich auch«, sagt er.

Als er aufgelegt hat, muss ich mir in den Unterarm beißen, um nicht loszuschreien. »I found something«, schreibe ich Leo. »I'm glad«, antwortet sie. Evidence. Endlich.

WIRD SCHON WIEDER

EINE EWIGKEIT HAT DER JUNGE dafür gebraucht, den Bären in sein Hochbett zu hieven, aber jetzt liegt er oben. Woher er das Plüschtier hat, weiß er nicht mehr. Das Fell, das braun ist, war schon stumpf, als er ihn bekam. Es ist kein Teddybär, sondern ein richtiger Bär, der auf seinem Bauch liegt, als würde er schlafen. Genau das ist wichtig für das, was er vorhat.

Eigentlich hat alles damit angefangen, dass der Junge beim Simon zu Besuch war. Der Simon ist sein bester Freund, schon seit dem Kindergarten, und jetzt sitzen sie in der Grundschule im Nachbardorf gemeinsam in der ersten Reihe in der Klasse 1B. Der Junge mag den Simon, weil der ihn mag und ihn nicht wegen seiner Nase auslacht und grunzt, wenn er ins Klassenzimmer kommt. Aber er mag den Simon auch, weil der so zeichnen kann, dass die Dinge auf dem Papier immer so aussehen, wie sie in Wirklichkeit sind. Der Simon, das sagt der Junge immer, wenn ihn jemand fragt, ist sein bester Freund. Er weiß nicht, dass sie vier Jahre später im Gymnasium in unterschiedliche Klassen gehen und irgendwann den Kontakt verlieren werden. Der Simon und er, sagt der Junge, werden immer beste Freunde sein, weil man beste Freunde immer für immer ist.

Es war aber gar nicht der Simon, der ihn auf die Idee mit dem Bären gebracht hat, es war der Videorekorder. Anders als seine Eltern, die ihn nur die Sendung mit der Maus und eine einzige Folge einer anderen Serie in der Woche anschauen lassen, haben Simons Eltern nämlich so einen und an manchen Nachmittagen dürfen sie ein Video anschauen, das länger dauert als eine halbe Stunde. Meistens kennt Simon das Video schon, aber eigentlich findet der Junge das ganz gut, weil man dann schon davor darüber reden kann und sich dann, wenn man es anschaut, schon ein bisschen auskennt. An dem Tag, an dem der Junge auf die Idee mit dem Bären kam, wollten sie eigentlich »Winnetou« anschauen, und dieser Film, den der Simon schon gesehen hatte und der, wie er sagte, der beste Film war, hätte den Jungen wirklich sehr interessiert. Nur deshalb hatte er Simons Mutter ja gesagt, dass seine Mutter es ihm erlaubt hatte, und es hätte auch keine Probleme gegeben, wenn sie nicht bei ihm zu Hause angerufen hätte, um nachzufragen. Seine Mutter sagte Simons Mutter, dass sie es nicht erlaubt hatte, weil sie keine Filme mit Pistolen mochte. Deshalb mussten sie am Ende »Peter Pan« anschauen, was aber nicht schlimm war, weil er sonst ja vielleicht nie die Idee mit dem Bären gehabt hätte.

Der Junge hat alles genau geplant. Die Rolle weiße Paketschnur hat er schon vor einigen Tagen aus dem Kellerabgang geholt und unter seine Matratze gelegt. Es ist die stärkste Schnur, die er kennt, und so eine braucht er auch, weil sie auf keinen Fall reißen darf, wenn das, was er sich überlegt hat, funktionieren soll.

Er legt die Paketschnur um den Bauch des Bären und bindet sie mit einer Schleife zusammen. Er kann das erst seit ein paar Wochen, aber wenn alle so ein Aufhebens darum machen, muss eine Schleife ja sicherer sein als ein Knoten. Am anderen Ende bindet er die Schnur zu einer kleinen Schlaufe.

Ein paar Mal muss er die Schnur vom Hochbett aus werfen wie ein Angler, bevor sie in dem metallenen Haken hängen bleibt, der in der Mitte seines Kinderzimmers aus der Decke ragt. Früher hing ein Mobile daran, er findet, dass der Haken eigentlich ziemlich stabil aussieht. Er stellt sich auf den Rand des Hochbetts, den Bären zwischen den Beinen, die Hände an der Paketschnur. Ohne einen Zweifel stößt er sich ab und für einen Moment funktioniert alles so, wie er es sich ausgedacht hat. Für einen Moment ist er wirklich Peter Pan, für einen Moment fliegt er. Dann spannt sich die Schnur.

Als er mit dem Hintern auf dem Holzfußboden aufschlägt, ist der Junge sich sicher, dass er jetzt sterben wird. Gekrümmt liegt er auf dem Rücken, er versucht zu schreien, bekommt aber keinen Ton heraus. Jemand Unsichtbares muss auf ihm sitzen, denkt er, anders kann er es sich nicht erklären, dass er auf einmal nicht mehr atmen kann.

Es dauert dreißig Sekunden, oder zwei Jahre, ganz sicher ist sich der Junge nicht, dann hört er seinen Vater auf der Treppe. Er reißt die Tür zum Kinderzimmer auf, sieht den Jungen, den Bären, die Schnur und den Staub, der von da aus der Decke rieselt, wo vorher der Haken war. Er fragt nicht, was passiert ist, er schimpft nicht mit dem Jungen, sagt nur »Oh, Mann«, als er seinen Sohn hochhebt, der panisch nach Luft schnappt. Und dass das schon wieder werden wird.

Dann trägt er den Jungen die Treppe hinunter ins Wohnzimmer, wo er ihn auf das Sofa setzt. »Maria!«, schreit er in den Garten. Die Mutter des Jungen kommt durch die Terrassentür ins Haus, sie hat Erde an den Händen und Angst. Der Junge merkt es sofort, er bemerkt es immer, wenn seine Mutter sich fürchtet, sie fürchtet sich öfter als sein Vater, sein Vater, glaubt der Junge, fürchtet sich eigentlich nie.

»Er könnte einen Milzriss haben«, ruft seine Mutter als sie ihn gefragt hat, wo es weh tut, und er zuerst auf seinen Rücken und dann auf seinen Bauch gezeigt hat. Er bekommt wieder ein wenig Luft jetzt und hat angefangen zu weinen. Er ist sich nicht ganz sicher, ob das daran liegt, dass ihm wirklich etwas weh tut, oder ob das nur die Wut darüber ist, dass sein Vorhaben nicht geklappt hat, obwohl er sich doch so gründlich darauf vorbereitet hatte. Er weiß nicht, ob man so wütend sein kann, dass es einem weh tut. Er traut sich in diesem Moment auch nicht, seine Eltern zu fragen, weil ein Milzriss nach einer sehr gefährlichen Sache klingt, um die man sich besser schnell kümmern sollte. Sein Vater wählt die Notrufnummer. »… vom Hochbett gesprungen … keine Luft. Ja, Bauchschmerzen«, hört der Junge ihn sagen. Er sei gar nicht gesprungen, ruft er so laut es geht in Richtung Telefon. Sein Vater macht eine Bewegung mit der Hand, die ihm zeigt, dass er still sein soll, und der Junge muss jetzt noch mehr weinen, weil es ja wichtig ist zu sagen, dass er nicht gesprungen ist, sondern geflogen. Schließlich weiß jeder, dass vom Hochbett zu springen eine saublöde Idee wäre.

Wenig später steht der Krankenwagen vor der Haustür, mit Sirene und allem, was sonst noch großartig ist an einem Krankenwagen. Für einen Moment hofft der Junge, dass sie ihn auf die Trage legen, die er mal bei einer Feuerübung gesehen hat, aber als die Sanitäter ihn abgetastet haben, trägt sein Vater ihn aus dem Haus, legt ihn auf die Liege und setzt sich auf den Klappstuhl daneben. Als der Krankenwagen losfährt, geht es dem Jungen schon wieder besser. Er ist ganz froh darüber, weil er immer schon einmal in einem Krankenwagen mitfahren wollte und es ja, wenn es ihm richtig schlecht ginge, überhaupt gar keinen Spaß machen würde. Im Krankenhaus tastet auch der Doktor seinen Bauch ab, er leuchtet ihm mit einem Licht in die Augen, fragt ihn, wo etwas weh tut, und findet nichts. Der Junge erzählt dem Arzt und seinem Vater von seinem Plan mit dem Bären, und wie es alles damit losgegangen war, dass er und Simon »Peter Pan« statt »Winnetou« anschauen mussten, weil die Mutter vom Simon bei seiner Mutter angerufen hatte. Er hofft, dass die beiden Männer ihm vielleicht sagen können, was genau der Fehler war, damit es das nächste Mal funktioniert. Leider sind beide sich einig, dass man nicht vom Hochbett fliegen darf.

Als er und sein Vater das Behandlungszimmer verlassen, gibt der Arzt ihm eine Handvoll der eckigen Kaubonbons mit den silbergrünen Verpackungen, auf die kleine Bilder von Früchten gedruckt sind, damit man gleich weiß, was man schmeckt. Der Junge mag sie, weil das Papier jedes Mal so schön klebrig ist, wenn er es abzieht, und weil man sich, wenn man sie bekommt, sicher sein kann, dass man gerade bei einem guten Arzt war. Der Arzt sagt ihm, dass all das ja ziemlich beängstigend für ihn gewesen sein muss. Dabei greift er noch einmal in das große Glas mit den Kaubonbons und schaut wie seine Lehrerin, wenn sie auf eine richtige Antwort wartet. Also nickt der Junge, einfach weil er sich nicht ganz sicher ist, ob er die zweite Handvoll Bonbons auch dann bekäme, wenn er dem Arzt sagen würde, dass er nur ganz kurz Angst hatte, weil er ja wusste, dass das wieder wird. Sein Vater hatte ihm schließlich gesagt, dass es wieder wird.

GESTALT

»BORDERS/BURIALS« steht, in schwarzer Tinte geschrieben, auf der dritten Seite eines Notizbuches, das ich wenige Wochen, nachdem es passiert war, begann. Die Farbe der Wörter verblasst, ich habe keine Erinnerung mehr daran, ob ich sie gelesen hatte oder ob sie mir selbst in den Sinn kamen. In völliger Klarheit im Gedächtnis geblieben ist mir jedoch das schwindelerregende Gefühl, das sich in mir ausbreitete, als ich sie das erste Mal zu Papier brachte und sich mir nicht erschloss, was die beiden Wörter in dieser Folge bedeuten sollten, geschweige denn, warum ich sie notierte. Es erschien mir damals, als hätte nicht ich sie auf das fein linierte Papier geschrieben und sie kämen aus einem Bereich meines Kopfes, der nicht gänzlich mir gehörte. Ich fand es schön, wie sie auf der Seite aussahen, die Balance zwischen den Buchstaben gefiel mir, ihr Klang, wenn ich sie mir selbst vorlas. Wie Treibgut meines Unterbewusstseins standen sie da, den angeschwemmten Knochen einer Tiefseekreatur gleich, deren Gestalt man nur in der Abstraktion erahnt oder einem seltsam gewundenen, vertrockneten Ast, dessen Wachstumsgeschichte sich dem entzieht, der ihn nur abgetrennt und weit entfernt von dem Baum, dessen Teil er einmal war, betrachtet. Und gleich diesen Objekten, die man aufliest und in seinem Zuhause aufstellt, als Repräsentanten des Fremden und Erinnerung an die Begrenztheit der eigenen Erfahrung, behielt ich auch diese zwei Wörter. Als fixe Idee kehrten sie in den darauffolgenden Jahren immer wieder zu mir zurück. Ich kopierte sie in fast jedes Notizbuch, das ich neu begann. Wenn ich beim Telefonieren, ohne einen Gedanken zu fassen, auf einem Stück Papier herumschmierte, standen sie am Ende jedes Mal zwischen Kringeln und schnell hingekritzelten Notizen. Sinn schienen sie nie zu ergeben.

SPAZIERGANG OHNE BILDER UND HUND

ES IST KURZ VOR ZEHN UHR VORMITTAGS, als ich den Stadtplatz erreiche. Sie haben die Rathausuhr abgehängt, aber da ist kein Loch mehr. Wo früher das Uhrwerk aus dem Spitzboden heraus zum Ziffernblatt durchstieß, vervollständigen jetzt rote Ziegel die Fassade, und für einen Moment stelle ich mir vor, dass sie die Öffnung vielleicht einfach nicht mehr brauchen, weil sie sich entschieden haben, dass das Fortschreiten der Zeit an diesem Ort von nun an untersagt ist. Am Gerüst vor dem Gebäude hängt ein Transparent der örtlichen Tischlerei. Der Stadtplatz ist um diese Zeit noch nahezu leer, nur zwei Männer sitzen an einem der Tische vor dem Eiscafé unter dem Blick der Gottesmutter am Brauereigasthof gegenüber und trinken Kaffee. Ich könnte jetzt sagen, dass sie Weißbier trinken, vielleicht gäbe das das bessere Bild ab, roher, bajuwarischer. Und manchmal ist es ja auch wirklich so, manchmal sitzen sie hier schon in der ersten Pause des Tages mit Bier statt Kaffee, so wie sie eben überall manchmal sitzen, doch in diesem Moment sind es zwei Latte Macchiato, die vor den Männern stehen, in Gläsern, auf denen »Latte Macchiato« steht.

Das rote Gasthaus ist kein Italiener mehr. Vor einigen Jahren hatte der Mario es abgegeben und nur die Eisdiele nebenan behalten, und das Lager um die Ecke, das er für die verschiedenen Gaststätten und Eiscafés benötigte, die er überall im Landkreis eröffnet und allesamt »La Piazza da Mario« genannt hatte. An einer Wand dieses Lagers hing, einsehbar für die Menschen, die daran vorbeigingen, eine Uhr mit einem Bild von Marlon Brando als Francis Ford Coppolas »Pate«. Ein Scherz vielleicht, Beweis dafür, dass der Wirt um die Verdächtigungen derer, die jeden Sonntag zu ihm zum Pizzaessen kamen, wusste. Man kann es nicht mehr herausfinden. Mario starb vor einigen Monaten, einer seiner Köche erstach ihn vor einem seiner Restaurants in einem Dorf unweit von A. in einem Anfall von Wahnwitz, wie die Leute hier sagen. Das rote Gasthaus ist jetzt ein kroatisches Restaurant, das viele in A. immer noch den Jugoslawen nennen und dessen Wirt für sie »der Branko« ist. Verbindungen zum organisierten Verbrechen, ob nun eingebildet oder real existierend, hat er, soweit ich weiß, keine. Ein Guter, sagen die Stadtbewohner, sei der Branko trotzdem.

Der »Club Center« ist geschlossen an diesem Vormittag, und er wird auch geschlossen bleiben, der Jazzclub ist in der Sommerpause. Das letzte Mal, als ich für ein Konzert dort oben saß, stellte der schlaksige Saxophonist, der den Jazzclub gegründet hatte, sein neues Album vor. Wenig später starb er an Krebs.

An diesem Morgen im Mai erscheint mir all das wie der Nachhall eines verlorengegangenen Zeitalters. Einen Moment lang frage ich mich, ob irgendetwas davon je passiert ist. Dann sehe ich einen Beweis dafür. Er muss vom Süden her den Platz betreten haben, ein kompakter alter Mann mit gebräunter, lederner Haut, einem Eindruck schindenden grauen Vollbart und einem speckigen Hut über seinen lockigen, fast weißen Haaren. Langsam biegt er um die Ecke, bleibt stehen und wartet auf seinen Rauhaardackel, der ebenfalls langsam und angestrengt hinter ihm herwackelt. Dann geht er weiter, nur um nach wenigen Metern erneut stehen zu bleiben. Die Rollleine zwischen ihm und dem Hund verlängert sich, um sich dann, wie ein Jo-Jo in Zeitlupe, wieder zusammenzuziehen. Er braucht nicht zurückzuschauen, um zu wissen, wann er warten muss. Der Hund weiß, wie lange er stehen bleiben darf, bevor er weitergehen muss, um aufzuholen. Die beiden gehen seit mehr als 15 Jahren spazieren.

Vor dem Musikgeschäft neben dem Rathaus bleibt der Mann stehen und betrachtet durch das Schaufenster eine Auswahl von Posaunen, die dort nebeneinander auf Ständern ausgestellt sind. Wilhelm Abraham heißt er, und er muss wohl an die siebzig Jahre alt sein inzwischen. Als er jünger war, arbeitete er als Musiklehrer an der örtlichen Realschule, aber ich glaube, dass er sich selbst immer mehr als in Vollzeit arbeitender Jazzer gesehen hat. Immer wieder fand er seltsame Instrumente, die er sich selbst beibrachte, seine tiefste Leidenschaft jedoch galt der Posaune. Er spielte in einer Jazzband, einer Gruppe alter Männer mit Bärten, die sich »Kaiserjazzer« nannte und deren jüngstes Mitglied er war. Sie traten damals regelmäßig im Jazzclub auf. Mit einer anderen Band, den »Muhakls«, spielte er eine seltsame Melange aus Dixieland und bayerischen Volksliedern. Bis heute erzählt mir meine Mutter, dass sie meinen Vater bei einem Konzert ebendieser Muhakls zum ersten Mal getroffen hatte und dass die Band deshalb auch bei ihrer Hochzeitsfeier im Keller eines Gasthauses spielte. Ich selbst kannte die Muhakls nur als Faschingsband. Jedes Jahr am Faschingsdienstag traten sie in der Innenstadt von A. auf, als Affen, Landstreicher oder Neandertaler verkleidet zogen sie von Bar zu Bar, sangen ein einziges Lied, und jedes Mal bekamen sie zur Belohnung dafür einen Schnaps spendiert. Als ich ein Kind war, verbrachten wir den Nachmittag eines jeden Faschingsdienstags damit, der Band durch die Kneipen zu folgen, und jedes Jahr durfte ich, wenn es später geworden war und die Musiker betrunkener, auf dem Waschbrett, das immer einer dabeihatte, mitschrubben, wobei ich mich stets an Wilhelm Abrahams linkem Fuß orientieren konnte, der mit der Intensität eines Dampfmaschinenkolbens den Viervierteltakt in den Boden stampfte. Mitsingen durfte ich auch – allerdings nur, und das musste ich jedes Jahr aufs Neue versprechen, wenn ich die Texte nach den Faschingstagen nicht in der Grundschule sang. Ich kann mich heute an keines der Lieder erinnern und vermute, dass das vielleicht auch ganz gut so ist. Auch merke ich beim Nachdenken darüber, dass ich nicht einmal weiß, ob es die Band überhaupt noch gibt. Doch es hat sie gegeben, und weil es Wilhelm Abraham und seinen Dackel gibt, an diesem fremden Morgen, hat alles andere vielleicht ja auch existiert.

Für einen Moment überlege ich, ob ich ihn ansprechen soll, doch er und der Hund sind schon weitergegangen, stehen jetzt vor der Eisdiele, am Tisch der Latte-Macchiato-Männer, der Dackel hat sich in den Schatten des Brauereisonnenschirms geflüchtet. Mit ausladenden Bewegungen erzählt der alte Mann eine Geschichte, die, gemessen an den Blicken seiner Zuhörer, fesselnd sein muss. Dumpf dröhnt seine Stimme über den Platz zu mir herüber, der ich an der Ecke vor dem Landmodengeschäft stehe.

Doch die Stadt interessiert mich nicht, nicht heute. Nach Süden folge ich der Straße zum Flussufer, vorbei an der Burg, am Denkmal des Historikers gehe ich über die Brücke auf die kleine Insel im Fluss. Sie haben eine Brücke neben die alte Schleuse gebaut, mit wenigen Schritten überquere ich sie und folge dem Feldweg in die Wiesen. Die große Weide, die früher in der Mitte thronte, ist verschwunden. Vor einigen Jahren war ein Blitz in sie eingeschlagen, der sie in der Mitte spaltete und ihr Inneres hohl und verbrannt zurückließ. Sie überlebte und herrschte fortan halb tot, aber immer noch mächtig über den Wiesen. Erst als eine Gruppe Jugendlicher sich in einer Sommernacht wenige Monate später entschied, in ihrem hohlen Kern ein Feuer zu legen, brannte sie ab bis auf den Stumpf, sodass die Arbeiter von den Stadtwerken in ihren orangefarbenen Uniformen auf die Wiesen hinausfahren mussten, um ihre verkohlten Reste knapp über dem Boden abzusägen. An einem Tag, an dem der Brand der Nacht noch nachzuglühen schien, zerbrachen sie in stundenlanger Arbeit die Weide in mehrere Stücke von transportierbarer Größe, die sie am Ende des Tages auf dem Wertstoffhof neben der Kläranlage in großen Containern entsorgten. Als mir meine Mutter damals in einem Telefonat vom Ende des Baums erzählte, löste diese Nachricht in mir eine plötzliche Schwermut aus, die mehrere Stunden andauerte und die ich trotz aller Bemühungen nicht abschütteln konnte.

Doch statt der Fehlstelle, auf die ich mich gedanklich schon vor Betreten der Auen vorbereitet habe, erhebt sich hinter der Bank, die früher im Schatten des Baumes stand, ein zwei Meter hohes, schmales Gestrüpp. Aus jungen Ästen gewachsen, muss es bald nach dem Fällen der Weide aus dem Stumpf ausgetrieben sein, in einem Akt des Trotzes, der Verweigerung. Ich setze mich hin. Etwas fehlt. Kein Menthol, kein Kampfer, kein Geruch von Chrysanthemen erfüllt die Luft. Kein gelber Rainfarn wächst hier, wie Pfützen verschütteter Farbe, am Rand des Kieswegs. Die Tätowierung auf meinem linken Unterarm ist lange abgeheilt, eine sehr freundliche Engländerin hatte sie mir in London gestochen, lange nachdem ich zum letzten Mal hier mit dem Hund spazieren gegangen war, in Richtung des Hügels am Ende der Wiesen und zur

Kirche. Dort, das weiß ich schon, als ich darauf zulaufe, wird alles so sein, wie es immer war.

Seit wann genau hier, auf dem Hügel vor der Stadt, eine Kirche steht, lässt sich nicht mit endgültiger Sicherheit sagen. Wahrscheinlich wurde sie zu Beginn des 12. Jahrhunderts von einer Adligen aus der Region erbaut, Bertha von Ratzenhofen, auf einem Bauplatz, den ihr ihr Neffe zur Verfügung stellte. Menschen, denen das Seelenheil etwas bedeutet, nennen sie »die selige Bertha«, aber warum sie seliggesprochen wurde, weiß niemand mehr. Vielleicht half es, dass ihr Sohn Eberhard später Erzbischof von Salzburg wurde oder dass sie und ihr Mann der Kirche ihre Burg in einem benachbarten Dorf vermachten, an deren Stelle ein wuchtiges Kloster für benediktinische Mönche und Nonnen entstehen sollte, in das sich Bertha bis zu ihrem Tod im Jahr 1151 zurückzog. Wenig später verließen die Benediktiner das Kloster. Ein paar Jahrzehnte stand es leer, dann zogen die Jesuiten ein. Als ihnen im 18. Jahrhundert mehrere Verschwörungen angelastet worden waren und der Orden von Papst Clemens XIV. aufgelöst wurde, ging das Kloster für ein Dreivierteljahrhundert in den Besitz der Malteser über, bevor König Max Joseph I. es sich 1808 im Rahmen der Säkularisierung aneignete. Allein die Klosterbrauerei überlebte jeden Besitzerwechsel, bis zu ihrer Stilllegung 1991 war sie in den Räumen des Klosters untergebracht, in denen sich in den Siebzigerjahren auch ein Hotel befand. Als wir Teenager waren, stand das wuchtige Anwesen leer, und wir erzählten uns Geschichten über einen bayerischen Ministerpräsidenten, der regelmäßig inkognito in einer luxuriösen Suite des Hotels übernachtet habe, um dort allen nur erdenklichen Lastern nachzugehen. Ob es stimmte, habe ich bis heute nicht herausfinden können – aber es schien mir damals plausibel. In meiner Vorstellung waren die Wände der

Suite mit Plüsch ausgekleidet. 2017 wurde das Gebäude von einer Immobilienfirma mit einem nichtssagenden Akronym »revitalisiert« und ist heute eine teure Wohnanlage. Nur die Kirche ist noch das, was sie einmal war, und dort befindet sich auch, in der Apsis eines Seitenflügels, die Grabplatte der seligen Bertha. Mit einem Buch in der linken Hand ist sie darauf abgebildet, die rechte Hand erhoben, als wolle sie sagen, dass sie mit dem, was über die Jahrhunderte mit ihrem Kloster passiert ist, nichts zu tun haben will.

Die Geschichte der seligen Bertha ist die logische, die plausible Erklärung dafür, dass heute eine Kirche auf dem Hügel am Rand der Auen von A. steht. Doch wenn man die Menschen hier nach der Gründung der Wallfahrtskirche fragt, erzählen sie eine andere Geschichte. Alles begann mit einer Gräfin, sagen sie dann, der Schwiegertochter des ersten Burgherrn von A. Der Burgherr ist heute eine fast mythische Figur, Vater von 32 Söhnen und 8 Töchtern sei er gewesen und damit Vorfahr vieler bayerischer Adelsgeschlechter. So erzählen sie sich das zumindest in A., im Stadtmuseum hängt ein drei Meter breites Gemälde, das den Grafen und seine Frau sowie alle vierzig Kinder zeigt. Die Schwiegertochter dieses Grafen also, sagen sie dann, nachdem sie auf seinen Kinderreichtum hingewiesen haben, konnte selbst keine Kinder bekommen. Vielleicht wollen sie damit andeuten, dass es aufgrund der großen Fruchtbarkeit ihres Schwiegervaters sicher nicht an ihrem Mann gelegen haben kann, vielleicht sind sie einfach nur stolz – es tut auch nichts zur Sache. Jedenfalls schoss diese Gräfin, die im 11. Jahrhundert in A. lebte, einen Pfeil aus einem Fenster der Burg, wobei sie die Gottesmutter anrief und ihr versprach, wo immer der Pfeil landete, eine Kirche zu stiften, wenn diese dafür im Gegenzug ihr Problem lösen würde. Als der Pfeil auf dem Hügel im Süden der Stadt landete, baute sie dort eine Kirche und wurde mit sieben Kindern dafür belohnt.

Wie diese Gräfin hieß, wann genau sie lebte oder was aus ihren Kindern wurde, weiß heute niemand. Doch weder die Tatsache, dass es keinerlei nachprüfbare Fakten gibt, noch dass es im 11. Jahrhundert ganz und gar unmöglich war, einen Pfeil über die Distanz von mehr als einem Kilometer, die zwischen der Burg und der Kirche liegt, zu schießen, hat die Menschen in den fast tausend Jahren, in denen die Kirche auf dem Hügel steht, davon abgehalten, diese Geschichte zu erzählen. Auf der Webseite von A. zur Wallfahrtskirche steht sie gleichberechtigt neben der wahren Geschichte von der seligen Bertha, weil es vielleicht am Ende nicht so sehr darauf ankommt, ob eine Geschichte richtig ist, sondern ob es sich richtig anfühlt, sie zu erzählen.

Es ist wie immer. An den Bäumen am Fluss die Narben, aber keine Spur von den Bibern. An der Marienkapelle setze ich mich für ein paar Minuten auf die Bank, so wie ich es immer tue, wenn ich zur Kirche hinaufgehe. Ein Stefan hat seinen Namen in das Holz geritzt. Zum ersten Mal fällt mir auf, dass die Grotte im Inneren des kleinen Gebäudes nicht echt ist. Die Felsen an der Decke sehen aus, als hätte jemand sie aus Wachs modelliert. Die große Statue der Gottesmutter steht betend da, vor ihr mehrere kleinere Statuen, die ebenfalls beten. Drumherum reihen sich, abgelagert wie Sedimente, die Opfergaben, die Besucher hier abgelegt haben. Zwei Rosenkränze, so groß wie Morgensterne, eine kleine, bemalte Engelsfigur, 13 Kruzifixe in verschiedenen Größen. Davor wieder Marienstatuen und Ikonen, ein kleiner Druck von da Vincis »Letztem Abendmahl«, Dürers »Betende Hände« in Wachs. Kleine, sorgfältig beschriftete Tafeln an den Wänden. »Danke für die große Hilfe« hat jemand in Gold auf ein schwarzes Tuch gestickt, wobei geholfen wurde, steht nicht dabei. Jemand anderes hat ein auf eine vierzig Zentimeter hohe Pressspanplatte gedrucktes Bild einer Christusstatue an die Wand geschraubt. Ich erkenne es, weil ich einmal das gleiche hatte. Ich bekam es im Jahr meiner Erstkommunion auf einer Wallfahrt zu einer von Rapsfeldern gesäumten Kirche in einem Dorf dreißig Kilometer westlich von A. Wie zum Nachweis dafür, dass man da war, stand auf jedem Bild der Name des jeweiligen Kommunionskinds unter der Statue des Salvator Mundi mit Krone, Szepter und goldenem Mantel. Als ich nach dem Gottesdienst Pommes aß, in einem der Biergärten, die sie um die Kirche herum für die Pilger gebaut hatten, lehnte ich es an meinen Stuhl und vergaß es fast dort. Später, auf dem Weg zurück nach A., saß ich mit den anderen Kommunionkindern im Reisebus, das Bild auf dem Schoß wie ein Brotzeitbrettchen. Keiner von uns wusste so richtig, was wir damit jetzt sollten. Wir wussten nicht, dass Salvator Mundi »Retter der Welt« bedeutete. Wir wussten auch nicht, was die Welt war und warum sie gerettet werden musste. Wir wussten nur, dass wir am Kommunionstag Geschenke bekommen würden. Als ich wieder zu Hause war, legte ich die Jesus-Platte unter mein Bett, weil ich mich ob ihres heiligen Aufdrucks nicht traute, sie irgendwo anders zu verstauen, sie aber gleichzeitig so hässlich war, dass ich sie nirgendwo ausstellen wollte. Irgendwann vergaß ich sie und irgendwann war sie weg. Und obwohl alle meine Freunde damals dasselbe Bild bekamen und sich wohl Tausende von ihnen über die Jahre in den Einfamilienhäusern und Wohnungen von A. angesammelt haben müssen, ist dieses hier an der Grotte das erste, das ich seit dieser Wallfahrt vor mehr als 25 Jahren sehe. Der Name des Erstkommunionkindes ist übermalt. Für eine Weile versuche ich, ihn unter dem weißen Lack zu erkennen, und gebe dann auf. So lange ich denken kann, ist die Menge der abgelegten Geschenke und Bilder in der Kapelle immer gleich geblieben. Jemand muss, einem genauen Plan folgend, regelmäßig die alten Gaben aussortieren, um Platz für neue zu schaffen. Vielleicht werden sie in einer speziell dafür eingerichteten Halle gelagert, in Kisten mit Nummern, als Archiv der Wundertätigkeiten, denen die Menschen hier ihr Glück zuschreiben. Wahrscheinlicher ist es, dass sie einfach weggeworfen werden.

Statt die steile Treppe zu nehmen, die direkt zum Friedhof hinaufführt, folge ich diesmal dem langen Weg um den Berg herum. Insgesamt zehn identische Kapellen stehen am Rand dieses Pfads, in denen ursprünglich, wie in der Mariengrotte, Heiligenstatuen standen, bis sie entfernt wurden, weil sie wiederholt zerstört worden waren. Die Statuen wurden auf dem Dachboden der Klosterkirche von Biburg eingelagert, und die Kapellen begannen langsam zu verfallen. Als Kind beschleunigte ich jedes Mal, wenn ich auf dem Weg zur Kirche an einer von ihnen vorbeigehen musste, weil die Gebäude mir Angst einjagten. Erst, wenn ich es in den ummauerten Friedhof Mariä Himmelfahrt geschafft hatte, fühlte ich mich sicher.

Fast erwarte ich, als ich die erste Biegung nehme, dass heute gar nichts mehr übrig sein wird von den kleinen Kapellen – dass sie, von der Zeit zermahlen, einfach verschwunden sind und nur eigenartige Lücken in der Vegetation darauf hinweisen, dass einmal etwas dort stand. Doch sie sind noch da, und renoviert wurden sie auch. Die wurmzerfressenen hölzernen Bretter, auf denen früher die Statuen standen und danach leere Bierflaschen und Zigarettenpäckchen lagen, sind ausgebessert, und jemand hat bunte Szenen aus dem Leben der Gottesmutter an die Wände gemalt.

Plaketten am Rand beschreiben die Ereignisse, »Mariä Aufopferung im Tempel«, »Mariä Empfängnis«, »Mariä Aufnahme in den Himmel«, normale Stationen eines normalen katholischen Lebenslaufs. Fromme Gemeindemitglieder aus A. hätten die Erneuerung der Kapellen bezahlt, steht auf einer anderen Tafel, darunter Namen, die ich aus meiner Zeit als Ministrant erkenne. Einer der Spender, ein Herr, der mich jedes Mal, wenn ich ihn sah, an einen langbeinigen Vogel denken ließ und dessen Kleidung in meiner Erinnerung immer nur grau ist, war beim Sonntagsgottesdienst stets der Einzige, der die Kommunion kniend in Empfang nahm. Auch ließ er sich vom Priester die Oblate direkt auf die Zunge legen, weil er sich als zu fromm und das flache Brot als zu heilig betrachtete, um es, wie jeder andere Kirchgänger, mit den Händen zu berühren. Als wir älter wurden und die Aufgabe des Weihrauchschwenkens übernehmen durften, die begehrt war, weil man zum Befüllen des Weihrauchfasses während des Gottesdienstes die Kirche verlassen durfte und die Hälfte des Weihrauchs selbst inhalieren konnte, erzählten wir uns, wenn wir ohne Aufsicht in der Sakristei waren, dass er auch derjenige sei, der den Pfarrer von A. beim Bischof in Regensburg angezeigt hatte. Er betrachte, so flüsterten wir uns im intensiven Geruch der Rauchschwaden zu, es als einen gänzlich inakzeptablen Auswuchs der Moderne, dass der Pfarrer es den Gottesdienstbesuchern zum »Friede sei mit euch« erlaubte, sich die Hände zu schütteln. Beweise dafür hatten wir natürlich keine, aber das war uns auch egal.

34 Stufen vom Parkplatz zur Kirche. Der Kies zwischen den Gräbern. Die Erde darunter ist noch feucht von der Nacht. Ich gehe nie den direkten Weg. Stattdessen nach rechts, entlang der glattpolierten anthrazitfarbenen Grabsteine aus Granit, die mich jedes Mal, wenn ich sie sehe, an die Arbeitsplatten sehr teurer Ein-

bauküchen erinnern. Die Namen der Toten in Gold, darunter die Jahreszahlen wie Klammern, denen die Parenthese abhandengekommen ist. Das längste Leben hier dauerte 98 Jahre, das kürzeste weniger als eines. Vor einigen Jahren versuchte ich an einem Nachmittag wie diesem, die Lebensjahre, an die sich die Menschen hier erinnern, zusammenzuzählen, um herauszufinden, wie viel Zeit hier unter dem Kies begraben liegt. Ich kann mich nicht mehr an die Zahl erinnern, nur daran, dass sie für mich in keiner Weise nachvollziehbar war.

Sein Grab befindet sich in der hinteren linken Ecke des Friedhofs. Eine quadratische Nische in der Mauer, eine Platte aus poliertem Sandstein, auf der noch immer der katzenkopfgroße bemalte Kiesel liegt. Die Inschrift. Ein kleines Kreuz, sein Name, der auch der meine ist, die Zahlen.

*4.10.1953
†4.6.2009

Am Grab angekommen, hole ich mein Telefon aus der Hosentasche und mache, als würde ich einem Reflex folgen, ein Foto. Einfach weil ich es die wenigen Male, die ich in den letzten Jahren hier war, immer getan habe.

Das erste Foto machte ich am Tag der Bestattung. Ohne lang nachzudenken, nahm ich es mit einer kleinen Digitalkamera auf, als alle Trauergäste den Friedhof längst in Richtung Parkplatz verlassen hatten und die Arbeiter des Bestattungsunternehmens die Steinplatte in die Nische mörtelten, die sie dann mit Holzlatten befestigten, damit sie nicht wieder herausfallen und seine Urne der Witterung preisgeben würde. Als ich mir das gerade gemachte Foto auf dem Bildschirm ansehe, überwältigt mich die Sinnlosigkeit dieses Rituals. Außer dem ersten, auf dem die notdürftig zusammengezimmerte Halterung die Schrift auf der gerahmten Platte verdeckt, sehen alle Fotos gleich aus, bis auf die Farbe der Blumen in dem herzförmigen kleinen Korb, die meine Mutter regelmäßig austauscht. Ich habe die Fotos später nie noch einmal angesehen, ihre Bedeutung beschränkt sich auf den Augenblick, in dem ich sie mache. Und so verschwinden sie zwischen Urlaubsfotos, Porträts von Freunden und all den unwichtigen Dingen, die ich jeden Tag fotografiere, wie vorzeitliche Artefakte unter Gesteinsschichten. Wahrscheinlich wird auch dieses verschüttet werden, denke ich mir, eigentlich könnte ich es genauso gut löschen. Trotzdem behalte ich es. Ich war schließlich da.

Ich wende mich zum Gehen, nur um nach wenigen Schritten wieder umzudrehen, weil ich das Gefühl habe, dass ich länger bleiben müsste, dass ich dem Anlass nicht genug Platz einräume. Ein paar Minuten bleibe ich ungelenk stehen. Einmal versuchte ich, ein paar Worte zu sagen, und scheiterte daran. Ich schaue nach oben zum Kirchturm auf der Suche nach einem Turmfalken, der da sein sollte, aber nie da ist. Vielleicht ist er überhaupt nie da gewesen.

EINE FRAU VON BELANG

DIE SOMMERFERIEN SIND FAST VORBEI und der Junge ist bei seinen Großeltern zu Besuch. Nur ein paar Tage, bevor die Schule wieder losgeht, bei den Eltern seines Vaters. Er hat sich zuerst geärgert darüber, dass er zur Stadtoma und dem Stadtopa musste, eigentlich wäre er lieber beim Waldopa und der Waldoma gewesen. Wenn der Junge es entscheiden darf, fährt er immer lieber zu ihnen. In einem Notizheft, das außer ihm niemand lesen darf, weil es geheim ist, hat er eine Liste erstellt, auf der steht, welchen Opa und welche Oma er am liebsten mag und warum. Er erneuert sie immer dann, wenn etwas Neues passiert, aber eigentlich ändert sich nie etwas, weil der Waldopa auf dieser Liste so oder so immer auf dem ersten Platz liegt. Früher, das hat ihm seine Mutter erzählt, war ihr Vater Lokführer, aber seit er in Rente ist, gartelt er nur noch. Sein Garten in der kleinen Stadt, die nah am Wald liegt, ist dreimal so groß wie ihr eigener Garten zuhause, und seine Großeltern bauen darauf so viel Gemüse an, dass sie eigentlich überhaupt nie Gemüse einkaufen müssen. Sein Großvater ist fast immer den ganzen Tag im Garten, und oft geht er nur dann in das Haus hinein, wenn seine Frau durchs Küchenfenster hinausschreit, dass das Mittagessen fertig ist. Manchmal hat der Junge das Gefühl, dass der Garten seinem Opa viel wichtiger ist als das Haus, aber das wundert ihn nicht. Schließlich sind im Garten die Tiere. In einer Ecke neben dem Schuppen hält sein Opa Stallhasen, und wenn der Junge zu Besuch ist, ist er dafür zuständig, sie mit dem Gras zu füttern, das sein Opa auf der Wiese unter den Apfelbäumen mit der Sense schneidet. Warum sein Opa die Hasen hält, fragt sich der Junge nicht. Er vermutet, dass der alte Mann Hasen einfach mag. Auch von dem Luftgewehr im Schuppen weiß er nichts und ebenso wenig, woher das Fleisch kommt, das seine Großeltern im Winter kochen, wenn sie zu Besuch sind. Manchmal, wenn er am Wochenende oder in den Ferien bei ihnen übernachtet, weckt sein Großvater ihn frühmorgens, und sie gehen in die Schwammerln, zum Pilzesammeln, die die Großmutter des Jungen zum Mittagessen zubereitet. Außerdem hat er Bienen. Seit er 13 war, sagt seine Mutter, ist der Großvater Imker. Manchmal, wenn der Großvater den Bienenstock unter den Apfelbäumen öffnet, schaut der Junge ihm dabei zu. Er steht dann ein wenig abseits, damit er nicht gestochen wird. Der Großvater hat keine Angst davor. Die Bienen wissen, dass er ihnen nichts Böses will, sagt er dem Jungen. Er trägt nicht einmal einen weißen Imkeranzug, nur einen Strohhut, damit sich die Bienen nicht aus Versehen in seinen Haaren verfangen. Der Großvater spricht mit den Bienen, seine Stimme klingt dabei ganz weich, fast nur ein Murmeln. Der Junge traut sich dann immer ein wenig näher heran, damit er hören kann, was sein Großvater sagt. Wenn sie fertig sind mit dem Imkern, holt der Großvater aus dem Schrank neben der Tür, die vom Keller in den Garten führt, ein Glas mit kleinen, honiggetränkten Wabenstücken. Mit dem Zeigefinger fischt er zwei davon heraus, eines für den Jungen, eines für sich. Es ist die beste Süßigkeit, die ein Mensch essen kann. Da ist sich der Junge sicher.

Die Waldoma ist viel weniger freundlich als ihr Mann, und sie wird oft wütend, meistens weil er vergisst, dass sie es gerne leise mag. Erst sehr viel später, als er seine Liste der Lieblingsgroßeltern längst vergessen hat, wird der Junge verstehen, dass die Launen seiner Großmutter nicht durch Wut ausgelöst wurden, sondern durch eine allumfassende Traurigkeit, die sie seit ihrer frühesten Kindheit begleitete und die sie nicht einfach abstreifen konnte, obwohl sie es wollte. Doch obwohl er jetzt, wo er sich noch nicht so gut mit Traurigkeit auskennt, ein bisschen Angst vor seiner Oma hat, ist es schon in Ordnung, dass sie nicht so nett ist. Die meiste Zeit ist er ohnehin mit seinem Großvater im Garten. Leider hatten sie dieses Mal keine Zeit.

Dabei ist es gar nicht so, dass der Junge die Stadtoma und den Stadtopa nicht mag. Er mag sie sogar eigentlich ganz gern, und Angst hat er auch keine. Trotzdem sind die Besuche dort immer nur schön und nie großartig. Die Stadtoma ist eine wichtige Person, das merkt der Junge jedes Mal, wenn er mit ihr unterwegs ist. Die Leute in ihrem Ort kennen sie, und manchmal sprechen sie sie darauf an, dass ihr Mann vor seiner Rente die örtliche Raiffeisenbank geleitet hat. Einmal hat eine ältere Dame sie »eine Frau von Belang« genannt, und seine Großmutter hat genickt, deswegen nennt der Junge sie jetzt auch so. Eigentlich wohnt die Stadtoma gar nicht in der Stadt, sondern auf einem Dorf. Der Junge nennt sie so, weil sie so aussieht. Anders als die Waldoma trägt sie Blusen und dazu bunte Jacken und ist auch sonst eine sehr akkurate und beherrschte Dame. Anders als die Mutter seiner Mutter hat sie einen Führerschein, manchmal fährt sie den Jungen in ihrem beigen Mercedes mit Automatikgetriebe in den Zoo nach Straubing, wo sie immer zuerst die Löwen anschauen. Oder sie fahren nach Regensburg, wo sie ihm in einem der dortigen Kaufhäuser »was Gescheites zum Anziehen« kauft, wie sie das nennt. Was das genau bedeutet, ist dem Jungen nicht ganz klar, aber er hat den

Verdacht, dass die Sachen, die seine Mutter ihm kauft, für die Stadtoma nicht als »was Gescheites« gelten.

Auch an diesem Wochenende im September 1997 hatte sie eigentlich einen Ausflug geplant, doch kam dann etwas dazwischen. Eine Woche zuvor, am Samstag, hat der Stadtopa den Jungen aufgeweckt, obwohl er das eigentlich nie macht. Der Stadtopa hat seit dem Krieg nur noch ein Bein, und er redet nicht viel. Sein Vater hat ihm das einmal so erklärt. Der Junge weiß zwar nicht genau, was das Bein mit dem Reden zu tun hat, aber irgendeine Verbindung wird es da schon geben, wenn sein Vater es so miteinander sagt. Als der Junge mit dem Großvater die kleine Essküche betrat, stand die Großmutter am Fenster. Das ist eigentlich nichts Ungewöhnliches, schließlich geht das Fenster auf den Platz vor der Kirche hinaus, und die Großmutter steht oft dort, zum »Leut' schauen«. Wahrscheinlich gehört das für eine Frau von Belang dazu. Doch an diesem Morgen interessierte die Großmutter das, was auf dem Platz passierte, nicht. Ihr Blick hing irgendwo hinter den Kirchtürmen. »Die Prinzessin ist gestorben«, sagte sie nur, dann riss sie sich los und stellte das Frühstück auf den Tisch mit der geblümten Kunststofftischdecke.

An diesem Samstag kommt sie um neun Uhr morgens in das Zimmer, in dem der Junge bei seinen Besuchen immer schläft, und weckt ihn. Sie gehen hinunter in das Wohnzimmer, das zur Hauptstraße hinausblickt und in dem der Großvater, wie der Vater des Jungen ihm erzählt hat, vor seiner Rente seine Bankgeschäfte erledigte. Der große Röhrenfernseher in der Ecke des Raums ist eingeschaltet, was den Jungen wundert, weil seine Großmutter untertags nie fernsieht. »Der Tag ist zum Arbeiten da«, sagt sie, auch am Wochenende.

Doch dieser Tag, der 6. September 1997, muss wohl eine Ausnahme sein. Schon am Vortag hat die Großmutter das Mittagessen vorbereitet, es steht auf dem Herd, fertig gekocht, sie muss es nur noch warm machen, sobald das, was sich auf dem Fernsehbildschirm gleich abspielen wird, zu Ende gebracht ist. Auf dem Tisch vor dem Sofa steht eine Waffelmischung aus der Tüte auf einem kleinen Teller, eine Zitronenlimonade, die sie nur »Kracherl« nennt, für den Jungen und für sie ein Kännchen Kaffee samt Tasse, die bei ihr »Schalerl« heißt, weil sie findet, dass »Schalerl« ein »patentes« Wort ist. Der Großvater ist zu einem Treffen des Kriegervereins gefahren und wird erst mittags zurück sein. Der Junge glaubt, es ist ihr lieber so. Der Großvater hat keinen Sinn für solche Dinge.

Aufgebahrt auf einem Wagen bewegt sich der Sarg, in dem die Prinzessin liegt, langsam durch die Straßen von London. Drei Polizisten gehen voraus, neben dem Sarg marschieren Männer mit roten Jacken und sehr hohen Pelzhüten. Der Mann im Fernseher, den der Junge nicht kennt, erzählt, dass der Blumenhandel in Europa in den Tagen vor der Beisetzung an die Grenzen seiner Leistungsfähigkeit gebracht wurde, und der Junge stellt sich vor, dass irgendwo in Holland ein einsamer Tulpenbauer die allerletzten Blumen schneidet, um sie in einer Kiste nach England zu schicken, direkt an die Königin. Auch vom alles durchtränkenden Duft der von den Bürgern abgelegten Blumen vor den Palästen der Königsfamilie und dem Schein der Kerzen in der Nacht, der Hunderte Meter weit zu sehen war, spricht er. Das kann sich der Junge, so sehr er sich anstrengt, nicht vorstellen. Gern würde er seine Großmutter danach fragen, aber sie ist, obwohl sie auf dem Sofa neben ihm sitzt, gar nicht da. Mit demselben Blick, mit dem sie eine Woche zuvor hinter die Kirchtürme geschaut hat, fixiert sie jetzt den Bildschirm, und ihre Gesichtszüge, die sie sonst mit großer Sorgfalt kontrolliert, entgleisen ihr ein wenig, sodass sie für einen Augenblick sehr sanft aussieht.

Die Glocke der Westminster Abbey schlägt, jede Minute einmal, wie der unendlich verlangsamte Herzschlag eines riesigen Tiers. 107 Mal wird sie an diesem Tag läuten, sagt der Kommentator, und damit die Zeit durchmessen, die die Prozession mit dem Sarg brauchen wird, um in der St. James Cathedral anzukommen. Ansonsten herrscht eine fast unerträgliche Stille. So lautlos bewegt sich die Prozession durch die schweigenden Menschenmengen an den Gittern, die die Route zu beiden Seiten begrenzen, dass man die Hufe der Pferde auf dem Asphalt klappern hören kann, und der Junge glaubt, als die Prozession über einen Straßenabschnitt mit Kopfsteinpflaster fährt, auch das leichte Quietschen des Wagens ausmachen zu können, den der Kommentator »Kanonenlafette« nennt, was der Junge sich merkt, weil er das Wort lustig findet. Die Kommentatoren scheinen jetzt ebenfalls leiser zu sprechen, als sie es normalerweise tun. Vielleicht, denkt der Junge, ist es ihnen ein wenig peinlich, in diese Stille hinein etwas zu sagen. Vielleicht haben sie Angst, weil sie wissen, dass die Leute in London es still mögen. Nur zögerlich kommen ihnen die Worte über die Lippen, sie sprechen in kurzen, manchmal fast gehauchten Sätzen. Ein bisschen erinnert es den Jungen daran, wie der Waldopa mit den Bienen redet. Oder an eine Kathedrale. Als er mit der Stadtoma vor ein paar Monaten den Regensburger Dom angeschaut hat, konnte er auch auf einmal gar nichts mehr sagen, weil die Kirche in ihrem Inneren plötzlich so groß war.

Der Junge versteht nicht, warum so viele der Zuschauer an den Absperrungen weinen – und auch nicht, warum die Zeit in der Stadt stillzustehen scheint, alles ist wie vereist. Er ist gerade zehn geworden, er kennt niemanden, der tot ist, und auf einer Beerdigung war er auch noch nie. Seine Großmutter versteht es schon. Sie wirkt traurig, dabei hat sie die Prinzessin gar nicht gekannt. Der Junge ist nicht traurig. Aber weil der Kommentator im Fernsehen das Wort Trauer so oft benutzt, versucht er sich vorzustellen, was das ist. Wie viel trauriger als wenn man kein Eis bekommt, ist man, wenn jemand stirbt? Zehnmal? Einhundertmal?

Manchmal schweifen die Kommentatoren ab und sprechen darüber, wie die Prinzessin gestorben ist, aber das will der Junge nicht hören. Auch die Gerüchte über ihre Scheidung vom Kronprinzen und was irgendeiner in England vielleicht dazu gesagt hat, interessieren ihn nicht. Er schaut sich im Wohnzimmer um. Seine Großeltern haben zwei Wohnzimmer, aber meistens sitzen sie in diesem, dem kleineren. Im größeren sitzen seine Großeltern nur an Weihnachen oder wenn Gäste da sind. Ein kleiner Schreibtisch steht in der Ecke, der Junge stellt sich vor, wie sein Großvater früher hier das Geld gezählt hat. Vielleicht ist im Keller noch ein Tresor. An der Wand hinter der Couch hängen Fotos über der Kommode, in ovalen Rahmen, mit Kindern in wollenen Stramplern. Seine Großmutter hat sechs Kinder, und sein Vater hängt ganz hinten rechts, in schwarz und weiß, sein Strampler ist blau angemalt. Er hat wirklich einen riesigen Schädel, denkt sich der Junge. Er denkt sich das jedes Mal, wenn er das Bild sieht. Und er überlegt, wie es sein muss, fünf Geschwister zu haben.

Am St.-James-Palast schließt sich der Kronprinz der Prozession an, begleitet von seinem Vater und seinen beiden Söhnen. Der Junge hört seine Großmutter neben ihm scharf einatmen, aber er kann sie nicht sehen, weil er den jüngeren Sohn der Prinzessin anschauen muss. Der Prinz ist nur zwei Jahre älter als er selbst. Auf einmal wird der Junge sehr traurig, weil der Prinz mit den roten

Haaren so allein aussieht hinter dem Wagen, obwohl doch alle da sind. Immer noch hört er die Hufe.

Als die Prozession die Kirche erreicht, verliert der Junge den jüngeren Sohn für eine Weile aus den Augen. Die Königin interessiert ihn nicht. Den Gottesdienst versteht er nicht, und er ist auch langweilig, der Kameramann filmt die Kirchenfliesen. Immer wenn er den Sohn sieht, hängt der Junge für einen Moment am Bildschirm, ansonsten schaut er aus dem Fenster.

Dann geht ein Mann mit Brille und schwarzem Anzug nach vorne. Er sieht sehr streng aus, der Junge ist sich fast sicher, dass es der Kaplan ist. Ihr Kaplan zu Hause ist auch viel strenger als der Pfarrer. Eine Sekunde lang denkt der Junge sich, dass seine Großmutter und der Kaplan sich ein klein wenig ähnlich schauen, nur dass der eine Topffrisur trägt und sie eine Dauerwelle. Der Mann setzt sich an ein Klavier und fängt an zu singen, und der Junge erschrickt, weil ein Ruck durch seine Großmutter geht. Kerzengerade sitzt sie da und hört nur diesem Mann zu, der wohl doch kein Kaplan ist. Auf einmal sieht sie sehr friedlich aus, ganz anders als sonst, wenn sie mit den Leuten im Ort redet oder mit ihrem Mann oder seinem Vater. Und als der Mann, von dem der Junge jetzt weiß, dass er Elton John heißt, weil der Kommentator es gesagt hat, den Refrain singt, werden der Großmutter die Augen feucht, obwohl sie eigentlich nur bayerische Volkslieder hört.

Eine Stunde später, als sie das Mittagessen fertigkocht und den Großvater begrüßt, der vom Kriegertreffen zurückkommt und ein wenig lustiger ist als sonst, scheint sie alles wieder vergessen zu haben. »Sehr bewegend«, sagt sie, als der Großvater sie fragt, wie die Beerdigung war, aber sie sieht wieder so aus, wie sie immer aussieht. Vielleicht hat er es sich ja nur eingebildet, denkt sich der

Junge, aber er kann sie nicht fragen. Eine Frau von Belang fragt man so etwas nicht.

Lange noch beschäftigt der Vormittag den Jungen. Immer wieder grübelt er darüber, irgendwann ist er sich sicher, dass das alles nie stattgefunden hat. Dann werden andere Dinge wichtig.

Am Tag, an dem die Großmutter beerdigt wird, hat der Junge die Beerdigung der Prinzessin lange vergessen. Der Frauenbund kommt ans Grab, sie haben eine Fahne dabei, in deren samtblauen Stoff eine Marienfigur eingestickt ist. Jemand hält eine Rede und nennt sie die Gattin des Raiffeisenbankvorstehers. Ein Frauenchor singt die Kirchenlieder, die sie am liebsten mochte. Für den Leichenschmaus haben sie den großen Saal eines Gasthauses im Nachbardorf gemietet.

Als es Abend wird, sitzen der Vater des Jungen und der Rest seiner Familie im großen Wohnzimmer, es gibt Leberkäse und Kartoffelsalat, so wie es ihn immer gab bei ihr. Kaum jemand ist mehr hungrig. Der Junge hat sich weggeschlichen, er steht im kleinen Wohnzimmer mit den Bildern ihrer Kinder, er ist allein. Wahllos beginnt er, die Schränke zu öffnen. Er sucht, obwohl er nichts finden will. In der untersten Schublade einer niedrigen Kommode aber, zwischen Fotoalben und einigem Krimskrams findet er, versteckt unter den Adelsalmanachen, eine CD mit einer Aufnahme des Lieds, das Elton John an diesem Vormittag vor vielen Jahren gesungen hat. Sie muss sich die Single, auf deren Cover das Foto einer weißen Rose abgedruckt ist, wenige Wochen nach ihrer Veröffentlichung in einem der Kaufhäuser in Regensburg gekauft und niemandem davon erzählt haben. Kurz überlegt der Junge, ob er sie seinem Vater und dessen Geschwistern zeigen soll und ihnen von der Erinnerung erzählen, die er vergessen hatte und die, wie diese CD ja zeigt, keine Halluzination oder irgendein Wunschdenken war. Dann schiebt er die CD in seine Jackentasche und lässt so den einzigen Beweis dafür verschwinden, dass der Frau des Raiffeisenbankdirektors von Aufhausen an einem Samstagvormittag vor ein paar Jahren einmal das Herz weich wurde und sie es sich nicht untersagen konnte oder wollte.

FOLLY

DAS ALTE FESTNETZTELEFON im Wohnzimmer läutet. Ich laufe die Treppe hinunter, falle mehr über die Stufen, als dass ich sie nehme. Es ist der erste Anruf, seit ich hier bin, aus irgendeinem Grund ist es mir wichtig ranzugehen. Eine Freundin meiner Mutter meldet sich am anderen Ende, für einen kurzen Moment stockt sie, als ich antworte. Sie fragt mich, ob meine Mutter da sei. Die sei doch beim Meditieren, sage ich ihr. Kontemplation der inneren Dinge, das habe sie ihr doch sicher erzählt. Sie erinnert sich, ich wünsche ihr einen schönen Tag und lege dann auf.

Es dauert nur zwei Minuten, bis die SMS auf dem Handy aufblinkt:

Bist du da? Meine Mum hat mir gesagt, dass sie grad mit dir telefoniert hat.

Seit gestern.

Ahleck.

Haha

Spezi?

Ja.

Ich warte vor dem Haus auf Lukas. Schon als er mehrere hundert Meter von mir entfernt um die Ecke biegt, weiß ich, dass er es ist. Fast zwei Meter ist er groß, mit Sonnenbrille, kurzem Vollbart und

Eineinhalb-Meter-Schritten schreitet er die Straße hinunter. Er dreht beim Gehen die Füße immer leicht nach außen, wodurch sein Gang noch ausladender wirkt, als er eh schon ist. Er grinst. Ich grinse auch. Seit ich aus Bayern weggezogen bin, haben wir uns kaum gesehen oder gesprochen, ein paar SMS, alle paar Monate telefonieren wir. »Engländer« hat er mich dabei nie genannt. Als er mich umarmt, muss er sich leicht nach unten beugen.

»Dein Bein ist schwarz.«

»Kompressionsstrumpf. Thrombose, habe ich dir doch erzählt, oder?«, antwortet er.

»Du schaust ein bisschen aus wie ein Pirat aus der Zukunft.«

Ich kenne Lukas länger als mein halbes Leben. Als wir uns mit 13 Jahren zum ersten Mal trafen, war er noch kleiner als ich, ein dünner, fast dürrer Junge mit sanften Gesichtszügen, schulterlangen blonden Haaren, der Iron-Maiden-T-Shirts trug. Unsere Mütter waren befreundet, beide arbeiteten als Erzieherinnen, wählten die Grünen und hatten ein Faible für Esoterik.

Uns verband, dass wir als Verlierer in die Welt von A. geboren worden waren. Für Schlägereien waren wir zu schwach, für die Kreisliga zu langsam. Doch das war uns egal. Mit den Fußballern der örtlichen B-Jugend pflegten wir eine innige Feindschaft. Sie nannten uns »Zecken«, wir sie »Fußballdeppen«. Ich war gerade 15 geworden, als Lukas mich fragte, ob ich mit meiner Trompete in seiner Ska-Band mitmachen wollte. Sie würden die nächsten NOFX, und A. würde – nach unserer ersten Welttournee, die realistischerweise innerhalb der nächsten zwei bis vier Jahre stattfinden würde – schon bald in einer Reihe mit New York und Boston stehen. Ich nahm sein Angebot an. Nur ein Wahnsinniger hätte anders entschieden. Wir coverten die Ramones und NOFX und begannen, eigene Songs zu schreiben, die wir in Partykellern von Freunden, bei Geburtstagsfeiern und in der Aula der örtlichen Realschule spielten. Am Ende schafften wir es immerhin bis nach Wien.

Auf dem Weg zur Innenstadt bemerke ich schon nach wenigen Minuten, wie meine Sprache sich verändert, roher wird, natürlicher. Der niederbayerische Dialekt bricht durch, als wäre er Voraussetzung für unser Gespräch, als ließen sich unsere Geschichten ohne ihn nicht erzählen.

An der »Schwartzmann«, einer kleinen Privattankstelle vor den Grenzen der Altstadt, die einer Frau gehört, die die meisten ebenfalls nur »die Schwartzmann« nennen, nehmen wir zwei Spezis aus dem Kühlregal. Als wir Jugendliche waren, erschlichen wir uns hier das Bier, das wir damals noch nicht trinken durften. Unser Freund Jo hatte einen wasserdichten Plan entwickelt, um ohne Ausweis an Alkohol zu kommen. Bei einem Interview, das wir vor einem Konzert im Jugendzentrum von der Lokalzeitung gaben, sagte er dem Journalisten, als dieser ihn für die Klammer hinter dem Namen nach seinem Alter fragte, dass er 16 sei. Am Erscheinungstag ging er mittags zur Tankstelle. Mit absoluter Selbstverständlichkeit stellte er zehn Flaschen Bier auf den Tresen. »Ausweis?«, fragte die Schwartzmann und schaute skeptisch auf den Jungen, der mit seinen goldblonden Locken ein wenig wie das Nürnberger Christkind aussah. »Hab ich vergessen«, antwortete Jo. »Aber ich steh' heut in der Zeitung drin!«

Die Schwartzmann öffnete den Lokalteil, rückte sich die Lesebrille auf ihrer Nase zurecht und las den Artikel. Kurz zögerte sie, dann zog sie langsam eine Bierflasche nach der anderen über den Warenscanner. Jo musste nie wieder seinen Ausweis zeigen.

Die Schwartzmann steht immer noch an der Kasse. Älter zwar, doch immer noch mit derselben kupferroten Föhnfrisur, die sie schon damals hatte, vor inzwischen beinahe zwanzig Jahren. Es wundert mich, wie wenig mich das wundert. Ich frage sie, ob sie sich an Jo erinnert. Ja klar, sagt sie, der sei früher häufiger da gewesen. »Sie waren doch zusammen in dieser Band, oder?«, fragt sie Lukas. Er nickt. Sie dreht sich zu mir und mustert mich.

»Und bei Ihnen ist der Vater mit dem Motorrad verunglückt, stimmt's?«

»Stimmt.«

»Tragisch war das.«

Vor der Tankstelle öffnet Lukas unsere Speziflaschen mit einem Feuerzeug, und wir gehen in Richtung der Innenstadt. Für jeden seiner Schritte muss ich zwei machen. Am Stadttor weist ein großes Poster aus Lastwagenplane darauf hin, dass hier bald eine Party stattfinden soll. »RAMBAZAMBA URKNALL Royale« steht oben, in einem Sechseck, das stark an das Logo einer bekannten TV-Show erinnert. »50 Jahre Mondlandung« steht darunter. Der Besitzer der dritten Brauerei im Ort hat sich die Partyreihe ausgedacht, ursprünglich als großes Public-Viewing-Event zur Weltmeisterschaft vor einigen Jahren. Doch weil internationale Fußballturniere nur alle zwei Jahre stattfinden und sonst auch nicht viel los ist, feiern sie in der kleinen Kneipe im Turm neben dem Stadttor inzwischen, was immer ihnen unter die Finger kommt. Après-Ski, Halloween, St. Patrick's Day – für eine seiner Mottopartys suchte der Brauereibesitzer auf Facebook nach zwei Pferden. Das Bier gibt es dann in Pitchern, ausgeschenkt aus einem Zapfhahn, der einem Schwert in einem Stein nachempfunden ist und auf dessen Klinge »Excalibier« steht. Nächstes Wochenende wird die Mondlandung mit Livemusik und Alkohol gewürdigt. Lukas und ich entscheiden uns, nicht hinzugehen.

»Stört dich das eigentlich, wenn Leute dich an den Unfall erinnern?«, fragt Lukas.

»Passt schon«, antworte ich.

Es ist noch warm und es wird langsam Abend. Lukas und ich sitzen auf einer Mauer am »Drachenspielplatz«, den wir so nennen, weil ein Tunnel durch einen künstlichen Hügel führt, den man durch das Maul eines Drachen betritt. Unsere Spezis sind halb leer. Lukas berichtet von den Geschehnissen der letzten Jahre. Eine Kleinstadt ist eine limitierte Anzahl von Geschichten, die jeder kennt – und die zu erfahren mir aus irgendeinem Grund immer noch wichtig ist. Der Bürgermeister hat ein neues Buch veröffentlicht. Einen Krimi diesmal, keinen Gedichtband, irgendeine Verschwörung mit Kommunisten. In der Jungen Union tobt ein Rosenkrieg zwischen den Söhnen zweier einflussreicher konservativer Familien. Eine Frau, in die wir als Teenager verliebt waren, hat gerade ihr drittes Kind bekommen.

Gegenüber der Grundschule liegt die Brauerei, die größte in A. Ein barocker gelber Quader mit weißen Pilastern, durch ein ausladendes Fenster glänzen die kupfernen Braukessel wie riesige Zwiebeln. Auf einem Banner aus Lastwagenplane steht, in großen Buchstaben, »Bierwelt«. Vor ungefähr zwanzig Jahren beschloss der Brauereibesitzer, sich und seiner Firma ein Denkmal zu bauen, und ließ sich von einem Künstler und Architekten aus Wien einen Turm entwerfen. Er ragt rechts neben dem Hauptgebäude in die Höhe, ein Phallus aus Kurven und Bögen, so bunt, dass einem die Augen schmerzen. Nach oben hin brechen runde Erker mit goldenen Dächern aus dem Gebäude hervor wie Schwefelporlinge aus einem Baumstamm. Über ihnen wölbt sich eine mit Blattgold überzogene gequetschte Kugel.

Es war einer der letzten Entwürfe des österreichischen Architekten, zu dessen berühmtesten Gebäuden unter anderem ein Heizkraftwerk in Wien, eine Müllverbrennungsanlage in Osaka und eine öffentliche Toilette in einem Tausend-Einwohner-Dorf in Neuseeland gehören. Wenige Monate nach Fertigstellung der Skizze starb er bei einer Kreuzfahrt an einem Herzinfarkt. Der Turm wurde neun Jahre nach seinem Tod fertig, im offiziellen Œuvre taucht er nicht auf. Die Bewohner von A. benutzen trotzdem seinen Namen dafür. Seit er fertig ist, kommen Besucher mit Bussen in die Stadt und dem Ziel, eine Brauereiführung zu machen, an deren Ende der 35 Meter hohe Turm bestiegen wird. Und an der Autobahnausfahrt von A. weist jetzt, als Zeichen, dass man es fremdenverkehrstechnisch zu etwas gebracht hat, ein braunes Schild auf den Turm hin.

Die Brauerei, den Turm und ein weiteres, anliegendes Haus, das er ebenfalls im Stil des Künstlers hat umbauen lassen, betrachtet der Brauereibesitzer als Bier-Kunst-Ort, ein Geschenk an die Bürger von A. und an ganz Bayern. Der Turm ist Aufbewahrungsstätte für die 4200 Stück umfassende Weizenglassammlung des Brauers. Im Keller des Sudhauses singen animatronische »Weißbierzwerge« vom Bierbrauen, und etwas weiter hinten, in einem länglichen, bunkerförmigen ehemaligen Fasslager erstreckt sich eine vollmaßstäbliche Kopie von Leonardo da Vincis »Abendmahl«. Der Brauereibesitzer hat sie malen lassen, als er, wie er sagt, Beobachtungen gemacht habe, die mehr als fünfhundert Jahre Kunstgeschichte übersehen hätten. In seinen Überlegungen, die er im Eigenverlag als Buch mit dem Titel »Die Lösung« veröffentlicht hat, geht es um Hippokrates' Temperamentenlehre, die Tugendlehre Platons und Dan Browns »Da Vinci Code«. »Es gibt nichts Gutes, außer man tut es«, sei die Botschaft, die da Vinci dem Betrachter habe mitgeben wollen, sagte er einmal, als ihn im Regionalfernsehen jemand dazu befragte.

Als ich ein Kind war, gab es den Turm nicht. Dort, wo er steht, war früher ein Parkplatz mit einem unscheinbaren Bungalow in der Mitte. In diesem Bungalow lag, einmal alle vier Wochen, Italien. Hinter hohen, getönten Glasfenstern befand sich das Restaurant »La Strada«. Jeden ersten Sonntag im Monat gingen wir mit anderen Familien dort essen, immer um 13 Uhr, gleich nach dem Kindergottesdienst. Hinter dem Tisch, an dem wir jedes Mal saßen, hing ein großes Bild vom Meer, im Radio liefen italienische Schlager und die Restaurantbesitzerin Graziella nannte uns mit dunkler Stimme Bambini. Und weil ich noch nie in Italien gewesen war, war dieses Restaurant für mich damals das Zentrum des römischen Reichs. Hier aß ich zum ersten Mal Miesmuscheln und mochte sie, obwohl ich mich zuerst davor ekelte. Hier aß ich überbackene Champignons und war davon überzeugt, dass das das italienischste Gericht der Welt sei. Wahrscheinlich waren wir nicht öfter als zehn Mal dort. In meiner Erinnerung waren wir immer dort.

Um die Jahrtausendwende brannte der Bungalow ab. Der Brauereibesitzer, dem das Gelände und auch der Bungalow gehörten, fing an, seine leeren Getränkekästen dort zu lagern, und wir, Teenager, fingen an sie zu stehlen, um uns vom Pfand Eintrittskarten für die Brauereiführung zu kaufen. Nach der Führung durfte man eine halbe Stunde lang so viel trinken, wie man wollte. Am Ende bekam man eine unterschriebene Urkunde, auf der »Weißbierkenner« stand. Manche unserer Freunde gingen jeden Samstag, ich ging nur selten, zu viel Angst, betrunken nach Hause zu kommen, zu viel Angst, beim Kästenklauen erwischt zu werden. Dann kam der Bauzaun um das Bierkistenlager, dann die Baustelle. Dann der Turm und Bierproben, bei denen der Konsum auf eine Halbe Bier beschränkt war.

Ein Bus fährt vor, und eine Reisegruppe stakst auf den Gehsteig. Ältere Damen und ältere Herren schauen, die Köpfe im Nacken, zur Kuppel und blinzeln gegen die Lichtreflexion an. Über fast zweihundert Meter erstreckt sich der Komplex neben der Straße, abgetrennt durch eine wellenförmige Mauer aus grob behauenem Stein, in die Kacheln, bunte Flaschenböden und Steinkrüge mit pittoresken Jahrmarkt-Szenen eingelassen sind. Dahinter liegt ein großer Biergarten, auch hier immer wieder: Fliesen. Wie Schuppen überziehen sie nicht nur die neuen Gebäude, selbst das barocke Hauptgebäude ist damit eingefasst, ein wenig sieht es so aus, als hätten außerirdische Sporen den Häuserblock infiziert. Verkrampft versucht der Turm mit seiner organischen, fließenden Architektur darüber hinwegzutäuschen, dass er etwas gänzlich Künstliches ist, nicht gewachsen, um einen Zweck zu erfüllen, sondern eingepflanzt, in Beton gegossener und mit bunten Kacheln beklebter Wunsch und Wille eines in A. bedeutsamen Mannes.

In Großbritannien nennen sie so etwas »Follies« – Torheiten, erkläre ich Lukas. Im 18. Jahrhundert begannen reiche Männer, sich Gebäude in ihre Parks und Landschaftsgärten zu stellen, die keinen Sinn hatten, die nicht deshalb gebaut wurden, weil man sie brauchte, sondern weil man es konnte. Sie errichteten künstliche Ruinen, Glorietten und Leuchttürme an Seen, auf denen keine Schiffe ihren Weg nach Hause finden mussten. Manche Bauherren, erzähle ich ihm, verloren dabei jede Bodenhaftung, wie zum Beispiel John Murray, der Earl von Dunmore, der seine Ländereien in Schottland mit einem Gebäude schmückte, auf dem eine riesige steinerne Ananas thront. Andere waren bescheidener: In Edgbaston, einem Viertel im Südwesten Birminghams, baute John Perrott im Jahr 1758 einen schlanken Ziegelturm im gotischen Stil, den man heute noch »Perrott's Folly« nennt.

»Aha«, sagt Lukas und sieht mich mit schief gelegtem Kopf an. Ich erzähle weiter. Es scheint ihn zu interessieren.

Obwohl das Wort »Folly« anfangs als Schimpfwort für überteuerte Bauten verwendet wurde, die die Torheit ihrer Erbauer widerspiegelten, wurde es schnell zur Bezeichnung für jede Art architektonischer Simulacra, als Typenbeschreibung für Bauten, deren Sinn in nichts als ihrer Existenz begründet liegt. Sie wurden zu Wahrzeichen ihrer Umgebung, obwohl sie doch genau das nicht waren. Ihre Wahrhaftigkeit sei immer nur die vollendete Tatsache ihres Daseins gewesen, sage ich.

»Verständlich?«, frage ich.

»Sowieso«, sagt Lukas und grinst.

Für die Menschen, die sich jetzt in einer langen Schlange in Richtung Brauereieingang schieben, ist der Turm schon immer hier gewesen. Gäbe es ihn nicht, sie wären wahrscheinlich nicht gekommen. Obwohl er nichts mit ihr zu tun hat, ist er, Kornkreisen gleich, die über Nacht auftauchen und einem Ort Bedeutung verleihen, zum Wahrzeichen der Stadt geworden, neben dem Kirchturm und dem Giebel des Rathauses ist er heute Teil ihres Logos.

Es sei schon seltsam, sage ich zu Lukas, dass irgendwann, wenn niemand mehr da ist, der dabei war, als der Braumeister den Turm gebaut hat, er trotzdem noch hier stehen wird, in all seiner Absurdität, eine Ungereimtheit mitten in einer kleinen Stadt auf dem flachen Land. Und dass es am Ende vielleicht nur darum geht: dass etwas übrig bleibt von einem, dass etwas andauert. Dabei tut es nichts zur Sache, ob sich noch jemand erinnert, wofür Follies standen oder warum sie errichtet wurden – solange die Menschen sich erinnern, wer ihre Erbauer waren.

»Von John Perrott zum Beispiel ist heute kaum mehr etwas bekannt. Manche sagen, dass er den Turm gebaut hat, um von oben aus seine untreue Ehefrau zu beschatten, andere sagen, dass er von dort auf ihr wenige Meilen entferntes Grab geschaut hat. Aber was am Ende wahr ist, ist nicht wichtig«, höre ich mich selbst sagen.

Sowieso würden Türme auf ihrem Weg in die Ewigkeit ein Eigenleben entwickeln. Zu Beginn des 20. Jahrhunderts lebte für einige Jahre ein Junge, der ebenfalls John hieß, in Edgbaston, in unmittelbarer Nachbarschaft von Perrott's Folly, der damals, neben dem Schornstein eines Wasserwerks im italienischen Stil, eines der höchsten Gebäude der Gegend gewesen sein muss. Viele Jahre später, als Professor für englische Sprachwissenschaft an der Universität von Oxford, schrieb der inzwischen erwachsen gewordene Junge ein dreiteiliges Epos, dessen zweiten Teil er »Die zwei Türme« nannte.

»›Herr der Ringe‹, ist klar. Alles in Ordnung mit dir?«, fragt Lukas mich von oben herab.

Ich brauche ein wenig, um mich aus meinem Redefluss zu lösen. In meinem Kopf liegt alles übereinander. Rom, die Bierkästen, die goldenen Kuppeln, die Türme, Orks, Elben und Ringe und das, was irgendwann davon übrig sein wird, doppelt, dreifach belichtet. Für einen Moment überwältigt mich die Gleichzeitigkeit all dieser Gegenwarten.

»Ja, aber das ist doch wirklich interessant, oder?«, frage ich. Lukas lacht. Er steht auf der Mauer neben mir, alles, was ich von ihm sehe, ist sein schwarzes Piratenbein direkt vor meinem Gesicht.

»Du hast gestern ein bisschen zu viel Arte geschaut, oder?«, fragt er. »Ich glaub, wir müssen was trinken gehen, sonst überhitzt du.«

»Lieber nicht«, sage ich.

»Doch. In ein paar Tagen ist Bierprobe, wir gehen da hin«, erwidert er.

Als ich protestieren will, unterbricht er mich schreiend:

»Du hast hier keine Rechte, Herr Professeur. Das wird super!«

»Müssen wir unbedingt?«

»Ich glaub, ich hab' noch nie jemand getroffen, der es so nötig hat, sich mal wieder ein paar Weißbier in den Schädel reinzumoassln.« Er steht jetzt lachend vor mir, die leeren Speziflaschen hält er wie Keulen.

DER HEILIGE DANUBIUS

AM VORMITTAG SAH ES KURZ SO AUS, als würde es regnen, aber die Bierprobe ist eines der Feste, auf die man auch dann geht, wenn es regnet. Lukas ruft an. »Na Bursch', hast dei' Hirschlederne schon an?«, fragt er. Er spricht dieses Wort für Lederhose mit Absicht so breit aus, dass man es fast nicht mehr verstehen kann. Ich sage ihm, dass sie im Moment gerade leider in der Wäsche sei, er müsse mich also in Jeans mitnehmen. Lukas lacht. Er weiß, dass ich keine Lederhose habe.

»Tragisch. Dann bin ich halt der Einzige, der ordentlich angezogen ist«, sagt er, jetzt wieder mit seiner normalen Stimme. »Ich würde so in einer halben Stunde hier losfahren.« Er wohnt nicht mehr in A., vor einigen Jahren ist er nach Regensburg gezogen. Alle paar Wochen fährt er die halbe Stunde mit dem Zug hierher zurück, um seine Mutter zu besuchen, und manchmal geht er auf eines der Feste, auf die man gehen muss, wenn man von hier ist. Mit ihm wird schon alles gut werden.

Ich weiß nicht, wann ich zum letzten Mal in A. auf einem Fest war. Wenn ich darüber nachdenke, kann ich nicht einmal sagen, wann ich zuletzt überhaupt auf einem Fest gewesen bin. In England gingen Leo und ich zwar oft aus, eine Zeit lang waren wir sogar jedes Wochenende auf irgendeiner Party, aber das ist etwas anderes. Auf Partys lernt man Menschen kennen, und manchmal geht man nur dafür hin. Auf Festen muss man niemanden kennenlernen. Die, die dort sind, kennt man alle auf irgendeine Weise. Die Prozedur des Ganzen ist schon geklärt, bevor es überhaupt losgeht, und sie bleibt unverändert, auch wenn sich die Anlässe ändern. Ein bisschen ist es also wie bei Actionfilmen der Neunziger, bei denen es nur auf den Hauptdarsteller ankam, weil man nicht ins Kino ging, um etwas Neues zu sehen, sondern in der Hoffnung, dass das meiste so sein würde, wie man es erwartete.

Die Bierprobe, daran gibt es nicht den geringsten Zweifel, ist ein Fest. Jedes Jahr findet sie im Hof der kleineren der beiden Brauereien am Rand der Innenstadt statt. Ein paar Wochen vor dem großen Volksfest wird dort zum ersten Mal das Volksfestbier ausgeschenkt. Als wir noch Teenager waren, gingen wir immer hin. Nicht, um das Bier zu probieren, wir gingen hin, weil alle anderen hingingen.

Lukas trägt keine Lederhose, natürlich nicht. Ich weiß, dass er eine hat und dass er sich ein klein wenig dafür schämt. Er hat sie sich gekauft, als wir beide noch in A. wohnten, sie aber dann, als er älter wurde, nur selten getragen. Seit er vor einigen Jahren beschlossen hat, von nun an vegan zu leben, zieht er sie gar nicht mehr an. »Willst gleich hin, oder sollen wir uns erst warmlaufen?«, fragt er.

Es ist ein Mittwoch, und es ist kurz nach zwei Uhr nachmittags. Die Bierprobe findet jedes Jahr am gleichen Tag im Sommer statt. Ob gerade Wochenende ist oder nicht, ist dabei egal, der Tag ist immer ein Feiertag.

Wir kaufen uns Biere bei der Schwartzmann, setzen uns auf die Insel im Fluss und halten die nackten Füße ins Wasser. »Warum bist du eigentlich da?«, fragt er und öffnet unsere Flaschen mit dem Feuerzeug. »Du bist doch nie da.« Er sagt das nicht als Anschuldigung. Er stellt es nur fest. Ich nehme einen zu großen

Schluck von meinem Bier und verschlucke mich fast am Schaum. »Hat Leo dich rausgeschmissen?«, fragt er. Für einen Moment überlege ich, ihm alles zu erklären, dann stelle ich fest, dass ich es gar nicht richtig erklären kann.

»Ich habe mich selbst rausgeschmissen«, sage ich. Und dass ich hier sei, um mir über ein paar Dinge Gedanken zu machen. Lukas nickt. Von der Brauerei weht abgehackt die Bayernhymne herüber. Lukas legt seine Hand an die Schläfe und salutiert, er biegt seine Finger dabei durch und zieht eine Grimasse. Ich salutiere zurück. »Kannst du den Text?«, fragt er, »Land der Bayern?«

»Kann den irgendjemand?«

»Lies ihn dir besser noch mal durch. Sonst fliegst du gleich als Infiltrator auf. Da regiert heut der heilige Danubius.«

Weiß-blaue Wimpel hängen über dem Innenhof vor dem Sudhaus, wie ein Himmel unter dem Himmel. Darunter in langen Reihen die Bierbänke, und fast alle sind schon besetzt, obwohl es noch früh am Nachmittag ist. Die Essensstände sind mit roh behauenen Bohlen verkleidet, es gibt halbe Hendl und fünfhundert Gramm Emmentaler auf einem Haufen, mit Brezen, so groß wie Schallplatten, Steaksemmeln mit oder ohne Zwiebeln, Bratwurstsemmeln mit Senf oder Ketchup. All das ist nur Garnitur. Der Ausschank liegt an der hinteren Wand des Hofs, dort ist die Schlange am längsten. Dunkles Bier im Steinkrug, helles im Glas. Für den Preis, den der Liter hier kostet, hätten wir bei der Schwartzmann einen Kasten bekommen. Wir stellen uns in die Schlange, Lukas winkt zu einem Tisch hinüber, und die, die dort sitzen, heben ihre Maßkrüge nach oben und schwenken sie. Nicht zur Begrüßung, sie brauchen Nachschub.

Jemand, der zum ersten Mal nach Bayern kommt und der auch

sonst noch nichts über die Bayern weiß, würde sich vermutlich fragen, warum mehr als die Hälfte der Männer hier in merkwürdig kurzen, gänzlich aus rauem Leder gefertigten Hosen sitzen, und wohl auch, warum die Frauen hier Kleider tragen, in denen sie aussehen wie preziöse Bonbons. Er würde nicht verstehen, warum gleich vier Blaskapellen abwechselnd und von unterschiedlichen Positionen aus im Viervierteltakt gegen die Gespräche der Gäste anspielen, und auch nicht, warum die Biergläser hier so groß sind wie der Kopf eines erwachsenen Mannes. Wahrscheinlich würde ein Mensch, der all das nicht kennt, Bayern nach diesem Tag nur noch als Synonym für Maßlosigkeit begreifen. Und es ist ja auch ein Angriff auf jede Vernunft, ein Anschlag auf die Sinne, für den es keine Erklärung gibt, weil keiner bereit ist, eine abzugeben. Denn würde dieser Mensch dann fragen, warum genau die Dinge so sind, wie sie sind, und warum sie so sein müssen, bekäme er das eine Wort zurück, dessen Verwendung die Bayern in den letzten Jahrhunderten zur Kunstform erhoben haben: Darum.

»Never apologise, never explain«, soll Winston Churchill, der in einer anderen Welt wohl auch einen großartigen bayerischen Ministerpräsidenten abgegeben hätte, diesen Ansatz genannt haben. Die Bayern nennen es »mia san mia«. Ich habe nie wirklich verstanden, was dieser Satz, der auf mich immer wie eine dadaistische Reinterpretation von Louis XIV. Ausspruch »L'état c'est moi« wirkte, eigentlich bedeuten will, und kein Bayer, den ich je danach gefragt habe, hat es mir genau definieren können. Aber vielleicht ist das auch nur konsequent.

Ich brauche fast mein gesamtes erstes Bier, um mich daran zu gewöhnen, dass mich alle am Tisch mit meinem Nachnamen ansprechen. Wir hatten als Teenager irgendwann damit angefangen, uns gegenseitig beim Familiennamen zu nennen, um schon einmal auszuprobieren, wie es sich anfühlte, erwachsen zu sein. In England hat mich nie jemand bei meinem Nachnamen genannt. Vielleicht auch, weil ihnen die deutsche Aussprache fast immer misslingt. Manche scheiterten schon bei meinem Vornamen. Es klang dann, als würden sie statt Johannes »Your Highness« sagen. Für eine Zeit nannte ich mich deshalb John, bis mir irgendwann jemand sagte, dass das sonderbar sei. Meinen Nachnamen lasse ich noch immer meistens weg. Manche meiner Bekannten kennen ihn, glaube ich, bis heute nicht. Doch hier an diesem Tisch, an dem sich alle anderen längst wieder bei ihren Vornamen nennen, bin ich nur dieser Nachname – weil es der Name war, den ich hatte, bevor ich wegging.

Der Nachmittag verläuft, abgesehen vom Lärm der Blaskapellen und dem Menschengedränge, ruhig. Ein Kind fällt aus der Hüpfburg auf den Boden und weint, eine Gruppe Teenager will mit ihren Maßkrügen in die Hüpfburg hinein und darf dann nicht. Alle erholen sich wieder davon. Ich schlendere über den Platz, auf der Suche nach Menschen, die ich noch kenne. Ich finde keinen. Am frühen Abend, als die Bierbänke bis auf den letzten Platz besetzt sind und man sich nur mit Mühe zwischen den Tischen hindurchzwängen kann, hält der Brauer eine kurze Ansprache, in der er seine große Liebe zum ganz bald beginnenden Volksfest ausdrückt. Lauter Applaus, Jubel, ein Prosit der Gemütlichkeit. Eigentlich hat sich nichts verändert. Doch es erscheint alles viel unerheblicher, als ich es in Erinnerung hatte. Die Anspannung, die mich früher an solchen Tagen ergriff, ist verschwunden.

Eine Weile lang versuche ich, mit den Leuten, an deren Tisch Lukas und ich uns gesetzt haben, ein Gespräch zu beginnen. Doch anders als mit Lukas scheint die Zeit, die vergangen ist, seit ich das letzte Mal hier war, hier einen Graben aufgerissen zu haben. Ich ertappe mich dabei, dass ich, nachdem sie ihre Geschichten erzählt haben und mich fragen, was ich denn so mache, Schwierigkeiten habe, ihnen etwas über mich zu erzählen. Wie jemand, der eine Party verlassen hat und aus der Nacht durch das Fenster in den erleuchteten Raum zurückblickt, zwar noch sehen kann, dass die Menschen drinnen miteinander sprechen, aber nicht mehr versteht, was gesagt wird, fühle ich mich eigentümlich entfernt, obwohl ich doch hier bin. Als ich so herumstochere, muss ich auf einmal an Fernand denken, einen Mann, den Charles Olson zu Beginn seines Gedichts »The Kingfishers« beschreibt.

> *Otherwise? Yes, Fernand, who had talked lispingly of Albers & Angkor Vat. / He had left the party without a word. How he got up, got into his coat, / I do not know. When I saw him, he was at the door, but it did not matter, / he was already sliding along the wall of the night, losing himself / in some crack of the ruins. That it should have been he who said, »The kingfishers! / who cares / for their feathers / now?«*

Nur für wenige Zeilen taucht Fernand auf, und doch verursachen seine Unfähigkeit, sich verständlich zu machen, und sein plötzliches Verschwinden das Gedicht erst. Auf wen Olson sich in diesen Zeilen bezog, ist nicht bekannt. Der echte Fernand bleibt genauso verschwunden wie der im Gedicht, und bis heute hat niemand herausfinden können, wer er war. In diesem Moment, an diesem Biertisch in Niederbayern, weiß ich genau, wer Fernand war. Ich höre auf zu reden und hole mir noch ein Bier.

Nach neun Uhr löst sich das Fest langsam auf. Man kann jetzt die einzelnen Gruppen klarer voneinander unterscheiden. Wie um

Lagerfeuer sitzen sie um ihre Tische. Lukas und ich kommen gerade das vierte Mal vom Ausschank zurück, als alle vier Blaskapellen gleichzeitig anfangen zu spielen. Als hätte jemand einen Hebel betätigt, geht ein Ruck durch die Bankreihen, ich höre, wie Lukas gegen den Lärm anschreit: »Hab's dir doch gesagt!«

Die Gruppe, die links von uns sitzt, schnalzt am schnellsten von ihren Bänken nach oben. Einer von ihnen stößt mit den Oberschenkeln an den Tisch vor sich, der Tisch macht einen Satz und ein halb leerer Maßkrug schlittert in Richtung Tischkante, ganz knapp davor kommt er zum Stehen.

Die Männer saßen schon da, als Lukas und ich am Nachmittag ankamen, und ich hatte sie auch gleich erkannt, weil jeder sie hier kennt. Jedes Mal, wenn die Band zum »Prosit der Gemütlichkeit« ansetzte, jubelten sie, wie Männer in Gruppen jubeln, wenn sie sich ihrer selbst sehr sicher sind. Alle, die an diesen Tischen sitzen, tragen das Gleiche: kurze Lederhosen und gleichfarbige gestrickte Stutzen über den Waden, dazu Hemden und darüber ärmellose Trachtenwesten aus dunkelblauem Samtstoff. Auf der rechten Brust der Westen prangt, silbern eingestickt, der Name »Danubius Buam«, in einer Schrift, die auf den ersten Blick alt anmuten soll.

Die Danubius Buam sind viel weniger alt, als ihr in Fraktur gehaltener Schriftzug es vermuten lassen will. Sie nennen sich selbst »Burschenverein«, doch mit säbelschwingenden Jurastudenten und Medizinern, die putzige Hutchen tragen, und ihren Verbindungen, die man in Universitätsstädten findet, haben sie nichts gemein. Erst vor knapp zwanzig Jahren hat sich die Gruppe gegründet, zur »Erhaltung des Traditionsguts von A. und ganz Bayern«, so sagen sie das selbst. Einmal im Jahr stellen sie einen Maibaum auf der Insel im Fluss auf und feiern ein Fest, das der

Bierprobe nicht unähnlich ist. Jeden Sommer fahren sie mit einem Lastwagen in die italienische Partnerstadt von A., wo sie in einem Bierzelt auf der Fiera dieses Ortes Bier und »Schmankerln« verkaufen, die denen auf der Bierprobe nicht unähnlich sind. Einen wöchentlichen Stammtisch und eine Vereinsfahrt haben sie auch, aber wie genau die sich gestalten, wissen weder Lukas noch ich, weil wir nie auf die Idee gekommen wären, uns bei einem Verein zu bewerben, dessen erste Generation sich fast ausschließlich aus Mitgliedern der Ortsgruppe der Jungen Union rekrutierte. Wenn wir den Namen »Danubius Buam« aussprachen, taten wir es immer in dem übertriebenen Dialekt, den wir nur dann benutzten, wenn wir sagen wollten, dass etwas zu bayerisch und breitbeinig war für uns.

Die Buam in ihren Uniformtrachten heben jetzt die rechte Hand und legen sie auf die Brust, weihevoll, als würden sie gleich die Nationalhymne singen – und auf eine Weise tun sie das dann auch. »Gott mit dir, du Land der Bayern, deutsche Erde, Vaterland«, schallt es laut und inbrünstig über den Brauereihof. Inzwischen haben sich fast alle um uns von den Bänken erhoben, was den Gesang intensiver und schräger klingen lässt. Wie Hasen in einem Maisfeld sitzen wir und ein paar andere zwischen den Lederhosen, einer der Danubius Buam taxiert uns scharf. Lukas zieht eine Grimasse und salutiert wie am Nachmittag auf der Insel.

»Keinen Respekt!«, schimpft der Mann, er klingt dabei, als wäre er wirklich wütend. Die Danubius Buam lassen sich wieder auf ihre Bierbänke fallen, dann müssen alle noch einmal aufstehen, weil ein Trompeter sich zu einem spontanen »Prosit der Gemütlichkeit« hinreißen lässt.

Eine Viertelstunde später informiere ich Lukas, dass ich kurz hinüber zu den Danubius Buam gehen werde. »Mach, was du machen musst«, sagt er. Mit dem halb leeren Maßkrug schlendere ich an einen der Tische, an dem drei Danubius Buam mit zwei jungen Frauen sitzen. Einen von ihnen, Hermann, kenne ich aus der Zeit, als ich noch hier lebte, er ist, soweit ich weiß, der einzige Sozialdemokrat bei den Danubius Buam. Eine Weile unterhalte ich mich mit ihm und den zwei jungen Frauen über verschiedene Dinge, und zum ersten Mal an diesem Tag fühlt sich das Fest ein klein wenig so an, wie es sich früher angefühlt hat. Irgendwann kommt Lukas an den Tisch und sagt mir, dass er jetzt den letzten Zug zurück nach Regensburg nehmen wird. »Pass auf dich auf«, sagt er, bevor er geht.

»Ist doch alles sehr harmonisch«, antworte ich.

Irgendwann, und ich kann gar nicht wirklich sagen, wie es dazu kam, beginnen wir über Politik zu reden, und als Hermann und die beiden Frauen aufgestanden sind, um sich ein letztes Bier zu holen, stellt der jüngere der verbliebenen Danubius Buam eine Frage, die ihm, gemessen an der Lautstärke, mit der er sie stellt, doch sehr auf der Seele zu brennen scheint. »Bist du in der SPD?!« Er klingt dabei, als würde er mich zur Mitgliedschaft in einer verfassungsfeindlichen Organisation befragen. Er wartet meine Antwort nicht ab. Er arbeite als Ingenieur für ein Luftfahrtunternehmen, sein Ziel sei es, mit dreißig sein eigenes Haus für sich und seine Familie zu bauen, und eine Politik, in der auch nur ein Mensch ohne zu arbeiten mehr Geld verdiene als er, könne er nicht akzeptieren. Als ich antworte, dass diese Gefahr wohl eher gering sei, wird er wieder laut. »Aber das wollt ihr doch!«, ruft er aufgebracht, und ich bin mir fast sicher, dass er damit mich und den Rest der Kommunistischen Internationale meint. Ein Mann mit einem dunkelbraunen, kurzen Vollbart schaltet sich ein. Am

Nachmittag habe ich ihn eine Weile dabei beobachtet, wie er liebevoll mit zwei kleinen Jungen gespielt hat, von denen ich annahm, dass sie seine Söhne waren. Doch der Mann, der jetzt ohne Familie hier sitzt, scheint ein anderer zu sein. »Die Kanaken«, beginnt er und redet sich in Rage, es geht jetzt um »Undeutsche« und das Drogengeld, mit dem sich seiner Meinung nach alle Menschen ohne deutsche Nachnamen ihre BMWs finanzieren. Der Jüngere ist ganz still geworden, er macht ein Gesicht, als hätte er sich verschluckt, doch der Mann mit dem Vollbart kommt jetzt erst so richtig in Fahrt. Man müsse auf die Soldaten der deutschen Wehrmacht schon einmal stolz sein dürfen, sagt er, die seien schließlich »harte Hunde« gewesen. Er schreit, seine Augen sind rot und klein vom Rausch.

»Wenn du dich nicht schnell weghockst, bricht er dir den Unterkiefer«, ruft plötzlich eine Stimme hinter mir. Meine Muskeln spannen sich an, ich kann meine Angst schmecken. Gleichzeitig versuche ich, mir all das nicht anmerken zu lassen. Wie ein Lied, das man, obwohl man es längst vergessen hat, schon nach den ersten Tönen errät, erkenne ich auch das Gefühl sofort wieder. Fast alle paar Monate überkam es mich, als ich noch hier lebte, immer dann, wenn jemand mir mit Gewalt drohte und ich instinktiv wusste, dass er es ernst meinte. Dass es nicht normal war, sich so zu fühlen, realisierte ich nie, es schien zu einem Fest zu gehören wie die Aufregung davor und die Tatsache, dass man alle Leute kannte. Als ich wegzog, verschwand auch das Gefühl, und ich vergaß, dass ich es je gehabt hatte.

Der Danubius Bua, der von hinten gerufen hat, bittet mich an seinen Tisch, während zwei andere versuchen, den Mann mit dem Vollbart zu beruhigen. Ein paar Mal schreit er noch »Arschloch« in meine Richtung, dann wird er leiser und irgendwann verschwindet er durch das Tor der Brauerei und in die Dunkelheit. »Eigentlich ist er ein ganz ein Netter«, sagt mein neuer Sitznachbar, ein Bastler sei er, ein Hobbyschmied. Und außerdem hätten sie bei den Danubius Buam, das müsse man erwähnen, sagt er, auch einen Flüchtling aufgenommen.

Eine halbe Stunde warte ich noch, zur Sicherheit. Dann gehe ich nach Hause. Als ich die Straße vor der Brauerei betrete, schallt ein letzter Musikfetzen in meine Richtung, die, die noch da sind, singen jetzt wieder:

Die aus A. samma, lassen uns nix gfall'n
Zuadresch'n damma, dass die Schädel roll'n.
Nachts um halbe zwölfe schleich ma umanand',
Messer in der Hos'n, Revolver in der Hand.

Ich nehme den langen Weg nach Hause. Auf meinem Gang durch die dunklen Seitenstraßen der Stadt werfe ich an jeder Häuserecke den Blick über die Schulter, um sicherzustellen, dass niemand mir folgt, und einen die Straße vor mir hinunter, um festzustellen, ob an ihrem Ende jemand auf mich wartet. Auch das hatte ich vergessen, trotzdem tue ich es routiniert, fast reflexhaft. Wie Fahrradfahren, denke ich mir, und ich würde lachen, wenn ich nicht so nervös wäre.

Im Haus angekommen, setze ich mich noch für einen Moment ins Wohnzimmer, weil mein Herz immer noch bis in meinen Hals hinauf schlägt. Hinter dem Tisch liegen die Kondolenzkarten, in denselben konzentrischen Kreisen, in die ich sie vor einigen Tagen arrangiert habe, und ich weiß immer noch nicht, welche Rolle sie spielen oder ob sie überhaupt wichtig sind für all das hier. Ich muss an meinen Vater denken. Er war nie auf die Feste gegangen, auf die man hier gehen musste, und ich hatte das nie verstanden. Manchmal dachte ich mir, dass er schlicht die Menschen nicht mochte. Jetzt bin ich mir sicher, und zum ersten Mal verstehe ich ihn auch. Auf einmal fühle ich eine rasende Wut.

Ich hasse alles hier. Diese Gewalt und wie sehr ich mich davor fürchte. Diesen Ort, an dem diese Angst normal ist. Man sollte das alles niederbrennen. Meine Entscheidung, auf dieses Fest zu gehen. Dass ich nicht mit Lukas auf der Insel sitzen geblieben bin, als wir die Bayernhymne hörten, das war schließlich Warnung genug. Die Weigerung der Bayern, auch nur einen einzigen ihrer vielen, eigentlich völlig inakzeptablen Charakterzüge zu erklären, und die Selbstverständlichkeit, mit der alle anderen das zu akzeptieren scheinen. Dass wir aus England weggegangen sind, dieser verdammte Galerist. Dass ich das nicht mehr kann, was mir sonst nie Mühe bereitet hat. Dass ich nach A. gefahren bin und nicht einmal genau sagen kann, warum. Dieses Haus. Am allermeisten dieses Haus, das ich nicht mehr erkenne und in dem ich nicht mehr ruhig schlafen kann.

Mit einem Satz bin ich bei den Kondolenzkarten und stopfe sie in den mit Herbstlaub beklebten Schuhkarton zurück. Nur ein Mensch, dem auch der letzte Funken Verstand abhandengekommen ist, legt Dinge, mit denen er sich beschäftigt, in konzentrischen Kreisen um sich herum.

Als ich den Deckel wieder auf die Kiste gezwängt habe, stehe ich schwer atmend auf. Mein Blick fällt nach draußen, wo noch immer das Terrassenlicht brennt. Fast bis zum Nussbaum fällt sein Schein, und auf einmal ist mir klar, was ich tun muss. Ich hole mein Gepäck, das seit Tagen nicht ausgepackt neben dem Schlafsofa steht, aus dem Zimmer, meinen alten Daunenschlafsack und eine Isomatte aus dem Keller. Ich verlasse das Haus und gehe in den Garten, ganz nach hinten, zum Nussbaum. Dort angekommen, öffne ich das Vorhängeschloss, das die Tür zum gemauerten Schuppen verschließt, werfe meine Habseligkeiten hinein und ziehe die Tür hinter mir zu. Das Licht funktioniert nicht, man muss ein langes Kabel an der Außensteckdose neben der Terrassentür anschließen, damit man hier Strom hat. Ich ertaste mir einen freien Platz zwischen den Fahrrädern, rolle die Isomatte aus und schlüpfe in den Schlafsack, der mir nur knapp über die Brust reicht. Ich lege mich auf den Rücken, über mir kann ich die Holzplanken erahnen, die sowohl die Decke dieses Raums als auch der Fußboden des Speichers darüber sind. Es ist kühl hier, kühler, als ich es erwartet habe. Ich kann jetzt die Tiere hören, die draußen im Garten rumoren. »I have moved to the shed«, schreibe ich Leo.

DONAURÜBEN

DER JUNGE HAT SICH VON SEINEM TAUFPATEN eine Lederhose ausgeliehen. Er hat keine eigene, weil er sich von seinem Taschengeld keine leisten kann und seine Eltern sich weigern, ihm eine zu kaufen. Er hat versucht, ihnen zu erklären, wie willkürlich das ist, schließlich haben sie ihm auch die karierte Punkhose mit dem Nietengürtel gekauft und kein Problem damit, dass er sie in die Klosterschule anzieht. Doch seine Argumente schienen sie gar nicht zu interessieren und auch nicht seine Warnung, dass ihre Erziehungsmethoden zunehmend faschistische Tendenzen aufwiesen. Sie blieben stur, und sie waren auch einer Meinung, obwohl sie sich eigentlich schon seit einigen Jahren auf kaum etwas mehr einigen konnten.

Leider kommt die Lederhose jetzt eh nicht zum Einsatz. Tim hat es schneller geschafft als er, die anderen aus der Band entweder zu erpressen oder zu bestechen, und jetzt haben fast alle für seine völlig bescheuerte Idee gestimmt. Nur Lukas ist seiner Meinung, aber der Junge ist sich fast sicher, dass er bloß Mitleid mit ihm hat. Und deshalb gehen sie jetzt als Omas verkleidet zum Faschingsumzug und nicht in Lederhosen. Er muss dann kurz rauf in den Garten, zum Durchschnaufen, weil Tim ihn als Diva bezeichnet hat. Der Wichser soll einfach singen und ansonsten sein Maul halten, er wollte der Band doch nur erklären, warum diese Abstimmung natürlich ungültig war.

Er kann ihnen ja auch nicht sagen, warum er die Lederhose wirklich anziehen will. Dass er sich, seit er mit vier Jahren auf dem Bartholomäusmarkt die Bayernkapelle Toni Schmid gesehen hat, heimlich wünscht, ein Blaskapellendirigent zu werden. Stunden stand er damals vor der Bühne und starrte wie gebannt auf den Kapellmeister, und am Ende durfte er für die Dauer eines Liedes lang mit hinauf, weil seine Großmutter eine Frau von Belang war und Toni Schmid persönlich kannte.

Sein Vater zieht ihn bis heute damit auf, wenn sie am Marktwochenende zu seiner Großmutter fahren. »Die Bayernkapelle Toni Schmid ist dieses Jahr auch wieder dabei!« Der Junge tut dann immer so, als würde er sich aufregen.

Aber das kann er seinen Bandkollegen nicht erklären. Er ist ja kein Kind mehr, und Skapunk hat mit Blasmusik nicht das Geringste zu tun.

Der Junge beruhigt sich ziemlich schnell wieder, weil ihm im Garten eine neue Idee kommt, die dann auch alle geil finden. Auf dem Wertstoffhof, in den man von der Halfpipe des Skateparks aus gut hineinklettern kann, besorgen sie sich eine Spanplatte und schreiben mit ein paar Sprühlackdosen aus dem Jugendzentrum den Namen darauf, der dem Jungen eingefallen ist: »Danubius Ruam« steht da jetzt, und sie vermuten, dass es die Danubius Buam, die mit einem eigenen Traktor und ihrem Maibaum auf dem Faschingsumzug mitfahren, ärgern wird, dass ein paar als alte Frauen verkleidete »linksradikale« Skapunker ihren Namen verarschen, indem sie die »Buben« durch »Rüben« ersetzen.

Die Idee mit der Faschingsband ist ihnen erst vor einigen Wochen gekommen, weil sie am Faschingsdienstag irgendwie an Alkohol kommen müssen, aber gerade pleite sind. Der Plan, den sie sich dafür überlegt haben, ist praktisch wasserdicht. Sie wollen als Kapelle auf dem Umzug mitgehen und dann in den Bars in der Innenstadt spielen und dafür dann Schnäpse bekommen, easy. Streng genommen ist es auch gar nicht ihre Idee. Wilhelm Abraham, der Musiklehrer von Tim und Lukas, macht das mit seiner Band, den »Muhakls«, schon seit einer Ewigkeit, und mittlerweile gibt es sogar eine zweite, die einen ähnlich obskuren, bayerischen Namen trägt. Die Wirte werden garantiert kein Problem damit haben, auch einer dritten Band noch einen Schnaps auszugeben. Dem Herrn Abraham wollen sie aber vorher Bescheid geben, weil der schließlich der Erfinder dieses Geschäftsmodells ist. Aber sie hoffen auch, dass er vielleicht ein paar Ratschläge für sie hat.

Der Herr Abraham ist gerade im Garten, als Tim, Lukas und der Junge ihn besuchen, und obwohl es noch sehr kalt ist, bittet er sie, sich auf den Gartenliegen hinzusetzen, damit sie ihr Anliegen ordentlich vortragen können. »Großartig, dass junge Musikanten diese Tradition aufrechterhalten«, dröhnt er, dann holt er vier Weizenstutzen aus der Küche und vier Flaschen Weißbier, und während sie das Bier trinken, erklärt er ihnen, worauf es ankommt. »Das Wichtigste ist, Jungs, dass ihr nur ein einziges Lied einübt«, sagt er, »das ist am Ende schwer genug.« Als sie sich verabschieden, erkundigt er sich, ob sie denn schon einen Namen für ihre Gruppe hätten. Als der Junge ihm den Namen nennt, lacht der Abraham scheppernd, und der Junge ist froh, dass er den richtigen Riecher gehabt hat.

Am Faschingsdienstag treffen sie sich um acht Uhr morgens im Bandproberaum. Tim hat die Verkleidungen dabei, Putzkittel von seiner Oma, die mit Blumen bedruckt sind und den Jungs viel zu weit, was aber gut ist, weil so die Luftballons, die sie als Brüste darunterschieben, gut hineinpassen. Die hautfarbenen Strumpfhosen, die sie im Einkaufszentrum besorgt haben, sind überraschend warm, aber keiner von ihnen schafft es, sie sich anzuziehen, ohne dass sie reißen. Der Junge hat sich von seiner Waldoma einen alten karierten Rock ausgeliehen und ihr nicht gesagt, wofür er ihn braucht. Auch eine Perücke hat er gefunden, die wie die Dauerwelle der Stadtoma aussieht, und eine alte Brille, durch die er nicht wirklich etwas sieht. Als er sich im Spiegel anschaut, findet er, dass er eigentlich eine ganz gute Figur als Oma macht, aber er sagt es Tim nicht.

Als sie in Richtung Altstadt losmarschieren, ist ihnen sehr warm, auch wegen der Flasche Bärwurz, die Tim aus dem Keller seiner Eltern mitgenommen hat. Die würden das gar nicht merken, beteuert er, die trinken gar keinen Bärwurz, das sei ja der Trick dabei. Wenn man immer die Flaschen mitnähme, die nie jemand trinkt, merke es keiner, sagt er, praktisch das perfekte Verbrechen. Es ist auch wirklich erst einmal schiefgegangen und auch nur deshalb, weil er und Jo damals aus Versehen den Hochzeitswein seiner Eltern mitnahmen und seine Mutter dann die leere Flasche auf dem Rasen vor dem Jugendzentrum fand.

Lukas und Jo haben sich von ihrer Trommelgruppe an der städtischen Musikschule eine Snare-Drum und eine Basstrommel mit einem Becken zum Umhängen ausgeliehen, Tim hat seine E-Gitarre für ein Banjo eingetauscht, und sie haben auch ein Waschbrett gefunden, auf dem Tom jetzt den Rhythmus schrubbt statt wie sonst auf der Gitarre. Ihr Bassist, den sie den »Duke« nennen, weil er auch Lukas heißt und das sonst Verwirrung stiften würde, hat sich ein altes Tenorhorn von seinem Vater geliehen. Er spielt zwar nicht Tenorhorn, aber für das, was sie vorhaben, reicht es.

Tini und Moojo spielen wie sonst auch Posaune und Saxophon. Der Junge spielt wie immer Trompete.

»Oans, zwoa, drei, Jäääzz!«, plärrt der Junge in das Wohngebiet hinein, dann geht es los. Es ist neun Uhr morgens, aber weil am Faschingsdienstag niemand ein Problem damit hat, proben sie auf dem Weg noch einmal die Songs. Sie haben sich, obwohl der Abraham Wilhelm es ihnen geraten hatte, nicht auf ein Lied einigen können, deshalb spielen sie jetzt drei. Eine ganze Bandprobe haben sie dafür geopfert, Dixielandversionen vom »Wildschütz Jennerwein« und von »Rehragout« einzuüben, und der Junge hat in einer Erdkundestunde den Text des Dixieland-Klassikers »Ice Cream« umgeschrieben, statt »I scream, you scream, everybody screams for ice cream« singen sie jetzt »Bier her, Bier her, oder ich fall um, yeah«. Das ist natürlich alles nur ironisch gemeint, und das haben sie sich auch noch einmal gesagt, bevor sie losgegangen sind.

Ein bisschen ist der Junge selbst überrascht, wie gut das alles funktioniert. Eigentlich funktioniert es sogar zu gut. In jedem Lokal, in das sie gehen, bekommen sie nicht nur einen Schnaps, sondern immer auch ein Bier hingestellt, und schon mittags überlegen sie kurz, ob sie noch weitermachen wollen, entscheiden sich dann aber einstimmig dafür, weil sie noch nicht einmal an der Hälfte der Getränkestände waren. »Jetzt abzubrechen, wäre praktisch Lebensmittelverschwendung«, sagt Tim, und alle finden, dass da etwas dran ist.

Sie stehen gerade am Stand des Stopslervereins, als der Junge plötzlich die Stimme seines Vaters hinter sich hört. »Grüß Gott, die Damen, kleines Fotoshooting gefällig?«, fragt der, und der Junge erschrickt, weil er nicht damit gerechnet hat, seinem Vater an diesem Tag zu begegnen. Er hat ihm von der Band erzählt, doch seit seine Eltern nicht mehr verheiratet sind, ist sein Vater nicht mehr auf dem Fasching gewesen. Der Junge war sich sicher, dass er die Stadt für ein paar Tage verlassen hat, weil sich der Trubel ja jetzt direkt vor den Fenstern seiner neuen Wohnung abspielt. Überhaupt hat er ja nur deshalb so viel getrunken, weil er dachte, dass sein Vater ihn nicht dabei sehen würde. Sein Vater mag es nicht, wenn er betrunken ist.

Sein Vater fotografiert sie, und er benimmt sich, als wäre er ein Modefotograf, der eine Gruppe Topmodels für ein Magazincover fotografiert. »Gebt mir den Tiger, Ladys, gebt mir eure beste Seite, super, jetzt bereit machen fürs Close-up.« Sie spielen ihm alle drei Lieder vor, der Vater lacht laut los, als der Junge, dessen Stimme schon jetzt nur noch ein Krächzen ist, »Es war ein Schütz, in seinen besten Jahren, der wurd' hinweggeputzt von dieser Erd'« schreit, und bei »Heit gibt's a Rehragout, a Rehragout, a Rehragout« muss er sich den Bauch halten. Der Junge versucht, sich beim Singen so normal wie möglich zu verhalten, und er glaubt auch, dass es ihm gelingt. Als sie fertig gespielt haben, sagt sein Vater, dass er jetzt wieder nach Hause gehen wird und er deshalb gerne später seine Trompete bei ihm in die Wohnung legen könne, damit sie nicht kaputtgehe. Der Junge antwortet, dass er schon selbst auf seine Trompete aufpassen könne, er sei in großartiger Verfassung. »Eh klar«, antwortet sein Vater.

Sie müssen dann auch schnell weiter, schließlich wollen sie unbedingt noch am Stand der Danubius Buam vorbei, weil es sie natürlich schon interessiert, wie die auf ihren Bandnamen reagieren. »Wenn die uns zusammenhauen wollen, treffen wir uns nachher am Rathaus wieder«, instruiert Lukas die anderen. Doch die Danubius Buam sind kein bisschen wütend, im Gegenteil.

»Danubius Ruam, geiiilll«, schreit ihr Chef, als er das Schild sieht, und stellt der Band eine doppelte Runde Obstler und Bier auf die Verkaufsfläche. Als sie ihr Programm abfeuern, singen die Burschen laut mit und tanzen in einer Polonaise um sie herum. »Bier her, Bier her« wollen sie gleich zweimal hintereinander hören, sie johlen laut und anerkennend, als der Junge sich in ein besonders wildes Trompetensolo hineinsteigert – und in diesem Moment fühlt er sich besser, als er das je eingestehen würde.

Um 14 Uhr ist die Band verschwunden, und der Junge strawanzt allein weiter durch die Stadt. Vor dem Rathaus unterhält er sich eine lange Zeit mit dem Chef der Jungen Union, und er erklärt dem Jungpolitiker das mit dem Sozialismus noch einmal genau, weil der ja vielleicht gar nicht weiß, worum es dabei geht. Mit dem Gehstock, den er sich von seinem Großvater ausgeliehen hat, schlägt der Junge dem jungen Mann wiederholt leicht gegen den Oberschenkel, um so besonders wichtige Punkte zu unterstreichen. Aber das scheint nicht zu helfen. Als sie fertig gesprochen haben, erklärt der JU-Chef, dass er weiter JU-Chef bleiben wird. Selbst schuld, denkt sich der Junge. Am Stand der Jungen Union lässt sich der Junge von Annika Wodka mit Red Bull ausgeben, den alle aber nur Flügerl nennen, und er versucht, mit ihr zu flirten. Vor zwei Jahren knutschten sie einen Sommer lang fast jedes Mal, wenn sie sich auf einem Fest trafen, und der Junge kann nicht verstehen, wie sie im Sommer danach zu den Konservativen gehen konnte. »Annika, du bist so anders geworden!«, ruft er ihr zu, als sie zu ihm an die Bar kommt. »Geh ins Bett, Jojo«, antwortet sie und lacht, und sie gibt ihm einen Kuss auf die Wange, aber keine Flügerl mehr, also muss er weiter.

Im Ballsaal des Brauereigasthofs trifft der Junge den Abraham mit seiner Band, und auch seine Danubius Ruam sind dort. Gemeinsam spielen sie den Wildschütz Jennerwein, und weil der Junge nicht mehr so gut Trompete spielen kann, dirigiert er. Als er dann doch ein Solo spielt, klatscht der Herr Abraham, der als Vogelscheuche verkleidet ist, laut mit. »Die Kanone ist wieder frisch geladen!«, brüllt er mit seiner tiefen Stimme.

Als der Junge am nächsten Morgen aufwacht, hat er die schlimmsten Kopfschmerzen, und er weiß nicht genau, wo er ist, bis er seinen Vater in der Küche der kleinen Wohnung stehen sieht. Der Vater bringt ihm einen Kaffee ans Sofa. Am frühen Abend sei der Junge vor seiner Wohnungstür gestanden, erzählt er dann, und habe »Messer in der Hos'n, Revolver in der Hand« gesungen. Eigentlich habe er nur seine Trompete abgeben wollen, um dann noch einmal hinauszugehen, doch als er sich kurz mit einem Glas Wasser auf das Sofa hinsetzte, sei er einfach eingeschlafen. Sein Vater fragt ihn, ob er ein paar Weißwürste essen wolle, er sei gerade beim Metzger gewesen. »Deine Mutter muss ja nicht unbedingt wissen, wie erfolgreich dein erster Tag als Kapellmeister der Bayernkapelle Johannes Schmid war«, sagt er. Er lacht dabei, und dem Jungen fällt zum ersten Mal auf, dass sein Vater kleine Falten neben den Augen hat.

AUSGRABUNG

DER VOGEL HAT KEINEN KOPF MEHR. Dort wo er sein sollte, blitzt ein Stück der Wirbelsäule weiß aus dem Rumpf. Über den Kadaver gebeugt, starrt mich der rote Kater mit seinen weinerlichen gelben Augen an, sein Maul steht halb offen. Seit ich hier bin, habe ich das Tier jeden Tag gesehen. Er hielt Abstand, und ich hatte das Gefühl, als würde er, sobald ich den Garten betrat, anfangen, mich zu umkreisen. Doch jedes Mal, wenn ich versuchte, mich ihm zu nähern, lief er davon, verschwand in irgendeiner Spalte, nur um später auf einem der Schuppendächer oder einem der Bäume wieder aufzutauchen, von wo aus er jede meiner Bewegungen zu beobachten schien. Jetzt bleibt er wie festgefroren, wo er ist. Sein Rücken wölbt sich leicht nach oben, sein Körper spannt sich über der toten Taube, die als Beute zu groß zu sein scheint für ihn. Meine Mutter hatte mich, als ich ihr erzählt hatte, dass ich während ihrer Abwesenheit das Haus hüten würde, auf die Anwesenheit des Tiers vorbereitet. Der rote Kater sei nicht ihrer, hatte sie mir erzählt, und sie wisse auch nicht, wem er gehöre. Er habe ihren Garten vor einigen Monaten zu seinem Revier erklärt und sei seitdem einfach da gewesen. Sie glaube, hatte sie mir vielsagend durch das Telefon zugeraunt, dass er eine alte Seele sei. Einen Namen habe sie ihm nicht gegeben. Sie wolle lieber warten, bis er ihr seinen mitteile.

Es ist kühl, die Luft noch nass von der Nacht. Ich nehme zwei

Schmerztabletten, eine für meinen Rücken, die andere für meinen Kopf. Mit einem langen Stromkabel gehe ich nach vorne zum Haus. Als meine Eltern es vor mehr als zwanzig Jahren das zweite Mal renovierten, hatten sie vorgehabt, das Kabel unterirdisch zu verlegen. Dann war irgendetwas dazwischengekommen, und dann passierte es nie, weil es ja auch so ging. Ich stecke das Kabel in die Außensteckdose, hinter dem kleinen Holzfenster des Schuppens flammt das Licht auf.

Als meine Eltern das Haus kauften, war der Schuppen ein Kohlenlager, fensterlos und mit einem Boden aus gestampfter Erde. Als Kind vermied ich es hineinzugehen, weil es ein dunkler Ort war und der, der am weitesten entfernt lag vom Haus. Irgendwann beschloss mein Vater, das Gebäude zu seiner Werkstatt zu machen. Er goss ein Fundament aus Beton und verlegte Fliesen. Er schlug zwei Löcher in die Wand und mörtelte zwei alte Fenster aus Holz hinein, ein größeres, zum Gemüsegarten meiner Mutter hin, und ein kleineres nach vorne, zum Haus. Er zog einen Kamin ein und schloss einen alten Kanonenofen an, auf dem er manchmal Kaffee kochte, er schraubte zwei Neonröhren an die Decke. Aus Holzresten und einer dicken Platte zimmerte er eine lange Werkbank und stellte sie an eine der Wände. Dann begann er, in der Werkstatt Fahrräder zusammenzubauen, deren Einzelteile er in einem Katalog bestellte. Wenn ich von da an spätabends vom Wohnzimmer aus in den Garten schaute, hing dort, am entferntesten Punkt unseres Gartens, unter dem Nussbaum, ein kleines Rechteck aus Licht in der Dunkelheit.

Als ich zurück zum Schuppen komme, ist der Kater verschwunden. Den toten Vogel muss er mitgenommen haben. Dort, wo vorher die Taube lag, ist der Schotter bräunlich verfärbt, um den klebrigen Fleck herum liegen ein paar Federn. Ich gehe hinein und beginne, mich umzusehen.

Zwei Fahrräder stehen links und rechts neben meiner Isomatte, ein rotes Rennrad aus den Achtzigern und daneben ein schwarzes Tourenrad von Raleigh aus den Fünfzigerjahren. Keines von ihnen wurde in den letzten zehn Jahren gefahren, das Fahrrad meiner Mutter steht im Holzschuppen nebenan. Sie benutzt die Werkstatt kaum, außer um etwas unterzustellen, das irgendjemand irgendwann noch brauchen könnte. Deshalb stehen im Rest des niedrigen Raums Kisten und alte Möbel, so ineinander verschachtelt und so hoch, dass man das Fenster zum Gemüsegarten fast nicht mehr sehen kann.

Ich stelle die Fahrräder vor den Schuppen, um Platz zu schaffen, und beginne aufzuräumen. Als ich mich Möbelstück für Möbelstück, Kiste für Kiste, in Richtung des Fensters bewege, wird mir klar, dass dieses Sammelsurium des Ausrangierten, das mir beim ersten Blick wie ein wahlloses Durcheinander erschien, doch eine Logik hat. Weil sie die Gegenstände immer dort hinstellte, wo eben noch Platz war, hat sich über die Jahre eine zufällige und viel interessantere Ordnung der Dinge herausgebildet, die sich nicht aus den Gegenständen, sondern dem Voranschreiten der Zeit selbst ergibt und aus der sich, wie bei einer archäologischen Untersuchung, eben dieses Fortschreiten in umgekehrter Reihenfolge nachvollziehen lässt.

Charles Olson hatte Schwierigkeiten damit, sich selbst als Dichter oder Autor zu bezeichnen. *I am an archaeologist of morning*, schreibt er in einem Essay mit dem Titel »The Present is Prologue«. Ich bin mir nicht sicher, warum er den Morgen als die Zeit für seine Arbeit angab. Vielleicht spielte er damit auf die Unberührtheit an, die jeder Tag in diesem Moment noch hat, obwohl er gewusst haben muss, dass kein Morgen wirklich unberührt ist von dem Tag, der davor kam. Jedenfalls beschäftigte er sich im Sommer des Jahres 1951 wirklich mit Archäologie. Mit einer Geldsumme, die ihm unerwartet zugekommen war, reisten er und seine Frau auf die Yukatan-Halbinsel, um dort die Ruinen der Maya zu erforschen. Sechs Monate lang tat er das, was er schon wenige Jahre zuvor in der letzten Zeile des Gedichts »The Kingfishers« als seine Bestimmung bezeichnet hatte: *I hunt among stones.* Und irgendwie tue ich das ja jetzt auch, ich jage zwischen Steinen. Nur dass es jetzt nicht mehr Morgen ist, sondern Vormittag. Ich bin der Vormittagsarchäologe.

Die jüngste Schicht beginnt knapp hinter der Tür. Kisten voller Wolle und Stoffreste, ein Schrank mit Schubladen, auf denen in der Handschrift meiner Mutter Wörter wie »Tannenzapfen«, »Kastanien«, »Filzen« und »Tonpapier« geschrieben stehen. Vor einem Jahr begann ihre Rente, nach zwanzig Jahren als Erzieherin und Werklehrerin an der Förderschule im Nachbardorf. In ihrem letzten Jahr hatten wir oft telefoniert, sie hatte sich Sorgen gemacht, damals. Es ging dabei nicht um sie selbst und die Zeit danach, sondern um den Werkraum, den sie sich dort eingerichtet hatte, und was mit ihren Materialien passieren würde, die sie über die Jahre mit großer Akribie gesammelt hatte. Am Ende konnte sie fast alles ihrer Nachfolgerin und einigen anderen Lehrerinnen und Erziehern vermachen. Nur diesen Schrank und ein paar Kisten mit Stoffen konnte niemand gebrauchen, und sie wären weggeworfen worden. Ich öffne die Luke zum Spitzboden und beginne, die Kisten hinaufzustemmen, inzwischen ist es fast halb elf Uhr. Leo schickt mir eine SMS.

What do you mean you have moved to the shed?

Ich schicke ihr ein Foto des Schuppens und erkläre ihr, dass ich beschlossen habe, von nun an hier statt vorne im Haus zu wohnen. Ich sei gerade dabei aufzuräumen. Ich sei jetzt also mein eigener Schmuckeremit, schreibt sie.

Eine Stunde später erreiche ich die zweite Schicht. Hinter dem, was meine Mutter behielt, als ihre Arbeit endete, liegt das, was vom Haus ihrer Eltern übrig ist. Die Waldgroßeltern starben vor einigen Jahren im Abstand von nur wenigen Monaten, ich schaffte es damals nicht, auf die Beerdigungen zu gehen. Ich musste arbeiten. Meine Mutter und ihre Geschwister brauchten danach lange, um zu entscheiden, was mit dem großen Haus in dem großen Garten passieren sollte, in dem sie aufgewachsen waren, ein paar Monate stand es einfach so da, wie mein Großvater es verlassen hatte, um in das Seniorenheim in der Stadt zu ziehen, wo er nach nur drei Wochen starb. Als sie sich dazu durchrangen, es zu verkaufen, fuhren sie gemeinsam hin, um es auszuräumen, sodass jeder für sich das mitnehmen konnte, was er behalten wollte. Den Rest, den auch die Käufer nicht wollten, hätten die Geschwister meiner Mutter weggeworfen. Vieles davon steht jetzt hier. Ein paar dunkle Stühle und andere Möbel, ein Umzugskarton mit alten Emaille-Töpfen, eine verwitterte hölzerne Magazinbeute mit zwei Zargen aus dem Imkereibestand meines Großvaters.

Um kurz vor Mittag habe ich die Hälfte der Dinge auf den Spitzboden geräumt. Ich mache gerade Pause auf einem der Holzstühle meiner Großeltern, als Lukas sich meldet.

Schönen guten Morgen! Die Kanone war ja ganz schön geladen gestern! Noch gut heimgekommen?

Ich habe keine Ahnung, wovon du redest. Ich war in großartiger Verfassung.

Was treibst?

Archäologie.

Hast schon was entdeckt?

Ja, gestern. Die versunkene Stadt A. Aber dann hat mein Begleiter mich schmählich zurückgelassen und bin fast von einem germanischen Stammeskrieger erschlagen worden. Heute bisher nur Reliquien.

Vielleicht hättest du einfach noch mehr saufen müssen. Damit sie dich als einen der ihren erkennen.

Mittags hole ich ein Schnitzel mit Pommes vom Metzger zwei Straßen weiter. Als ich ein Kind war, schickte meine Mutter mich, wenn sie keine Zeit zum Kochen hatte, oft mit einem Zehnmarkschein und einer großen orangefarbenen Tupperdose dorthin. An einem Fenster im Gang zur Gaststube, gleich neben dem Zigarettenautomaten und einem, an dem man Kaugummis kaufen konnte und Skelette, die klebten, musste man einen Klingelknopf drücken. Dann schob jemand das Fenster nach oben, nahm die Bestellung auf, und dann musste man 15 Minuten warten. Vor der Metzgerei stand damals eine Kastanie, deren Äste so dick waren, dass man in ihr leicht vier Meter nach oben klettern konnte, wenn man groß genug war, um den ersten zu erreichen.

Wenn das Schnitzel fertig war, streckte die Frau des Metzgers, die wusste, dass ich dort war, ihren Kopf durch die Tür, rief meinen Namen in den Baum hinein und gab mir das Gefäß zurück, das dann jedes Mal so warm war wie eine Wärmflasche. Die Kastanie steht noch immer vor der Metzgerei, doch sie haben renoviert, der Verkaufsraum liegt jetzt hinter großen Schaufenstern. Dort, wo früher zwei Meisterbriefe an der Wand hingen, hängen jetzt drei, der Sohn der Familie, ein paar Jahre älter als ich, leitet jetzt den Betrieb wie sein Großvater und sein Vater vor ihm. Doch weil alle von ihnen denselben Namen tragen, wirkt es beim Betrachten dieses Triptychons ein wenig so, als würde das Geschäft seit siebzig Jahren von regelmäßig aktualisierten Versionen desselben Metzgermeisters geführt. Auch der Gang zur Gaststube ist renoviert, doch das Fenster an seinem Ende ist noch dasselbe wie damals. Überhaupt scheint es das Einzige zu sein, was hier noch genau so ist wie damals. Ich klingle, und als eine der Bedienungen es nach oben schiebt, will ich ihr die orangefarbene Box geben, die ich extra mitgenommen habe. Doch die Frau hat mein Essen schon in eine Styroporschale mit einem Deckel aus Alufolie verpackt. Als ich das Schnitzel unter dem Nussbaum esse, sitzt auf einmal der Kater vor mir auf dem Schotter. Ich versuche, ihn mit einem Stück Schnitzel anzulocken, aber er scheint satt zu sein.

Am Nachmittag mache ich weiter. Die dritte Schicht erkenne ich nicht, ein paar Möbel, die ich noch nie gesehen habe, ein paar Boxen, deren Inhalt mir nichts sagt. Eine ganze Zeit lang geht es träge vorwärts. Ich schleppe Boxen und wuchte sie auf den Speicher, zwischendurch steige ich ganz hinauf und schiebe sie nach hinten an die Wand, damit neue Boxen Platz haben.

Es ist mitten am Nachmittag, als ich die vierte Schicht erreiche. Ich weiß, dass es die letzte ist, weil ich sie selbst in den Schuppen gestellt habe und weil der Schuppen damals noch leer war. Ein weißer Wollteppich liegt zusammengerollt ganz vorne, dahinter steht ein massiver Schreibtisch, aus dessen mit Kirschholz furnierter Platte jemand die rechte obere Ecke herausgeschnitten hat.

Ein Holzbett, in seine Einzelteile zerlegt, liegt unter dem Tisch, drumherum stehen einige große Umzugskartons.

Als wir damals begannen, die Wohnung meines Vaters auszuräumen, lag seine Leiche noch in der Gerichtsmedizin. Die Obduktion war verpflichtend nach dem Unfall, zehn Tage könne es dauern, hatte die Polizei uns gesagt, bevor er zur Bestattung freigegeben würde. Und weil er zur Miete gewohnt hatte und wir nicht genau wussten, was in so einem Fall zu tun war, versuchten wir, alles so schnell wie möglich zu regeln. Ich weiß noch, dass ich, als ich das erste Mal die verwaiste Wohnung betrat, zum Kühlschrank ging und, wie jedes Mal, wenn ich ihn besucht hatte, einen der Schokopuddings mit Sahne aß, die er immer hatte und die meine Mutter nie kaufte. Mein Onkel und ein anderer Verwandter waren mitgekommen, um mir zu helfen. Gemeinsam schraubten sie die Möbel auseinander, während ich das, was ihm gehört hatte, in Umzugskartons packte. Am Ende des ersten Tages luden wir den Sprinter meines Onkels bis oben hin voll, dann fuhren wir zum Haus und stellten alles in den Schuppen. Ich erinnere mich daran, dass ich unbedingt gleich noch einmal zurückfahren wollte, um die restlichen Möbel zu holen, und mein Onkel mir sagte, dass dafür auch am nächsten Tag noch Zeit sei. Als ich mich ins Wohnzimmer setzte, um mich kurz auszuruhen, schlief ich ein, als hätte mich jemand ohnmächtig geschlagen.

Am nächsten Tag konnte ich nicht aufstehen. Mein Onkel fuhr allein zur Wohnung, er holte die Möbel und erledigte, was sonst zu erledigen war. Am Abend fand ich die restlichen Sahnepuddings im Kühlschrank meiner Mutter. Ich ging nie wieder zurück in die Wohnung.

Ich hebe das Bett und die anderen Möbel auf den Speicher, den Schreibtisch schiebe ich unter das Fenster zum Garten. Ich breite den weißen Wollteppich aus und will gerade die Umzugskartons wegräumen, als mir eine der Beschriftungen ins Auge sticht. »Kram« steht in schwarzem Edding darauf. Ich kann mich nicht daran erinnern, das geschrieben zu haben. Ich schiebe den Karton unter den Tisch.

Die Werkstatt ist jetzt leer. Ich lege meine Kleidung in ein Regal, in dem früher einmal Werkzeug lag, die Olson-Bücher stelle ich ans Fenster. Ich hole den Wasserkocher und den alten Sessel meines Großvaters aus dem Haus und stecke das Ofenrohr zurück in den Kamin. Ich schraube ein kleines Hirschgeweih, das ich in einer der Kisten mit den Dingen meiner Großeltern gefunden habe, an einen Balken. Im Garten pflücke ich ein paar Blumen und stelle sie in eine Konservendose. Ich mache ein zweites Foto und schicke es an Leo, den dunklen Stuhl schiebe ich vor den dunklen Tisch. Ich setze mich hin und öffne den Umzugskarton. Ich notiere, was ich finde. Dann platziere ich die Gegenstände in einem guten Verhältnis zueinander auf der leeren Werkbank.

TOTEMS

ÜBER DEN INHALT EINES UMZUGSKARTONS mit der Beschriftung »Kram«, den ich im Schuppen hinter dem Haus meiner Mutter gefunden habe, und was ich darüber weiß:

- eine Canon-Spiegelreflexkamera AE-1, Baujahr irgendwann zwischen 1976 und 1984, drei Objektive (50 mm, 28–70 mm, 70–210 mm), ein Blitzgerät, kein Film

  Bevor mein Vater anfing, digital zu fotografieren, fotografierte er alles mit dieser Kamera. Alle Fotos aus meiner Kindheit wurden mit ihr gemacht, meistens von ihm, deshalb ist er selten auf irgendeinem zu sehen. Soweit ich mich erinnern kann, habe ich nie damit fotografiert. Ich glaube, er hatte Angst, dass ich sie aus Versehen kaputt machen könnte. Ich verstehe bis heute nicht, wie genau Brennweite und Blende zusammenhängen. Keines der Fotos, die ich in meinem Leben gemacht habe, ist je so herausgekommen, wie ich es mir erhofft habe.

- ein Wochenkalender für das Jahr 2009, ab Anfang Juli keine laufenden Einträge

  Ich wusste, bevor er starb, nicht, dass er einen Kalender führte. Er war dabei wahnsinnig penibel. Arbeitstermine trug er in

Rot ein, Privates in Schwarz, er hatte einen dieser Kugelschreiber mit zwei Minen. Ich wusste nicht, dass er im Herbst in den Urlaub fahren wollte. Er hatte es sich schon eingetragen.

– zwei Taschenbücher von Donna Leon, »Venezianische Scharade – Commissario Brunettis dritter Fall« und »Acqua Alta – Commissario Brunettis fünfter Fall«

Obwohl ich damals noch nie in Venedig gewesen war, war ich in den Jahren vor seinem Tod aus irgendeinem Grund begeistert von diesen Krimis. Vielleicht auch gerade weil ich noch nie in Venedig gewesen war. Oder weil die Familie des Kommissars, anders als unsere, sehr heil geblieben war. Ich weiß noch, dass ich ihn dazu drängte, sie zu lesen, obwohl er eigentlich nur Zeitschriften las und kaum Interesse an Büchern zu haben schien. Ich glaube, ich wollte damit ein gemeinsames Interesse forcieren, etwas, worüber wir reden konnten. Ich glaube auch, er wusste das. Immer wenn eine neue Folge erschien, fragte er mich, wann ich fertig sei damit. Ich beeilte mich dann, aber ich war mir nie ganz sicher, ob er sie wirklich las. Andererseits fuhr er Anfang 2009 auch wirklich für ein paar Tage nach Venedig, und es schien ihn sehr zu beeindrucken. Ich bin bis heute nicht in Venedig gewesen.

– eine Automatikuhr, Marke »Roamer«, Modell unbekannt, stehen geblieben an irgendeinem 23. Tag

Für eine Herrenuhr ist sie klein. Er hatte die gleichen Handgelenke wie ich. Er mochte es, dass der Sekundenzeiger sich fließend bewegte, nicht in Sprüngen.

- zehn Schwarzweißfotografien, quadratisch, datiert auf den 25.1.74

Ich habe keine Ahnung, wo er diese Fotos gemacht hat. Eine archäologische Ausgrabung ist darauf zu sehen, Amphoren, die halb aus dem Erdreich herausschauen, aber auch ein Skelett. Ich bin mir fast sicher, dass die Geschichte hinter den Fotos weniger spannend ist als ihr Mysterium.

- eine Pfeifentasche, Marke »Leonardo Rinaldo«, für acht Pfeifen, zwölf Holzpfeifen, ein Pfeifenputzer-Etui, eine Dose Tabak (vertrocknet), eine Meerschaumpfeife, keine Filter

Als ich ein kleiner Junge war, rauchte er Pfeife, vielleicht muss ich deshalb, wenn ich Pfeifenrauch rieche, bis heute an Weihnachten denken. Die Zigaretten, die er später rauchte, habe ich gehasst. Ich verstand nie, warum er nicht einfach aufhörte. Bis ich ein paar Wochen nach seinem Tod selbst damit anfing und sieben Jahre dafür brauchte.

- circa dreißig Musikkassetten, selbst aufgenommen, sorgfältig beschriftet, »Rock-Palast BAP 15.3.86«, »Hannes Wader«, »Spider Murphy Gang – Dolce Vita«, »Ringsgwandl – Die Tankstelle der Verdammten«, »Ludwig Hirsch – Zartbitter«, »Ringsgwandl – Vogelwild« etc.

Er blieb manchmal die ganze Nacht auf, um Kassetten aufzunehmen. Bis ich als Teenager irgendwann nur noch Punkrock hörte, hatte ich keinen eigenen Musikgeschmack, er war schlicht deckungsgleich mit seinem. Etwas seltsam ist es schon, dass keine Kassette von den Dire Straits oder Mark Knopfler dabei ist. Vielleicht waren die nie im Rockpalast.

– ein Klappmesser, Marke »Opinel«, verrostet

»Rostfreie Messer sind weniger scharf, Johannes!«, sagte er. Er muss es öfter gesagt haben, schließlich erinnere ich mich daran. Vielleicht hat er es auch nur einmal gesagt und es hat sich aus irgendeinem anderen Grund in meinem Gedächtnis festgesetzt. Manchmal ist es mir unerklärlich, warum gewisse Dinge bleiben und andere, scheinbar einer unausgesprochenen Regel folgend, einfach verschwinden.

– ein Höhenmesser in einer Lederhülle, Nadel verklemmt bei Normal-Null

Einsfünffünfnull, einssechsnullnull, einssechsfünfnull, nullnullnullnull.

DER KALTE ABT

DER KRAUTENBRUNNER WILL ihn von der Schule schmeißen. Der Junge hat sich gerade auf den Stuhl aus dunklem Holz gesetzt, der vor dem klobigen Schreibtisch steht, der auch aus dunklem Holz ist. Irgendwie ist alles aus dunklem Holz im Büro des Direktors, und es sieht dem dunklen Holz, aus dem auch die Beichtstühle in der Kirche neben der Schule gezimmert sind, ähnlich. Vielleicht war noch etwas übrig gewesen, als sie die bauten, dachte sich der Junge schon beim letzten Mal, als er für einen Verweis ins Büro des Direktors musste. Völlig zu Unrecht hatte er den damals bekommen, er hatte nur Hunger gehabt und deshalb einen Apfel gegessen. Und es hatte auch niemanden interessiert außer seinen Deutschlehrer, der ihm verboten hatte, seinen Apfel zu essen während dieses saulangweiligen Films über Weimar. Jetzt kann der Junge gar nichts denken, ihm ist nur schlecht. Er war sich sicher gewesen, dass ihm nichts passieren konnte, weil sie nicht den geringsten Beweis für irgendetwas hatten.

Er brauche überhaupt keine Beweise, sagt der Direktor in seinem Politikerbayerisch, das Maß sei jetzt endgültig voll. Sein Schnauzer, den er, da ist sich der Junge sicher, mit einer speziellen Schere stutzt, zittert an den Spitzen, und seine pomadierten Haare, die er sonst fast alle zwei Minuten mit den Fingern nach hinten schmiert, hängen ihm im Gesicht, sodass er ein bisschen aussieht wie der in die Jahre gekommene Sänger einer Emo-Band.

Das Einzige, was ihm in dieser Situation jetzt noch helfen könne, zischt der Krautenbrunner, sei, wenn er alles gestehe und wenn er auch sage, wer sonst noch dabei gewesen sei. Der Junge könne sich das bis zum Nachmittag überlegen, sagt der Direktor, seine Eltern habe er schon »einbestellt«. Nach dem Unterricht kämen sie in die Schule, dann könne er sich entscheiden, ob er »an dieser Institution verbleiben« oder sein Abitur woanders machen wolle – wenn ihn nach so einem gravierenden Verstoß überhaupt noch jemand nehme. Ob er denn überhaupt keinen Respekt vor irgendetwas mehr habe. Leichenschändung, ekelhaft.

Auf dem leeren Pausenhof hat der Junge das Gefühl, dass er gleich umfällt, weil ihm auf einmal klar wird, dass das jetzt das Ende ist. Er will hier nicht weg, beziehungsweise, er will schon, aber halt erst nach dem Abitur. Außerdem hat Katharina ihn letzten Freitag gefragt, ob er mit ihr den Tanzkurs machen möchte, und er hat keine Ahnung, warum sie mit ihm tanzen will, aber er hat auch nicht nein gesagt, weil man zu Katharina nicht nein sagt. Und jetzt ist das alles vorbei.

Eigentlich wollte er gar nicht an die Klosterschule in der Nähe seiner Heimatstadt, als er sich in der vierten Klasse entscheiden musste. Er wollte zu den Domspatzen, aufs Internat. Er hatte von jemandem einen Flyer mit einer Einladung für das Vorsingen bekommen, nachdem er an Weihnachten die Sopranstimme bei »Gloria in Excelsis Deo« gesungen hatte. Auf dem Flyer stand, dass die Domspatzen sogar in Japan auftraten. Er erinnert sich daran, dass er damals unbedingt dorthin wollte, auch wenn er nicht so genau wusste, wie es dort eigentlich aussah, in Japan. Aber sein Vater weigerte sich, ihn zum Vorsingen zu fahren.

»Nur über meine Leiche gehst du auf ein Internat«, sagte er. Der

Junge verstand das nicht – sein Vater war als Kind selbst auf einem Klosterinternat gewesen, in Metten. Da gab es zwar keinen Chor, der in Japan sang, dafür aber einen See mit Booten. Sein Vater hatte ihm einmal ein Bild gezeigt, und er bekam jedes Jahr eine Alumni-Zeitschrift. Viel erzählt hatte er aber nie.

Weil er nicht auf ein Internat durfte, blieben dann nur die drei Gymnasien im Landkreis zur Auswahl, und am Ende eigentlich nur die Klosterschule. Der Klassenkamerad des Jungen, der bei »Gloria in Excelsis Deo« in der Grundschule zwar ganz passabel die Altstimme gesungen hatte, ansonsten aber ein kompletter Volldepp war, der gerne Leute quälte und am liebsten den Jungen, ging nämlich auf das zweite Gymnasium – und das dritte Gymnasium, das in der Kreisstadt, war praktisch eine Hauptschule, das sagte jeder.

Die Klosterschule hatte auch ein Internat, aber da ging der Junge nicht hin. Das hätte schließlich nicht viel Sinn gemacht. Und seit sie letztes Jahr den Pater Desiderius, der das Internat leitete und den der Junge mochte, verhaftet haben, ist er ganz froh darüber. Sein Vater begann damals laut zu fluchen, als er den Artikel las, in dem man Pater Desiderius schon erkannte, obwohl sein Gesicht verpixelt war. Er hörte den ganzen Vormittag nicht mehr damit auf, und irgendwann sagte er, dass er jetzt eine Runde Motorrad fahren würde.

Gleich beginnt die große Pause, deshalb muss der Junge jetzt weg vom Schulhof. Er ist sich absolut sicher, dass er, wenn jemand ihn fragen würde, wie es beim Krautenbrunner gelaufen ist, sofort anfangen würde loszuheulen. Dann würden die anderen sehen, dass er Angst hat, und das wäre noch schlimmer. Er geht in den ummauerten alten Garten hinter dem Kloster, in dem die Mönche vor vielen Jahren Apfelbäume angepflanzt haben, und setzt sich auf eine Bank, die dort an der Rückwand der Kirche steht. Eigentlich geht der Junge, wenn er allein sein will, immer in die Kirche, aber da kann er ja gerade nicht hin. Er geht gern in die Kirche, wenn gerade kein Gottesdienst ist, weil es dort dann fast immer leer ist und außerdem kühl und ruhig. Meistens legt er sich dann in eine der Kirchenbänke und schaut sich die bemalte Decke an, auf der lateinische Sätze stehen, die er nicht versteht, obwohl er, wie seine Stadtoma den Frauen aus dem Frauenbund stolz erzählt, das große Latinum hat. Manchmal setzt er sich auch in die erste Bankreihe und schaut sich von dort aus die Figurengruppe an, die sich hinter dem Altar zur hohen, gewölbten Kirchendecke streckt. Ein großer offener Steinsarg ist da zu sehen, der Deckel lehnt daneben. Um den Sarg herum stehen Männer mit Bärten aus weißem Stein und schauen sehr erschrocken. Sie strecken ihre Hände nach oben, wo eine Frau mit einer Tiara von zwei Engeln emporgehoben wird, hin zu einer weißen Taube. Anders als die Togen, die die Männer am Sarg tragen, sind das Gewand der Frau und die Federn der Engelsflügel aus Gold, und ganz oben, hinter der weißen Taube, ist noch mehr Gold, eine ganze Sonne, die, weil sich in ihrer Mitte ein Fenster aus gelbem Glas befindet, am Tag so aussieht, als würde sie wirklich strahlen. Der Junge weiß natürlich, dass die Szene die Himmelfahrt der Gottesmutter darstellt, nur Deppen oder Konfessionslose wissen das nicht, oder eben Mariä Himmelfahrt, mit ä, weil das dann bedeutsamer und ehrfurchtsvoller klingt. Wenn man sprachlich so richtig Gas geben will, kann man auch Assumptio Beatae Mariae Virginis dazu sagen, aber dann ist man schon wieder im Deppenterritorium. Als er ein Kind war, hat er an all das geglaubt. Er ging sogar heimlich in die erste Ministrantenstunde und dann in die zweite und die dritte. Sein Vater hatte, als er ihn fragte, ob er Messdiener werden dürfe, auch darauf mit »nur über meine Leiche« geantwortet. Heute ministriert der Junge nicht mehr, und er glaubt natürlich auch nicht mehr daran, dass eine Frau, egal wessen Mutter sie ist, »mit Leib und Seele in die himmlische Herrlichkeit aufgenommen« wird. Als Punkrocker glaubt man so etwas nicht. Deshalb passt er auch auf, dass niemand ihn dabei sieht, wenn er in die Kirche geht, und er sagt auch keinem, dass er es schön findet, dass in Kirchen alles so drüber ist, so ohne jede Zurückhaltung.

Aber der Junge ist auch deshalb fasziniert von der Kirche, weil sie ein bisschen eklig ist. Weil es geht ja, wenn man ehrlich ist, schon sehr oft um Gewalt. Manchmal denkt er sich, dass in der Kirche das Mittelalter eigentlich nie aufgehört hat, irgendwie steht da die Zeit still. Als Ministrant musste er jedes Mal, wenn er in der Pfarrkirche auf dem roten Teppich vor dem Altar kniete und klingelte, während der Pfarrer über den Leib und das Blut sprach, die Holzschnitzereien am Hochaltar anstarren. Auf dem linken Bild war ein Vater in einer Rüstung gerade dabei, seiner Tochter, die einen Heiligenschein hatte, mit einem Schwert den Schädel abzuschlagen. Auf dem rechten schossen zwei Männer mit Bögen Pfeile in den fast nackten Körper eines schönen Mannes, der auch einen Heiligenschein hatte und mit Seilen an einen Baum gefesselt war. Die Bilder faszinierten den Jungen damals, aber nicht obwohl er sich vor ihnen fürchtete, sondern gerade deswegen.

Das Einzige, was an der Kirche noch interessanter ist als das Schöne und das Eklige, ist der Tod. Und das hat ihn ja jetzt auch in diese beschissene Situation gebracht, dass er endlich einmal einen Toten sehen wollte, einen richtigen, statt immer nur Lucianus und

Urbanus. Lucianus und Urbanus sind Heilige, zumindest steht das unter ihren Glasboxen in der Klosterkirche, in denen auf kleinen roten Kissen mit Goldborten ihre Schädel und ein paar Knochen ausgestellt sind. Sie liegen dort einfach rum, und die Augenhöhlen starren auf die Schüler, wenn sie zum Schulgottesdienst auf den Kirchenbänken sitzen. Als der Junge sie zum ersten Mal sah, fand er sie großartig, weil sie ihn an die Piratenbücher erinnerten, die er als Kind las. Aber ein Totenschädel ist ja kein richtiger Toter, und Piratenbücher liest er auch keine mehr. Deshalb wollte er ja unbedingt den toten Abt sehen.

Der Altabt Bonifaz war gestorben, mit neunzig Jahren, und das hatte sich wie ein Lauffeuer in der Schule verbreitet. Nicht, weil es irgendjemanden überrascht hätte, er war schließlich uralt gewesen, sondern weil der Orden beschlossen hatte, ihn in einem Seitenabteil der Kirche aufzubahren, damit alle, die ihn gekannt hatten, ein Trauergebet sprechen konnten vor seiner Leiche. Der Junge hatte den Altabt Bonifaz nicht gekannt, und er kannte auch keine Trauergebete. Aber weil sie für das Gebet eine Freistunde bekamen, hatte er sich sofort gemeldet und seinem Klassenlehrer gesagt, dass er am nächsten Tag gerne ein wenig trauern würde.

Der Krautenbrunner hat keinen einzigen Beweis, aber er liegt schon richtig mit seinem Verdacht, dass der Junge das alles nicht allein gemacht hat. So eine Aktion geht man nicht allein an.

Der Burgmann David, den alle nur Börgerman nennen, weil das cooler klingt, war dabei. Dem Börgerman verdankt der Junge es, dass er ein Punk geworden ist, weil er ihm vor ewiger Zeit eine CD mit dem Namen »Wild Punk!« geliehen hat. Die zerbrach dem Jungen zwar leider im Rucksack, aber das nahm ihm der Börgerman nicht krumm, weil er ein Punker ist und das Chaos liebt.

Beim Ziegler Ludwig vermutet man es eigentlich gar nicht, dass er bei so etwas mitmachen würde. Er ist neu an der Schule, und die meisten glauben, dass er ein ganz Braver ist, weil seine Eltern Anwälte sind. Der Junge weiß aber, dass er auf einer Webseite, auf der man Sachen verkaufen kann, unter dem Pseudonym WeinMaster3000 seltene Weine aus dem Keller seiner Eltern versteigert, und das hat ihn sofort qualifiziert. Aber er hat Ludwig auch gefragt, weil er hofft, dass sie vielleicht gute Freunde werden.

Den Gruller Jonas musste der Junge nicht einmal fragen. Der Krautenbrunner ist selbst schuld, dass der Jonas dabei war. Schließlich hat er den Jonas damals unter Androhung eines Verweises gezwungen, der Beschützer des Jungen zu werden. Der Junge war da gerade von der fünften in die siebte gegangen, weil seine Lehrer das so gewollt hatten. Seine neuen Klassenkameraden hatten das eher nicht so gut gefunden, und der Junge hatte ziemliche Angst, dass alles wieder genauso werden würde wie in der Grundschule. Dem Jonas, der Judoka ist und einer der ältesten Schüler im Jahrgang, hatte es zuerst richtig gestunken, dass er sich um einen Kurzen kümmern musste. Sie wurden dann aber schnell Freunde, und weil Jonas den Jungen mochte, fanden ihn die anderen irgendwann auch nicht mehr so schlimm. Dass die beiden ziemlich bald anfingen, miteinander Mist zu bauen, geht also auf den Krautenbrunner zurück. Er hätte sich das ja überlegen können, ob er mit seiner Erpressung nicht ein Monster erschafft, das irgendwann eine Leiche schandet. Aber sie haben ja gar keine Leiche geschändet.

In der dritten Stunde hatten Ludwig, Jonas, Börgerman und der Junge zusammen das Klassenzimmer verlassen und sich beim Bäcker neben der Schule Spezis für danach geholt. Dann gingen sie hinüber zur Kirche. Der Junge hatte den Plan sehr akribisch vorbereitet, und er hatte in der ersten Stunde sogar noch schnell eine Karte gezeichnet, damit jeder wusste, was er zu tun hatte. Der Junge ging als Erster in die Kirche, wo er sich in die vordere Reihe kniete und so tat, als würde er beten. Börgerman und Ludwig übernahmen den Haupteingang, um aufzupassen, dass keine Touristen oder Omas sie störten. Jonas ging durch den Klosterflügel, vorbei an der Sakristei, um dort Wache zu stehen, was nicht auffiel, weil sie in den Schulgottesdiensten ministrierten und deshalb öfter dort waren. Anfangs sah es so aus, als würden sie abbrechen müssen, weil der Mesner vorne am Hochaltar herumwerkelte und sich dabei so tattrig anstellte, dass es ewig dauerte, doch dann verließ er die Kirche. Der Junge pfiff, und kurz darauf pfiff auch Jonas an der Sakristeitür, und das hieß, dass es jetzt losging. »Operation Cold Abbot is a go«, sagte der Junge, den Satz, den er sich zuhause überlegt hatte, und sie gingen gemeinsam in den kleinen Seitenraum neben dem Chorgestühl.

Der Altabt Bonifaz lag in der Mitte des Raums in seinem offenen Sarg, er hatte seine schwarze Kutte an. Der Junge hatte auf einmal das Gefühl, dass es um sie herum kälter geworden war. »Was jetzt, Johnny?«, fragte ihn der Jonas. Der Junge mag es, wenn die anderen ihn Johnny nennen.

Die Haut des Abts sah aus wie Wachs, und auf einmal war sich der Junge nicht mehr sicher, ob er mutig genug war. Aber er hatte das Ganze ja geplant, und jetzt zurückzuziehen wäre feige gewesen. Langsam bewegte er seine Hand nach vorne, in Richtung der Leiche. Kurz zögerte er, dann berührte er, ganz vorsichtig, die Haut des toten Abts. Es fühlte sich so seltsam an, dass er zurückzuckte, dann legte er sie aber wieder zurück, weil sie ausgemacht hatten, dass es unter fünf Sekunden nicht zählte. »Wie is'?«, wollte

Ludwig wissen, und der Junge antwortete, dass es sich »leichig« anfühle, weil ihm kein anderes Wort einfiel. Einer nach dem anderen berührten sie die Hand, und sie waren alle sehr vorsichtig dabei.

Dann machte einer von ihnen, und es ist ja wirklich auch egal, wer es war, sein Spezi auf. Und weil es sehr heiß war und sie auf dem Weg zur Kirche gerannt waren, lief die Flasche über. Der Schaum lief an der Seite der Flasche hinunter auf die Kutte des Altabts. In wenigen Sekunden bildete sich eine brühige Pfütze in der Mitte des Körpers, ein wenig unter den gefalteten Händen. Und obwohl keiner von ihnen es aussprach, war allen klar, wie das aussah. »Fuuuck«, rief der Börgerman, »was machen wir jetzt?« Jonas begann, mit seiner Baseballkappe, die er aus Respekt abgenommen hatte, als sie die Kirche betreten hatten, über den Fleck zu wischen. Aber das machte alles nur schlimmer, weil er an die gefalteten Hände des Abts stieß und sie verschob, sodass sie jetzt schief über dem Fleck lagen. »Du musst das mit Wasser machen!«, rief der Börgerman. Wo zur Hölle er denn bitte in der Kirche jetzt Wasser hernehmen solle, rief der Junge, und dann, wieder zu laut, ob ihm jemand in sein Hirn geschissen habe, als der Börgerman ein klein wenig zu lange zum Taufbecken hinüberschaute. Auch Jonas' idiotische Information, dass er aus Horrorfilmen wisse, dass Leichen halt manchmal einfach safteln, half in dem Moment nicht wirklich.

Sie erreichten das große Kirchentor, ohne dass jemand sie sah, und als der Junge als Erster auf den hellen Vorplatz trat, fühlte er sich sehr lebendig. Und es wäre ja alles gut gegangen, wenn er nicht, weil er so erleichtert war, beide Hände in die Luft gerissen und geschrien hätte, dass er Hades, der Gott der Unterwelt sei, und wenn in diesem Moment nicht der Deutschlehrer gerade auf dem Weg in die Kirche gewesen wäre. Der, der ihm schon seinen letzten Verweis gegeben hatte.

Wenn der Junge nicht gleich unauffällig mit seinen Händen nach hinten gewinkt hätte, hätten sie auch die anderen erwischt. Er hörte sie hinter sich weglaufen, und er wusste, dass er jetzt Zeit schinden musste, damit sie durch die Sakristei in den Pausenhof fliehen konnten. »Was machst du da?«, fragte der Deutschlehrer. Der Junge antwortete, dass er nichts mache. Er merkte gleich, dass der Deutschlehrer ihm das nicht abnahm. Es war auch keine sehr gute Lüge. Der Deutschlehrer ahnte schnell, dass all das etwas mit dem toten Abt zu tun haben musste. »Gehen wir doch gemeinsam mal hin«, sagte er. »Das geht nicht«, antwortete der Junge. »So, warum nicht?«, fragte der Deutschlehrer. »Der schläft grad«, antwortete der Junge, und er würde sich noch jetzt am liebsten selbst eine reinhauen für diese bescheuerte Antwort, aber ihm fiel in dem Moment einfach nichts anderes ein.

Als der Deutschlehrer den Spezifleck sah und die Hände, die wirklich ein wenig verdreht waren, überschlug sich seine Stimme. Er fragte den Jungen, was er gemacht habe, und der Junge sagte wieder, dass er nichts gemacht habe, dass der Fleck schon davor da gewesen sei. Es wisse doch jeder, dass Leichen manchmal safteln. Die Erklärung vom Jonas kam aus seinem Mund, ohne dass er es wollte, und sie funktionierte genauso schlecht, wie er gedacht hatte. Der Deutschlehrer führte ihn mit der Hand an der Schulter wie einen Verbrecher zum Krautenbrunner.

Und deshalb soll er jetzt von der Schule geworfen werden. Der Junge liegt jetzt auf der Bank unter den Apfelbäumen und muss heulen, was jetzt aber auch egal ist, weil ihn niemand sieht und sein Leben ja eh vorbei ist. Er fühlt sich gar nicht mehr wie ein

Johnny. Morgen wird er sich bei einer neuen Schule bewerben müssen, und wahrscheinlich wird ihn, nach dem, was er sich geleistet hat, nur noch die in der Kreisstadt nehmen. Und dann wird alles von vorne losgehen, und wahrscheinlich wird er durchs Abitur fallen. Dann muss er in der Folienfabrik anfangen, in der er in den letzten Sommerferien gearbeitet hat und fast verrückt geworden ist, und dann ist es endgültig aus.

Am Nachmittag kommen seine Eltern, sie fahren gemeinsam mit dem Auto seiner Mutter, und sein Vater trägt ein neues Hemd. Dem Jungen wird wieder schlecht, weil sie ja jetzt wahrscheinlich auch nichts mehr mit ihm zu tun haben wollen. Als sie beim Krautenbrunner auf den Beichtstühlen sitzen, zittert der Schnauzer des Direktors wieder, und seine Haare hängen nach vorne. Er spuckt vor Wut, und er nennt den Jungen einen »schlecht erzogenen Delinquenten« und das, was er gemacht hat, »asoziales Verhalten«. Der Junge wünscht sich, er könnte im Stuhl verschwinden. Dann hört er seinen Vater reden. Politikerbayerisch.

Der Direktor soll den Buben mal rausschicken, sagt er. Der Direktor lässt ihn aus dem Büro, und der Junge setzt sich auf einen der Stühle im Sekretariat. Die Sekretärin gibt ihm ein Glas Wasser. Er hört seinen Vater laut sprechen und seine Mutter auch, aber durch die Wand versteht er nicht, was sie sagen. Nach einer Ewigkeit kommen seine Eltern aus dem Büro, und sie sehen wütend aus. Sie gehen schweigend zum Parkplatz und steigen ins Auto. In seinem Kopf ist der Junge schon allein in der Kreisstadt.

»Zwei Wochen Strafarbeit mit dem Hausmeister, in den Sommerferien«, sagt sein Vater, als er die Tür geschlossen hat.

»… und heute Abend brauchst du dir gar nichts vornehmen.« Hausarrest, denkt sich der Junge. Auch irgendwie verständlich.

»Wir gehen miteinander auf das Ringsgwandl-Konzert im Stadl«, sagt sein Vater. »Aber glaub ja nicht, dass das eine Belohnung dafür ist, dass du Spezi auf einen toten Abt geschüttet hast.« Dann beginnt er, sehr laut und sehr lange zu lachen.

FALLENSTELLER

DIE TAGE IM SCHUPPEN vergehen langsam und ohne Ereignis. Ins Haus gehe ich nur, wenn es unbedingt nötig ist, ich habe einen Zettel für den Postboten an die Tür gehängt. »Bin im Garten«, habe ich darauf geschrieben, doch der Postbote kommt nicht. Ich habe den alten Kassettenspieler in einer Kiste unter der Werkbank gefunden und ihn auf das Fensterbrett gestellt, auf dem er früher stand. Die Radio-Antenne ist abgebrochen, doch im Radio kommt gerade sowieso nichts, was mich interessiert. Ich höre mir die Kassetten meines Vaters an, eine nach der anderen, dann beginne ich von vorne. Der kleine Kater besucht mich inzwischen regelmäßig, ich habe ihm eine Schüssel mit Wasser an die Schuppentür gestellt, manchmal trinkt er daraus. Manchmal schläft er auch auf dem Kissen, das ich auf einen der Stühle vor dem Schuppen gelegt habe. Dazwischen verschwindet er, meist für mehrere Stunden. Wenn er den ganzen Tag nicht auftaucht, mache ich mir Sorgen. Vor einigen Tagen habe ich versucht, ihn hochzuheben, seitdem zieht sich ein tiefer Kratzer quer durch die Rainfarn-Tätowierung auf meinem Unterarm.

Die Vormittage verbringe ich meist mit kleinen Arbeiten. Ich versuche Holz zu hacken, das ich im Garten finde, dann bemerke ich, dass der Schlüssel für den Schuppen auch das Holzlager meiner Mutter aufschließt. In dem rohen Verschlag finde ich ein paar Holzbriketts vom letzten Winter, die knapp in den kleinen Werkstattofen passen. Ich pflücke ein paar Blumen, die ich an Haken vor das Fenster hänge, um sie zu trocknen. Ich finde eine kleine Figur aus Holz, die ich als Kind zu schnitzen begonnen hatte, und schnitze sie weiter. Als sie fertig ist, sieht sie so unheimlich aus, dass ich sie in einem der Schubfächer der Werkbank wegsperre.

An den Nachmittagen bastle ich an dem alten Fahrrad meines Vaters herum. Ein kleines Schild in Form eines roten Reihers klebt unter dem Lenker, darunter steht »Raleigh«. Mein Vater hatte den Stahlrahmen des in den Fünfzigerjahren in Nottingham gebauten Rads einige Jahre vor seinem Tod bei einem Schrotthändler gefunden und ihn für einen lächerlich günstigen Preis gekauft. Die darauffolgenden Monate verbrachte er damit, das Fahrrad mit Originalteilen, nach denen er oft wochenlang suchte, wieder aufzubauen. Wenn ich am Wochenende nichts Besseres zu tun hatte, schaute ich ihm dabei zu, wie er die alten Teile auseinandernahm, reinigte, ölte und dann wieder zusammensteckte. Eigentlich hatte er es in Originalfarben lackieren wollen, doch als sich meine Eltern trennten, ließ er es, weil in seiner Wohnung kein Platz dafür war, in der Werkstatt, wo es verstaubte.

Die Arbeit mit den Fahrradwerkzeugen meines Vaters geht mir nur schwer von der Hand. Er hat mir nie wirklich beigebracht, wie man Fahrräder repariert. Mehr als zuschauen und helfen durfte ich nie, wenn er schraubte. Und so erscheint es mir manchmal, als würde sich das alte Fahrrad dagegen wehren, von mir repariert zu werden, als wäre der Versuch, es in die Gegenwart zurückzubringen, ein Affront. Aber ich habe auch Angst, etwas kaputt zu machen.

Lukas kommt ein paar Mal vorbei, einmal bringt er mir eine Trapper-Mütze mit, die er in einem Verkleidungsgeschäft gekauft hat, und sagt mir, dass die unerlässlich sei, jetzt da ich mich endgültig entschieden hätte, den Rest meines Lebens als Waldschrat im Schuppen meiner Mutter zu verbringen. Ein anderes Mal bringt er zwei Flaschen Rotwein als Vorrat, und dann trinken wir sie doch gleich und hören die Doors-Kassetten meines Vaters.

Tim ruft an und fragt mich, ob ich einen Nazibunker sehen wolle, den er auf einem Hügel außerhalb der Stadt entdeckt hat. Er holt mich mit seinem Roller ab, auf dem noch immer ein alter Sticker unserer Band klebt. Wir kaufen Biere bei der Schwartzmann und verlassen die Stadt, querfeldein den Hügel hinunter, auf dem wir als Kinder im Winter Schlitten fuhren und den wir später mit Skateboards hinunterrutschten, deren Achsen wir abgeschraubt hatten. Und obwohl der Hügel viel flacher ist, als ich ihn in Erinnerung hatte, ist der Weg hinunter angsteinflößender, weil Tim mit fast 50 km/h über den holprigen Boden fährt. Am Fuß des Hügels lassen wir den Roller an einer großen Weide stehen und stapfen einen zweiten Hügel hinauf, an dessen höchster Stelle wir in dichtem Gestrüpp den Nazibunker finden, der eher eine Maschinengewehrstellung ist. Wir setzen uns auf einen Jägerstand am Rand des Gestrüpps, trinken unsere Biere und reden, bis es dunkel wird.

An einem Nachmittag steht mein Taufpate Albert am Gartentor. Ich habe ihm nicht gesagt, dass ich hier bin, irgendjemand muss ihn informiert haben, dass ein Mann hier im Schuppen hause, und ihn darum gebeten haben, nach dem Rechten zu sehen. In den Jahren vor und nach meiner Geburt war Albert der beste Freund meines Vaters, er ist in A. geboren, und er empfahl meinen Vater damals der Fördereinrichtung als Sozialpädagoge. Sie gingen miteinander wandern, und mein Vater baute ihm das Fahrrad zusammen, mit dem er heute noch fährt. Eine Zeit lang teilten sie sich auch ein Büro, das mir, wann immer ich sie dort besuchte, wie ein Dickicht aus Papier, Büchern und Dokumenten erschien. Immer roch es dort nach Pfeifentabak. Ich zeige Albert die Pfeifen meines Vaters, und er lächelt. Er holt seine eigene Pfeife aus seinem Kombi und teilt seinen Navy Flake mit mir. Fast zwei Stunden sitzen wir unter dem Nussbaum, wir rauchen, und er erzählt mir von dem Mann, der mein Vater werden würde. Als er geht, dreht er sich am Gartentor noch einmal um. Er fragt, ob ich wisse, was mein Vater gesagt habe, als er ihn nach meiner Geburt danach fragte, wie es denn nun sei, Vater zu sein. »Ja mei, der ist halt jetzt da«, habe er geantwortet, sagt Albert.

Nach ein paar Tagen sind meine Vorräte aufgebraucht. Am Abend des ersten Tages hatte ich ein paar Konserven und andere Lebensmittel aus dem Keller meiner Mutter in den Schuppen geräumt und auch ein paar Einmachgläser mit Gemüse und Früchten. Dinge, die ich auf der Kochplatte warm machen konnte. Es war nicht ideal, aber es bedeutete, dass ich zumindest eine Zeit lang in kein Geschäft gehen musste. Jetzt muss ich. Mit meinem Seesack gehe ich los in Richtung Einkaufszentrum. Und obwohl es nur zehn Minuten entfernt liegt vom Schuppen, fühlt es sich so an, als wäre ich ein Fallensteller, der sich nach Wochen in seiner Hütte aufmacht zum nächstgelegenen und doch mehrere Tagesmärsche entfernten Handelsposten, wo er seine Pelze eintauschen will für Dinge, die sich der Wildnis nicht abtrotzen lassen. Ich habe das Einkaufszentrum, seit ich nach A. gekommen bin, gemieden.

Ich hole Lebensmittel im Supermarkt, dann setze ich mich in den »Segafredo« neben dem Eingang des Einkaufszentrums, wo ich eine Grapefruitlimonade und einen Espresso bestelle. Gestern war es noch kühl, doch der heutige Tag ist der heißeste, seit ich hier bin. Selbst die Deckenventilatoren über mir scheinen mit dem plötzlichen Temperaturanstieg überfordert zu sein, sie zittern rhythmisch. Mir gegenüber hängt ein großes, auf Leinwand gedrucktes Schwarzweißfoto, auf irgendeiner Piazza lächelt eine Frau einen Mann an. Für einen Moment stelle ich mir vor, wie es wäre, jetzt mit einer schönen Frau auf einer Piazza zu sein, während ein Sänger darüber singt, was Amore kostet. Dann schaue ich weiter auf den Parkplatz des Einkaufszentrums.

Mit einem Mal dröhnt »The Way to Amarillo« aus der Stereoanlage. Am Nebentisch sitzen drei alte Männer schwitzend in ihren Kurzarmhemden. Ihre Rollatoren haben sie am Eingang zum Café geparkt wie Cabriolets. Sie trinken Weizen und flirten mit der Cafébesitzerin, die einen Schweizer Akzent hat. Im Fernsehen beginnen die Nachrichten, und mir fällt auf, dass ich seit Tagen keine mehr gesehen habe. Ich bitte die Bedienung, den Ton leiser zu stellen. Die Cafébesitzerin informiert die Männer, dass es ab jetzt jeden Freitag zwischen neun und zehn Uhr ein Weißwurstfrühstück gebe. Die Würste dafür würden sie beim Heilberger-Metzger holen. Ja, der habe die besten, antwortet einer der Männer.

Ich bin gerade dabei zu bezahlen, als ich hinter mir jemanden meinen Namen rufen höre. Ich drehe mich um und sehe eine Frau dastehen, an ihrer Hand ein Mädchen, das wohl um die fünf Jahre sein muss.

»Kennst mich noch?«

MARIE

»DAS BESTE AN MARIE«, sagt der Junge zu seinem Vater, »ist, dass sie eine Anarchistin ist.« Natürlich ist sie wahnsinnig schön, das fand er schon, als er sie zum ersten Mal sah, er ist ja nicht blind. Aber wie toll sie ist, hat er erst verstanden, als sie diese Grimasse gezogen hat. Vor ungefähr einem halben Jahr war das, der Krautenbrunner hatte wieder irgendein Problem gehabt und deshalb Ludwig, Börgerman und ihn während der Pause im Innenhof dazu befragt. Und obwohl sie nichts wussten, diesmal wirklich nicht, und das auch sagten, hielt er ihnen eine fast zehn Minuten lange Predigt, und sie mussten stehen bleiben und ihm zuhören, obwohl sie eigentlich noch zum Pausenverkauf wollten. Die Mädchengruppe, mit der Marie die Pause verbrachte, stand ein paar Meter hinter dem Direktor, und jedes Mal, wenn der Junge zu ihr hinübersah, verzog Marie ihr Gesicht zu einer Grimasse. Sie schielte und blähte ihre Nase auf, sie äffte den Krautenbrunner nach, mit Schnauzer und Fingern im Haar, und das machte sie sehr überzeugend. Der Junge musste laut loslachen, der Krautenbrunner glaubte, dass er über ihn lachte, und deshalb dauerte alles noch länger. Hinterher war es zu spät, um noch zum Pausenverkauf zu gehen, aber das war dem Jungen dann eh nicht mehr so wichtig.

Der Junge hat gar nicht vorgehabt, seinem Vater von Marie zu erzählen, aber sein Vater hat sie zusammen gesehen. Wer die junge

Dame sei, mit der er auf dem Stadtplatz war, wollte er wissen, als sie gerade zwei Schokopuddings am Küchentisch in seiner Wohnung aßen. Und obwohl der Junge sich kurzfassen und nur sagen wollte, dass sie seine Freundin sei und Marie heiße, redet er jetzt schon fast eine ganze Stunde.

Marie ist erst seit der Zwölften an der Klosterschule, nach der Scheidung ihrer Eltern ist sie mit ihrer Mutter in die Heimatstadt des Jungen gezogen, weil die von hier kommt. Eigentlich hätten sie gar keine gemeinsamen Kurse, aber weil der Deutschlehrer sich nach der Sache mit dem Abt geweigert hatte, den Jungen zu unterrichten, ist er jetzt im selben Deutschkurs wie Marie. Und dort schrieb sie ihm nach dieser Pause einen Zettel, auf dem sie sich entschuldigte, dass er wegen ihr um ein Haar Probleme mit dem Direktor gehabt hätte. Der Junge schrieb nichts zurück, weil ihm nichts Schlaues oder Lustiges einfiel, aber er lächelte zu ihr hinüber. Den Zettel behielt er. Wirklich mit ihr zu reden, traute er sich danach trotzdem nicht, weil er sich ja nicht sicher sein konnte, was das jetzt eigentlich war mit ihnen.

Als der Kunstleistungskurs ein paar Wochen später eine Ausstellung in der Aula eröffnete, stellte er ihr ein paar Fragen zu ihren Bildern, obwohl er mit Kunst eigentlich nichts anfangen kann. Sie redeten dann fast die ganze Vernissage lang, und am Ende ging es dabei nicht mehr um ihre Bilder. Eine Woche später kam sie mit einer Freundin zu seinem Konzert im Jugendzentrum. Eigentlich hatte sie keine Ahnung von Skapunk. Trotzdem wurde das Konzert, kaum dass er sie gesehen hatte, das wichtigste, das er je gespielt hatte.

Ludwig hatte dem Jungen schon nach der Ausstellung gesagt, was das seiner Meinung nach war und dass er aufhören solle, so ein Schisser zu sein. Er kannte Marie schon bevor sie an die Schule kam, weil ihre Väter zusammen Jura studiert haben und beide bei den Rotariern sind. An einem Freitag erzählte Marie dem Jungen, dass sie am nächsten Tag auf eine Party in der Kreisstadt gehen würde. Er bat Ludwig mitzukommen, weil es sonst ja so aussehen würde, als sei er nur ihretwegen dort. Ludwig lachte ihn aus und kam mit. Der Junge musste ihn dann aber leider allein stehen lassen, weil Marie und er den ganzen Abend draußen auf der Treppe saßen und redeten. Irgendwann musste er nach Hause, und da sagte sie ihm, dass er aufhören solle, so ein Schisser zu sein. Und seitdem ist es etwas.

Marie, sagt der Junge zu seinem Vater, ist die großartigste Frau, die er je kennengelernt hat.

»Ja, das Gefühl kenn ich«, antwortet der Vater.

DÄCHER IN ANTHRAZIT

SIE SEI GERADE MIT IHRER TOCHTER auf dem Weg zum Kinderarzt und habe leider gar keine Zeit, lange zu sprechen, sagt Marie, während sie und das Mädchen neben meinem Tisch im »Segafredo« stehen. Allerdings würden sie danach auf den Spielplatz am Fluss gehen und danach vielleicht ein Eis essen. »Nicht vielleicht«, ruft das Mädchen dazwischen, und ich muss lachen. Ob ich sie nicht dort treffen möchte, fragt Marie.

Zurück im Schuppen schichte ich die Lebensmittel, die ich gekauft habe, in einen der Schränke und gehe dann nach vorne ins Haus, um mir ein frisches T-Shirt zu holen. Im Spiegel sehe ich, dass ich vielleicht duschen sollte, bevor ich an einen Ort gehe, an dem sich Eltern und Kinder aufhalten. Mit noch nassen Haaren verlasse ich das Haus.

In den vergangenen Tagen bin ich beinahe jeden Tag spazieren gegangen, eine Stunde, manchmal auch zwei. Ich plante die Spaziergänge nicht, am hinteren Gartentor entschied ich mich für eine Richtung und dann an jeder Kreuzung wieder und wieder, bis ich irgendwann irgendwo ankam. Oft, und meistens zufällig, landete ich an Orten, die ich kenne, an denen früher Menschen waren, die ich kannte. Der städtische Skatepark neben der Kläranlage, in dem ich nie das Skaten lernte. Das Speedwaystadion, in dem meine Freunde heimlich rauchten. Die alte Burg, in der wir uns an den Wochenenden trafen, bis die Stadt an den Wochenenden das Burgtor zusperren ließ. Jedes Mal ertappte ich mich dabei, wie ich mich nach bekannten Gesichtern umschaute. Ich entdeckte aber nie jemanden, und ich bin mir nicht sicher, ob ich das überhaupt wollte.

Als ich am Fluss ankomme, wird mir klar, dass ich an den falschen Orten gesucht habe. Fast der ganze Spielplatz ist voller Kinder, und auf Decken um die Spielgeräte herum sitzen die Eltern, von denen ich viele, obwohl sie älter geworden sind, wiedererkenne. Marie kniet rechts, auf einer karierten Decke im Schatten eines Baums, als sie mich sieht, steht sie auf und winkt und umarmt mich. Sie ist noch so schön, wie sie früher war, nur älter. Ihre schwarzen Locken trägt sie immer noch kurz, unsere Klassenkameraden schauten sie damals an wie eine Außerirdische. In ihrem rechten Auge zieht sich noch immer ein brauner Strich von der Pupille an den unteren Rand der sonst grünen Iris. Was habe ich denn erwartet? Ihr Septumpiercing trägt sie nicht mehr.

Weil ich nicht wusste, was man zu einem Spielplatzausflug mitbringt, habe ich zwei Spezis gekauft. Ich stelle die Flaschen auf die Decke, Marie lacht. Ich habe offensichtlich keine Kinder, sagt sie, sonst hätte ich Radler mitgebracht, oder gleich Schnaps. Sie öffnet die Flaschen, indem sie die Hälse gegeneinander hebelt, und gibt mir eine.

»Na du?«, sagt sie.

»Du fängst an, du hast mehr zu erzählen« – ich deute mit einem Nicken hinüber zum Klettergerüst, wo irgendwo das Mädchen sein muss.

»Ah, stimmt, da war ja was«, sagt sie und ruft Paulina. Ich glaube, ihre Tochter jetzt zu sehen, sie steht oben auf dem Klettergerüst wie ein Pirat. Vier sei sie, sie gehe in den integrativen Kindergarten, in dem auch ich als Kind gewesen sei. Ich verkneife mir die Frage, die ich jetzt gerne stellen würde, weil sie mir unhöflich vorkommt. Marie beantwortet sie trotzdem. Vor sechs Jahren habe sie Florian Döpfner geheiratet. »Ok«, antworte ich, und es klingt genau so, wie ich es meine, aber nicht meinen will.

»Jetzt tu bloß nicht so, als ob dich das nicht schockiert«, sagt Marie und lacht. »Es schockiert mich ja selbst.« Sie sei geschieden, sagt sie dann, seit drei Jahren. »War nix«, sagt sie. »Ok«, sage ich wieder. »Und sonst?« Pädagogik fertig studiert in Regensburg, seit einem Jahr Leiterin einer Tagesstätte für Kinder mit Lernbehinderung in der Kreisstadt. In der Scheidung hat sie das Haus bekommen, oben, in der Nähe des Schlittenbergs, ein Neubau mit einem kreuzhässlichen Anthrazitdach, das ihr Exmann unbedingt haben wollte, weil das modern ist.

Ich muss jetzt auch lachen. Obwohl ich ihr Haus nie gesehen habe, reicht mir dieses eine Detail, um es mir vorstellen zu können. Auf meinen Spaziergängen durch A. habe ich wahrscheinlich mehr als hundert dieser Häuser gesehen. Sie stehen in den Außengebieten, wo die Stadt nicht endet, sondern ausfranst, in Neubauvierteln, die erst einige Jahre alt sind. Überdimensionierte Toskanahäuser mit anthrazitfarbenen Dächern. In den Einfahrten parken die Autos, in den in Relation zu den Häusern fast komisch kleinen Gärten stehen Spielgeräte. Sie scheinen nicht gebaut zu werden, sind immer einfach schon fertig. Ein bisschen wirkt es deshalb so, als hätte jemand sie einfach eines nach dem anderen in die Landschaft kopiert, zwischen die Felder als Beispiele für Einfamilienhäuser in einem Katalog für Einfamilienhäuser. »Wir können gern Farbe beim Baumarkt holen und es anmalen«, schlage ich ihr vor, ich habe gerade eh nicht viel zu tun. »Bitte lila«, antwortet sie.

»Magst du was von dir erzählen?«

»Wo soll ich anfangen?«

»Wo du willst. Sind fast zehn Jahre.«

Ich erzähle ihr von England, vom Studium, von meinem Beruf und von Leo. »Foto, sofort. Meinen Hauptpreis kennst du ja schon«, sagt sie. Ich zeige ihr das Foto, das ich in meinem Geldbeutel habe, und sie antwortet mit einem lang gezogenen »Meeeooow«. Auf einmal hallt ein lauter Schrei vom Sandkasten herüber. Marie springt auf und läuft hinüber. Ich laufe hinterher.

Paulina steht breitbeinig da, und sie sieht wütend aus. Neben ihr sitzt ein Junge, der mindestens einen Kopf größer als sie ist, heulend im Sand. Seine Eltern rennen von einer Decke, auf der mehrere andere Elternpaare sitzen, zum Sandkasten. Ich habe die beiden schon bei der Bierprobe gesehen, sie saßen an den Tischen der Danubius Buam. Der Vater trägt Chinos, über seinen Schultern hängt ein Pullover, der beim Laufen verrutscht. »Ferdinand!«, höre ich die Mutter rufen, das E klingt wie ein lang gezogenes, klagendes Ä. Es dauert eine Weile, bis man durch die Schluchzer des Jungen hindurch etwas versteht. Paulina habe ihm mit einem Plastikeimer auf den Kopf gehauen und ihn in den Arm gebissen, greint er. Einfach so, ganz ohne Grund, und jetzt blute sein Arm und es tue sehr weh. Seine Mutter kniet sich neben ihn und pustet ihm auf den verletzten Arm, auf dem zwar rote Zahnabdrücke zu sehen sind, aber kein Blut. Der Vater des Jungen fragt, warum das Mädchen denn hier herumlaufe und einfach so andere Kinder verletze, er klingt sehr entrüstet, und er sieht mich an. Marie grinst. »Warum hast du den Jungen gebissen«, fragt sie Paulina, die jetzt ihre Arme verschränkt hat. »Ich habe ihn nicht einfach so gebissen«, ruft sie wütend. Er habe alle geärgert und mit Sand geschmissen und an den Haaren gezogen. Sie wollte er auch an den Haaren ziehen, aber sie wollte das nicht, und sie habe das auch gesagt, also sei er selbst schuld. Der Junge vergräbt seinen Kopf schluchzend in der Bluse seiner Mutter, Paulinas Version der Ereignisse widerspricht er nicht. Der Vater des Jungen wirkt jetzt weniger empört. Seine Frau hat sich mit dem heulenden Sohn auf dem Arm aus dem Sand hochgestemmt. Sie bleiben stehen. Marie scheint instinktiv zu wissen, worauf sie warten. Sie kniet sich zu Paulina hinunter. Man dürfe nicht einfach so andere Kinder beißen, sagt sie, und man müsse sich auch entschuldigen, wenn man ohne einen Grund jemanden gebissen habe. Die Eltern scheinen jetzt zufrieden zu sein. Als die drei außer Hörweite sind, sagt Marie ihrer Tochter, dass man sich aber, wenn man sich nur gewehrt habe, eben nicht entschuldigen müsse, weil es wichtig sei, sich zu wehren.

Zurück an der Decke klopft Marie Paulina den Sand aus den Klamotten und packt ihre Sachen zusammen. Paulina steht jetzt ein paar Meter vor mir. Sie schaut mich an, so wie die rote Katze im Garten meiner Mutter mich anschaut, wenn sie mich sieht. Dann zieht sie mit ihrem Mittelfinger ihre Nase nach oben, streckt ihre Zunge heraus und schielt. Ich muss laut lachen.

An der Eisdiele neben dem Platz mit dem Denkmal des Historikers erklärt Paulina der Besitzerin, dass sie drei Kugeln brauche, Schlumpf, Schoko und Kaffee. Sie lässt sich von ihr auf Schlumpf und Schoko herunterhandeln. Die Hitze des Vormittags ist einer angenehmen Wärme gewichen. Wir schlendern durch die Stadt und reden. Manchmal muss Marie unser Gespräch unterbrechen, um Paulina einzufangen. Das Mädchen rennt voraus, und anders als ihre Mutter und ich scheint sie ein sehr klares Ziel zu haben. Mit ihrer Eiswaffel, die sie hält wie eine Fackel, klettert sie auf jede Außentreppe, an der wir vorbeikommen, sie balanciert auf jeder

Bank, die irgendwo steht. Als müsste sie etwas nur mit den Füßen berühren, damit es von da an ihr gehört. Auf einmal rennt sie direkt auf mich zu, stellt sich vor mich hin und hält mir ihre Eiswaffel entgegen. Das Eis ist längst zu einer matschigen Paste geworden, es läuft an den Seiten herunter. »Mach mal sauber«, sagt sie. Ohne auch nur darüber nachzudenken, lecke ich über die Seite der Waffel und gebe sie ihr zurück. »Danke!«, ruft Paulina und rennt zu einer Treppe, auf der sie noch nicht war.

Wir verabschieden uns am Stadtplatz. Marie umarmt mich. Wenn ich wolle, könnten wir das gerne noch einmal machen. »Was meinst du? Sollen wir mit dem noch mal ein Eis essen gehen?«, fragt sie Paulina. »Meinetwegen«, antwortet die, sie mustert mich wieder. Ich ziehe eine Grimasse. Sie fängt an zu grinsen, und ich wundere mich darüber, wie sehr mich das freut.

Das Gefühl hält fünf Minuten lang an. Ich habe diesen Tag nicht verdient. Als ich im Schuppen ankomme, nehme ich mein Handy, um Marie zu schreiben. Fünf Mal fange ich neu an, fast eine halbe Stunde starre ich die letzte Version an, bevor ich es schaffe, sie abzuschicken.

Was ich eigentlich heute gleich am Anfang hätte sagen sollen: Es tut mir leid, dass ich damals einfach weg war.

Ich starre auf den Bildschirm, bis er schwarz wird. Sie schreibt nicht zurück. Nach einer dreiviertel Stunde leuchtet das Handy auf:

Ja, war beschissen. Aber ich hab dir das schon vor langer Zeit verziehen.

Hab ich eigentlich gar nicht verdient.

Nein, hast du nicht. Aber so funktioniert das ja auch nicht.

Danke. Paulina ist so großartig.

Ich weiß.

Am nächsten Morgen fühlt sich mein Kopf an wie eine zerbombte Stadt. Neben mir liegt ein Zettel. Ich kann mich nicht daran erinnern, ihn beschriftet zu haben. Kurz schaue ich in den Schrank, um zu sehen, ob ich vielleicht getrunken habe, doch die Whiskyflasche, die ich gestern gekauft habe, ist unberührt. Und trotzdem steht der Satz da, in meiner eigenen Handschrift:

Man kann ein Anthrazitdach nicht nachträglich lila streichen.

DER SCHÖNSTE TAG

ICH BIN WIEDER AUF DEM KIRCHHOF von Mariä Himmelfahrt. Es ist kurz nach halb neun, ich sitze auf einer Holzbank im Schatten eines hohen Unterstands am Rand des Friedhofs. An der Wand rechts neben mir hängt ein riesiges Kreuz mit einer lebensgroßen Christusstatue über einem kleinen Altar, links von mir hängen Schaufeln und Rechen neben Gießkannen. Ich habe nie ganz verstanden, warum der Raum, in dem die Friedhofsgärtner ihre Geräte aufbewahren, einen eigenen Altar haben muss. Ich vermute, sie haben das Kreuz aufgehängt, weil sie es übrig hatten und im Unterstand noch Platz war. Eine alte Frau in einem Mantel, der viel zu warm ist für diesen Tag, schleppt eine Gießkanne zu einem Familiengrab, dessen jüngstes Todesdatum mehr als vierzig Jahre zurückliegt. Sie zupft ein paar lose Blätter aus den Blumen, die im Beet vor dem Grabstein wachsen, kniet sich auf den Kies, gräbt mit einer mitgebrachten Gärtnerschaufel ein kleines Loch in die Erde und setzt einen bereitstehenden Strauch gelb blühendes Steinkraut hinein. Mit bloßen Händen klopft sie die Erde fest und füllt mit einer Plastikflasche, die sie aus der tiefen Tasche ihres Anoraks zieht, die kleine Schale aus Metall vor dem Grab mit Weihwasser. Unendlich langsam geht ihr all das von der Hand, vielleicht gelingt es ihr nur deshalb noch, weil sie es immer getan hat und es sonst niemanden gibt, der es tut. Sie steht ein paar Minuten vor dem Grab, als sei sie unschlüssig, was jetzt zu tun ist.

Dann tropft sie mit der kleinen Bürste, die mit einer Kette an der Schale befestigt ist, Weihwasser auf die Blumen. Sie sieht mich nicht, aber sie erwartet auch niemanden hier.

Vielleicht sind Besuche auf dem Friedhof immer Übungen in Einsamkeit. Sicher, man kann sie in Gesellschaft betreten, und an Allerseelen, zumindest in katholischen Landstrichen wie diesem hier, wächst sich die Besichtigung der Toten, wenigstens dem Anschein nach, fast zu gesellschaftlichen Großereignissen aus. Trotzdem steht am Ende jeder, der einen Friedhof betritt, so sehr er sich auch bemüht, das zu vermeiden, dem Toten und der Tatsache des Todes allein gegenüber – und jede Bestrebung, so etwas wie einen Konsens der Gefühle und Gedanken dazu zu schaffen, ist nie mehr als ein verzweifelter Versuch, die Einsamkeit, die man dabei empfindet, zu lindern oder zu leugnen.

Am Morgen habe ich meine Tasche gepackt. Die »Maximus Poems«, ein Notizbuch, zwei Butterbrezen und eine Flasche Wasser aus der Bäckerei, die auf dem Weg vom Garten zum Friedhof liegt. Mein Telefon habe ich ausgeschaltet. Ich war noch nie hier an diesem Tag, und gleichzeitig war ich jedes Jahr hier. Der vierte Juni ist der einzige Tag des Jahres, an dem ich es mir zugestehe, nicht erreichbar zu sein. Am Anfang schaltete ich mein Handy noch aus, schottete mich ab, um mich zu schützen, weil ich nicht wusste, was passieren würde. Später wurde es zur Gewohnheit, zu einem Ritual, das ich weiterführte, obwohl sein ursprünglicher Sinn verloren gegangen war. Der Tag, an dem es passiert ist, existiert nicht. Und ich existiere nicht an dem Tag, an dem es passiert ist. Wie eine Vakuole liegt er seit zehn Jahren in der Mitte jedes Jahres, abgetrennt von der Zeit und der Welt, egal wo ich bin.

Heute bin ich hier. Die alte Frau hat ihre Weihwasserflasche und die Gartenschaufel in ihren Anorak gepackt. Sie betritt den Unterstand, stellt die Gießkanne neben die Bank, auf der ich sitze, grüßt mich, als wüsste sie, warum ich hier sitze. Dann verlässt sie den Kirchhof in Richtung des Parkplatzes.

Der Wetterdienst hatte Regen angesagt für den Tag, an dem mein Vater beigesetzt werden sollte, doch es kam kein Regen, nicht einmal an Wolken kann ich mich erinnern. Ich weiß noch, dass ich davon überrascht wurde. Am Abend zuvor hatte ich mir einen schwarzen Mantel von einem Freund geliehen, weil ich selbst keinen besaß. Beim Zubettgehen überkam mich eine schreckliche Angst. Ein paar Tage vorweg hatten wir die Todesanzeige in die Lokalzeitung drucken lassen. Was, fragte ich mich, wenn sie niemand gelesen hatte? Oder wenn niemand, der sie gelesen hatte, kommen würde? Wenn die Kondolenzkarten am Ende nichts bedeuteten? Einige Zeit zuvor hatte mir jemand erzählt, dass man Bestattungen, die ohne Gäste und Trauerfeier stattfinden, weil es niemanden gibt, der hingehen könnte oder würde, »stiller Abtrag« nennt. In diesem verwaltungssprachlichen Wort bündelte sich für mich damals die ganze Tragik eines Lebens, an dessen Ende es stand. Eine solche Bestattung, dachte ich mir, ist eigentlich nur der Nachsatz zum tatsächlichen Abtrag, dem Verschwinden eines Lebens, das Jahre vor dem Tod begann, das notwendige Wegräumen der Überreste, damit sie nicht herumliegen und stören. Wenn niemand käme, dachte ich mir, als ich damals in meinem Bett lag, wäre es fast so, als hätte er nie existiert. Dann schlief ich ein, weil ich zu müde war, mich weiter damit auseinanderzusetzen.

Wenn ich an die Bestattung meines Vaters zurückdenke, erscheint es mir oft, als erinnerte ich mich an alles bis ins letzte Detail. Jedes Mal jedoch, wenn ich versuche, mir die Ereignisse des Tages wieder ins Gedächtnis zu rufen, stoße ich auf Lücken. Ich weiß nicht mehr, wie ich damals zum Friedhof kam. Ich weiß nicht mehr, wann der Gottesdienst begann. Ich weiß nicht mehr, ob ich einen Anzug trug oder Jeans und T-Shirt. Meine Erinnerungen fransen an den Rändern aus, die einfachsten Details sind mir entfallen, während sich andere, völlig triviale Momente förmlich in mein Gedächtnis eingebrannt haben.

Ich fuhr eine Stunde vor Beginn der Beerdigung meines Vaters zur Kirche. Als ich dort stand, kam mir auf einmal der Gedanke, wie froh ich war, dass seine Mutter diesen Tag nicht mehr erlebte. Sie hatte immer Angst um ihre Kinder gehabt, so sehr, dass die Schwester meines Vaters, die fast zehn Jahre vor ihm mit dem Motorradfahren begonnen hatte, ihr nie davon erzählte. Auch als mein Vater sich sein Motorrad kaufte, hatte sie Angst gehabt, zumindest glaube ich das. Darüber gesprochen haben sie, soweit ich weiß, nie. Überhaupt habe ich es nie erlebt, dass mein Vater mit seinen Eltern über etwas sprach, das über das für das Weiterbestehen ihres Kontakts absolut Notwendige hinausging. Manchmal schien es mir, als schwiegen die Stadtgroßeltern mit Worten. Sie hielten ihre Emotionen im Zaum und sprachen selten über Persönliches, und als Kind war ich eine Zeit lang überzeugt, dass sie das taten, weil da wenig war, worüber zu sprechen sich gelohnt hätte. Erst als sie gestorben waren, glaubte ich zu verstehen, dass das Gegenteil der Fall gewesen war. Das, was ich als Abwesenheit von Gefühlen interpretiert hatte, war eine selbstauferlegte Begrenzung gewesen, eine Geiselhaft, in der sie sich zeit ihres

Lebens selbst hielten, weil sie befürchteten, dass ihre Emotionen sich, einmal befreit, zu einem gewaltigen Strom entwickeln könnten, der sie mitreißen und für immer forttragen würde von dem, was sie ihr Leben nannten. In diesem Moment auf dem Friedhof wusste ich, dass das Erleben dieses Tages, die Beerdigung ihres ältesten Sohnes, genau die Flut ausgelöst hätte, gegen die meine Großmutter sich ihr ganzes Leben lang abgesichert hatte und die sie zweifellos ertränkt hätte.

Ich wartete im Schatten einer der Kapellen vor der Treppe zum Friedhof und sah den Autos zu, die auf den Parkplatz einfuhren. Die Kennzeichen erstaunten mich. Mindestens aus zehn verschiedenen Landkreisen kamen sie, die meisten kannte ich nicht. Ein Fahrzeug nach dem anderen rollte auf die Schotterfläche, und als die voll war, begannen sie am Rand der Straße, die zum nahegelegenen Dorf hinunterführte, zu parken. In kleinen Gruppen bewegten sich die Menschen auf die Kirche zu, es schien, als würde diese lose, in Schwarz gekleidete Prozession nie mehr aufhören. Mehr als dreihundert müssen es gewesen sein. Die Geschwister meines Vaters gingen eng aneinandergedrängt. Mein Onkel hatte eine neue Frisur. Mit dem kurzen Maschinenschnitt, den auch mein Vater viele Jahre getragen hatte, sah er ihm so ähnlich, dass ich wegsehen musste. Die jüngste Schwester meines Vaters war schwanger und weinte sehr hinter einer großen Sonnenbrille. An Ostern hatte sie uns von davon erzählt und meinen Vater gebeten, der Taufpate ihres dritten Sohnes zu werden. Ihre drei älteren Schwestern folgten eingehakt in einer Reihe, auch sie trugen Sonnenbrillen. Als ich sie gemeinsam in geschlossener Formation in Richtung Kirche gehen sah, musste ich an die Trauergäste einer Mafiabeerdigung denken.

Ich erinnere mich, dass ich auch erstaunt war, wie viele Menschen aus A. ich vor der Kirche stehen sah, die ich zwar vom Sehen her kannte, von deren Bekanntschaft mit meinem Vater ich aber nichts gewusst hatte. Solange ich denken konnte, war er immer ein stiller Mann gewesen, er hatte sich nie viel aus dem Vereinsleben gemacht, das den Ort zusammenhielt. Trotzdem waren sie gekommen. Die Musikanten der Stadtkapelle, in der mein Vater einige Jahre Posaune gespielt hatte, hatten ihre Instrumente mitgebracht. Der einzige Grünenpolitiker der Stadt stand neben dem Vorsitzenden des SPD-Ortsvereins, ein wenig abseits davon unterhielten sich zwei Stadträte der CSU miteinander. Eine Abordnung der Sankt-Georgs-Pfadfinder, die mein Vater zwar vor fast dreißig Jahren mit seinem besten Freund geleitet, aber schon vor mehr als zwanzig Jahren verlassen hatte, stand gleich neben der Kirchentür. Sie trugen ihre sandfarbene Kluft mit den aufgenähten bunten Abzeichen und die farbigen Halstücher. Einer von ihnen hatte auf seinem Kopf einen Filzhut, der dem eines kanadischen Mounties ähnlich sah. Er trug einen ledernen Gurt mit Trageschlaufe um seine Hüften, in der das große Stammesbanner mit dem roten Kreuz und der blauen Lilie steckte. Es zitterte leicht im Wind.

Nicht alle Gäste fanden Platz in der Kirche. Ich erinnere mich daran, dass ich als einer der letzten durch die Tür ging und dass ich mich fragte, was wohl mein Vater, der jahrzehntelang jeden Gottesdienstbesuch, insbesondere aber die vollen Kirchen der Hochfeste vermieden hatte, dazu sagen würde, dass er nun selbst zum Anlass und Mittelpunkt einer katholischen Massenveranstaltung geworden war. Für einen kurzen Moment fand ich diesen Gedanken so lustig, dass es mir nur mit der allergrößten körperlichen

Anstrengung gelang, nicht loszulachen. Dabei entwich mir ein Geräusch, das an eine Katze kurz vor dem Erbrechen eines Haarballens erinnerte. Lukas, der neben mir ging und es mitbekam, schaute mich nervös an. Gern hätte ich es ihm erklärt, aber ich hatte Angst davor, die Kontrolle zu verlieren und mit einem Lachanfall die Trauergäste zu verstören. »Erzähl ich dir später«, murmelte ich und erzählte es ihm später dann doch nicht, weil mir dann nicht mehr zum Lachen zumute war.

Vom Gottesdienst ist mir wenig in Erinnerung geblieben. Ich verbrachte ihn mit einigen Freunden auf der Orgelempore im hinteren Teil der Kirche, von wo aus wir während der Messe die Musik machten. Am Nachmittag vor der Beerdigung hatten wir uns zum Proben getroffen. Es war mir wichtig, die Musik selbst zu machen – aber vielleicht tat ich es auch einfach nur deshalb, weil ich so eine Ausrede hatte, den Gottesdienst, statt vorne in der ersten Reihe, wo mich jeder gesehen hätte, auf der Empore zu verbringen. Ich fühlte mich dem Tag dort weniger ausgeliefert.

Der ehemalige Stadtpfarrer von A. hielt die Messe, obwohl er eigentlich schon seit ein paar Jahren im Ruhestand war. Manchmal sage ich mir, dass wir ihn darum baten, weil mein Vater ihn gekannt und, anders als andere Priester, trotzdem gemocht hatte. Manchmal frage ich mich, ob vielleicht nur ich es wollte, weil ich ihn mochte, und selbst gar nicht sicher weiß, ob mein Vater ihn mochte. Wahrscheinlich macht es keinen Unterschied.

Die Urne stand auf einem kleinen Tisch, ungefähr so groß wie ein Barhocker, vor dem Altar, auf einem schwarzen Tuch, in der Mitte der Kirche. Als Albert, mein Taufpate, mit dem mein Vater die Pfadfindergruppe geleitet hatte, nach vorne trat, um den Nachruf vorzulesen, hörte ich kaum etwas davon. Stattdessen blickte ich auf die Urne, und es war mir, als würde, ähnlich den Bildern, die mein Vater bearbeitete, um sie seinen Freunden zu schenken, alles um sie herum unscharf. Ich fragte mich, wie ein Mensch nur in ein so kleines Gefäß passen konnte. Der Pfadfinder mit dem Banner stand neben dem Altar. Er hatte seinen Mountie-Hut abgenommen und hielt ihn mit seiner linken Hand vor der Brust, mit der rechten hielt er die große Flagge, als hielte er Wache.

Ich musste an die Beerdigung meines Großvaters denken. Auch damals hatten Männer in Uniform Wache gestanden, nur dass es die Mitglieder des Kriegervereins in ihren grauen Soldatenjacken gewesen waren. Auch sie hatten eine Fahne dabeigehabt, und als sie an seinem Grab gestanden waren, hatten sie mit den durch die Jahre brüchig gewordenen Stimmen alter Männer »Tief drin im Böhmerwald« gesungen. All das hatte mich damals eigenartig berührt.

Ich erinnere mich an Klosterschwestern. Mindestens sieben von ihnen befanden sich unter den Trauergästen, es können aber auch mehr gewesen sein. Zwischen den schwarz gekleideten Menschen fielen sie in ihren Ordensgewändern weniger auf als sonst. Nur zwei stachen aus der Menge heraus. Anders als alle anderen Gäste waren sie nicht dunkel gekleidet, sondern in strahlend weiße Roben. Sie waren Missionsdominikanerinnen vom Heiligen Herzen Jesu und gemeinsam mit einem alten hellblauen Golf gekommen, wobei die jüngere Nonne eigentlich bloß dabei war, weil die ältere, sie hieß Schwester Hilda, zu alt geworden war, um selbst zu fahren. Ich kannte Schwester Hilda nur als Tante Fanny. Die Zwillingsschwester des Vaters meiner Mutter hatte 23 Jahre in einem Land gearbeitet, das meine Großeltern, obwohl es schon seit drei

Jahrzehnten nicht mehr so hieß, immer noch Rhodesien nannten. In den Tagen, die auf den Tod meines Vaters folgten, hatte die 81-Jährige meine Mutter fast täglich aus dem Altenheim, in dem sie mit anderen ehemaligen Missionsschwestern lebte, angerufen, um sich zu erkundigen, wie es ihr damit gehe, »dass der Hans gestorben war«. Wie meine Mutter es aushalte, wollte sie wissen. Sie versicherte ihr, dass sie für sie und auch »den Hans« beten würde, Fürbitte einlegen bei allen, die irgendwie zuständig waren. Meine Mutter wunderte sich darüber, schließlich wusste die Tante Fanny, dass sie und mein Vater geschieden waren, und hatte es damals, als sie sich vor fünf Jahren getrennt hatten, nicht unbedingt gutgeheißen. Doch sie dachte sich nichts weiter dabei und freute sich stattdessen einfach, dass ihre alte Tante so mitfühlte. Während des Gottesdienstes saß die Tante Fanny dann in einer der vorderen Bankreihen und schaute interessiert zu, wie der Priester die Messe las, wie mein Taufpate über das Leben meines Vaters erzählte und Freunde und Bekannte die Fürbitten lasen. Nach dem Gottesdienst, als die Gäste anstanden, um Beileid zu wünschen, stand die Tante Fanny neben der Schwester meiner Mutter und wartete darauf, an der Reihe zu sein. Da fragte sie ihre Nichte, unvermittelt und empört:

»Wo bitte ist der Vater von dem Buben?«

»Was meinst du, wo ist der Vater? In der Urne, Fanny!«

Anscheinend war die Tante Fanny, als sie die Nachricht vom Motorradunfall erhalten hatte, davon ausgegangen, dass nicht mein Vater gestorben sei, sondern ich. Zwei Wochen lang hatte sie meine Mutter angerufen, die ja, wie sie dachte, ihren Sohn verloren hatte. Mit dem festen Plan, mir die letzte Ehre zu erweisen, hatte sie sich in dem taubenblauen VW nach A. fahren lassen, und da sie schon sehr schwerhörig war, hatte sie von den Trauerreden, die während des Gottesdienstes gehalten wurden und die sich ja ziemlich intensiv mit meinem Vater auseinandersetzten, nichts mitbekommen. Und weil sie darüber hinaus meinen Vater auch nirgends sehen konnte, hatte sie vermutet, dass er, in einem Anfall moralischer Verwerflichkeit, die Beerdigung seines eigenen Sohnes schwänzte. Meine Tante schaffte es gerade noch rechtzeitig, das Missverständnis aufzuklären, kurz bevor die Tante Fanny mir, von dem sie dachte, dass er tot sei, die doch immer noch sehr lebendige Hand hätte schütteln müssen. Ich befürchte, sie hätte sonst mitten auf dem Friedhof einen Herzinfarkt gehabt. In den folgenden Jahren fragte ich mich manchmal, ob sie ihre Gebete für mein Seelenheil nachträglich auf meinen Vater umschreiben konnte oder ob ihre Verwechslung bedeutete, dass ich nun einen Vorschuss hatte. Die Tante Fanny hätte diesen Gedanken, glaube ich, nicht so lustig gefunden – weshalb ich ihr auch nichts davon erzählte.

Ich erinnere mich an den Turmfalken. Eigentlich erinnere ich mich an kaum etwas, was an diesem Tag passiert ist, so gut wie an ihn. Er muss oben im Turm von Mariä Himmelfahrt seinen Nistplatz gehabt haben, hinter einem der Schlitze in der kupfernen Kuppel. Als die Gäste nach dem Gottesdienst zur Beisetzung auf den Kirchhof strömten, kreiste der Falke über dem Grab meines Vaters, den Blumenkränzen und den Menschen, die darauf warteten, zum Grab vortreten und ihr Beileid aussprechen zu dürfen, und schrie. Einem rhythmischen Klirren gleich lag der Ruf dieses Turmfalken über dem, was sich darunter abspielte. Sie hatten die Urne aus der Kirche gebracht, der Mann des Bestattungsunternehmens stellte sie in die Nische. Meine Mutter hatte sich zuerst etwas abseits neben ihren Vater gestellt. Etwas unschlüssig stand sie da, so als wüsste sie nicht genau, wo sie hinsollte. Ich fragte sie, ob sie mit mir vorne am Grab stehen wolle. Dass sie geschieden waren, war mir egal. Ich sagte mir damals selbst, dass ich für sie da sein wollte. Heute glaube ich, dass ich mir nicht sicher war, ob ich es allein schaffen würde. Ich stand neben ihr und war doch gar nicht da. Ich konnte nicht mehr auf die Urne schauen, nicht auf die Blumenkränze davor und auch nicht in die Gesichter der Menschen um mich herum, in deren Mitte zu stehen ich jetzt nicht mehr vermeiden konnte. Der Leiter des Caritasverbands des Landkreises, der der Chef meines Vaters gewesen war, hielt eine bedeutungsschwangere Rede zu Ehren seines verdienten Mitarbeiters. Mich überkam eine stille Wut, weil ich den Mann, von dem er da sprach, nicht als meinen Vater erkannte – und es schließlich hier um meinen Vater ging. Der alte Priester tat, was Priester an Gräbern tun, und ich bekam kaum etwas davon mit, weil ich nur das Schreien des Turmfalken hören konnte. Wie lange der Vogel so schrie, weiß ich nicht. Die Zeit war eingefroren in diesem Moment. Als der Priester alles erledigt hatte, war der Falke plötzlich fort, und kurz bekam ich Angst, dass er für immer verschwunden sei. Doch wenige Minuten später war er wieder da, und sein Ruf war lauter als zuvor. Einer nach dem anderen kamen jetzt die Gäste auf uns zu, um Blumen vor das Grab zu legen und uns ihr Beileid auszusprechen. Sie schüttelten uns die Hände, sagten Worte, die ich vergaß, noch bevor ich sie hörte. Jeder einzelne Mensch, der auf mich zutrat, rang mit sich, und ich bekam ein schlechtes Gewissen, weil ich das Gefühl hatte, dass ich es war, der sie in diese unmögliche Situation brachte, dass meine Anwesenheit sie dazu zwang, nach den richtigen Worten zu suchen in einem Moment, in dem es nur falsche geben konnte. Die beste Freundin meines Vaters war mit ihrem achtjährigen Sohn Nico gekommen. Ich glaube, sie sagte wenig, ich glaube, sie umarmte mich. Mein Vater und sie kannten sich aus der Arbeit. Er hatte mir gegenüber einmal erwähnt, dass sie manchmal gemeinsam mit den Hunden spazieren gehen und danach Pizza auf dem Stadtplatz essen würden. Am Tag vor der Beerdigung hatte sie mir erzählt, dass ihr Kind an einem Geschenk für meinen Vater bastle. Als der Junge auf dem Friedhof vor mir stand, hielt er einen großen Kiesel in der Hand, auf dessen raue Oberfläche er mit Acrylfarbe einen Mann mit einem grünen Anorak und einen hellen Hund gemalt hatte. Er löste sich von der Hand seiner Mutter und ging auf die Grabstelle zu, wo er den Stein zwischen die Blumen legte. Dann stand er eine Weile vor der Mauer, er war noch so klein, dass er nicht darüber hinwegsehen konnte.

Irgendwann standen die Pfadfinder neben dem Grab, aufgereiht wie eine Ehrengarde, und sangen »Nehmt Abschied, Brüder«. Als ich ein Kind war und Wölfling im Stamm, den mein Vater mitgegründet hatte, hatten wir das Lied am Ende jedes Zeltlagers, wenn alle Rucksäcke gepackt und die Zelte abgebaut waren, gesungen. Es hatte mich immer traurig gemacht, weil es das Ende einer guten Sache besiegelte und den Beginn eines langen Jahres einläutete, währenddessen ich ohne Fahnenwache, Lagerfeuer und gruselige Nachtwanderungen, die mir schön Angst machten, würde leben müssen. Gleichzeitig liebte ich diesen Moment, weil ich wusste, dass ich all das wieder erleben könnte. An diesem Tag stand das Lied nur für ein Ende, und ich fühlte mich zum ersten Mal in meinem Leben wirklich erwachsen, auf die schrecklichste Art und Weise, auf die ein Mensch sich erwachsen fühlen kann. Als die Pfadfinder fertig gesungen hatten, trat der Mann mit dem Hut vor die Blumenkränze und schwenkte das Banner. Wie ein Standartenträger bei einer Militärparade malte er mit der Fahnenstange eine große Acht in die Luft. Er stellte sich ungeschickt an dabei, und ich sah es schon kommen, dass er die Fahne aus Versehen über die Friedhofsmauer in den Wald schleudern würde. Gleichzeitig besaß dieser Moment, in dem die Flagge wie ein Segel über dem Grab schwebte, eine größere Würde als alles, was ich bis dahin erlebt hatte.

Als die anderen Gäste den Friedhof schon verlassen hatten, sah ich den Arbeitern des Bestattungsunternehmens dabei zu, wie sie die Urne in der Wand einmauerten. Der Steinmetz hatte über dem Namen meines Vaters und den Daten ein Kreuz eingeschlagen, obwohl wir ihn darum gebeten hatten, es nicht zu tun. Wahrscheinlich hatte er es einfach aus Gewohnheit getan, und es war mir in diesem Moment auch egal. Die Geschwister meines Vaters standen noch am Grab, mir fiel auf, dass sie sich dem Alter nach aufgereiht hatten. »Es ist doch eigentlich eine große Ungerechtigkeit«, sagte mein Onkel zu seinen Schwestern, »dass der von uns, der die Mamm und den Bapp am längsten ertragen hat müssen, jetzt wieder am längsten mit ihnen rumhängen soll.«

Als sie die Treppe hinuntergegangen waren, machte ich das Eisentor hinter uns zu. Der Kirchhof, der gerade noch einzig und allein für die Beerdigung meines Vaters existiert zu haben schien, gehörte jetzt wieder sich selbst. In ein paar Tagen, wenn die Friedhofsgärtner die Kränze weggeräumt hätten, dachte ich mir, wurde das Grab meines Vaters gänzlich zu einem Teil dieses Ortes geworden sein und er einer von denen, deren Leben die, die durch die Grabsteine schlendern, nur erfinden können. Der Turmfalke hatte aufgehört zu schreien. Er saß jetzt auf dem Kreuz auf der Spitze des Turms, ein Männchen, die Federn seiner Flügel waren rötlich, und sein Kopf war grau. Ich ging die Treppe hinunter zum Parkplatz und bemerkte, wie schön das Wetter war.

Während des Leichenschmauses in einem Gasthof in der Innenstadt saß ich eine ganze Weile neben meinem Waldopa. Er hatte sein ganzes Leben lang an das Himmelreich geglaubt, und dieser wäre für ihn wohl der ideale Moment gewesen, mich mit einer Geschichte von der Auferstehung zu trösten. Doch er war einer dieser seltenen Katholiken, die ohne irgendeinen Zwang durch Gesellschaft und Moral tiefgläubig waren und sich nichts daraus machten, andere Menschen, die sich, was die Erlösung betraf, weniger sicher waren, zu missionieren. Und so sagte er nichts, und weil ich auch nichts sagte, saßen wir einfach nur da in diesem Moment. Ich dachte an die Hasen und die Bienenstöcke unter seinen Apfelbäumen und fragte mich, ob er noch Honigwaben in seinem Schrank an der Kellertür aufbewahrte oder ob er das nur getan hatte, solange ich ein Kind gewesen war. Als ich aufstand, um mich an einen der anderen Tische zu setzen, weil ich das Gefühl hatte, dass das meine Aufgabe war, nahm er meine Hände in seine, drückte sie fest und sagte das eine Wort, das er, seit ich ein kleiner Junge gewesen war, immer zum Abschied zu mir gesagt hatte, und das an diesem Tag, wie so vieles, eine weit größere Gewalt hatte: »Mut.«

Die zehnjährige Tochter einer Bekannten meines Vaters stand vor dem Kuchenbuffet. Mit einem Ausdruck aufrichtiger Konzentration im Gesicht stand sie da in ihrem geblümten Kleid. Eingehend studierte sie die Torten, als wälzte sie eine grundlegende Frage. Dann verkündete sie, an alle und niemanden gerichtet und mit der Überzeugung einer Wissenschaftlerin, die eine bahnbrechende Entdeckung mit der Welt teilt: »Da hätt' der Hans jetzt wieder richtig gefressen, fünf Stücke mindestens.«

Sie sagte wirklich »fressen«, und ich dachte mir, dass sie mit diesem einen Satz meinen Vater besser beschrieb, als es seinem Chef während seiner salbungsvollen Rede am Grab gelungen war.

Am Ende, als die Tische sich langsam leerten, kamen Lukas und die anderen Jungen, mit denen ich früher in der Punkband gespielt hatte, auf mich zu und fragten mich, ob es in Ordnung wäre, wenn sie jetzt gingen. »Klar«, antwortete ich und fragte, ob sie noch etwas vorhätten. »Wir haben jetzt noch einen Termin beim Piercer. Wir lassen uns alle ein Nippelpiercing stechen. Gemeinschaftsaktion, weißt«, fiel es aus Lukas heraus, und ich hatte endlich den Lachanfall, vor dem ich mich beim Betreten der Kirche zu Beginn des Gottesdienstes gefürchtet hatte. Den Rest des Leichenschmauses habe ich vergessen.

Manchmal frage ich mich, ob das, an was ich mich vom Tag der Beerdigung meines Vaters zu erinnern glaube, nicht in Wirklichkeit ganz anders war. Und es wäre ja eigentlich auch leicht zu ergründen, was an diesem Tag wirklich passiert ist. Es gibt Fotos von der Trauerfeier, die ein Bekannter mit meiner Kamera gemacht hat, und rund dreihundert Menschen, die ich fragen könnte. Ich könnte, wenn ich das wollte, diesen Tag wohl fast lückenlos rekonstruieren. Ich könnte, wie Olson, wie Herodot, ein Historiker sein, *looking for oneself for the evidence of what is said.*

Doch das will ich nicht. Ich habe kein Bedürfnis zu wissen, was wirklich passiert ist, als mein Vater bestattet wurde. Die Fotos, die an diesem Tag aufgenommen wurden, habe ich mir nur einmal angesehen, in einem Moment der Schwäche, vor vielen Jahren. Ich will keine Beweise, nicht für diesen einen Tag. In meiner Erinnerung überstrahlt der Tag alles, was davor kam. Die Menschen stehen aufgereiht in einem weichen Licht, sie sind schöner, als sie in

Wirklichkeit waren. Und da ist etwas, das keinen Sinn macht: das erschreckende Gefühl, dass die Beerdigung meines Vaters vor zehn Jahren einer der schönsten Tage meines Lebens war.

Gerade so ist es Nachmittag geworden. Ich sitze immer noch auf der Bank neben dem Kreuz und den Gartenwerkzeugen. Es ist wärmer jetzt. Seit die alte Frau den Kirchhof verlassen hat, bin ich der Einzige hier. Ich bekomme Hunger. Meine Brezen habe ich lange gegessen, auch das Wasser ist leer. Zeit zu gehen. Ich mache ein Foto vom Grab, ich wende mich zum Gehen und kehre noch einmal um. Dann das Anheben des Tores über den Kies, 34 Stufen vom Kirchhof zum Parkplatz. Wie jedes Mal, wenn ich den Kirchhof verlasse, schaue ich reflexartig zum Turm, um zu sehen, ob dort ein Falke sitzt, und sehe keinen. Ich habe seit dem Tag, an dem sie meinen Vater bestattet haben, nie wieder einen Turmfalken über dem Friedhof gesehen.

DIE LEBENDEN UND DIE TOTEN

ICH SETZE MICH auf das alte Raleigh-Fahrrad und fahre zum Ortsausgang. Über den Hügel, vorbei am Stein, der an Napoleon erinnert, zur Kreuzung. Es ist kurz nach sieben Uhr abends, die Sonne steht über der Stadt, sie lässt die Straße weiß glänzen. Es ist kein Zufall, dass ich jetzt hier bin. Ich bin so am Schuppen losgefahren, dass ich rechtzeitig ankomme. Nicht, weil ich glaube, dass um diese Zeit wirklich irgendetwas anders wäre an diesem Ort. Während der unzähligen Male, die ich vor dem Unfall und auch danach hier durchgekommen bin, hat er sich nie verändert. Trotzdem ist die Zeit die einzige Variable, die mich gerade interessiert. Ich will den Ort so sehen, wie er war, als es passiert ist, möglichst so. Ich will mir das Ganze noch einmal ansehen, jetzt, wo ich weiß, was damals passiert ist.

Der Termin, den mir der Gutachter zu Beginn meines Aufenthaltes genannt hatte, ist ein paar Tage her. Schon am Vormittag packte ich die Unfallakte in meine Tasche, im Einkaufszentrum kaufte ich ein neues Notizbuch, in das ich das notieren wollte, was der Mann mir schildern würde. Auch eine Flasche Wein kaufte ich, als Geschenk. Als ich am Nachmittag das frisch gewaschene blaue Oxfordhemd anzog, das ich extra für diesen Termin aufgehoben hatte, fühlte ich mich, als würde ich mich verkleiden. Weil mir in den Tagen im Schuppen ein löchriger Bart gewachsen war, rasierte ich mich, nur den Schnauzer ließ ich stehen. Ich hatte ein Bild gefunden, auf dem mein Vater auch einen trug, und wollte es ausprobieren. Ich schickte Leo ein Foto davon, weil ich fand, dass er mir stand. Sie lachte und fragte mich, ob ich nun endgültig unter die Einheimischen gegangen sei.

Mit dem Auto meiner Mutter fuhr ich nach Regensburg, in ein Wohngebiet in Hanglage am Rand der Stadt. Das Büro des Gutachters lag in einem der quadratischen Häuser, die jemand dort Anfang des letzten Jahrhunderts gebaut hatte. Der Gutachter, der wohl um die sechzig war und dessen Hemd die gleiche Farbe hatte wie das, das ich trug, führte mich in sein geräumiges Wohnzimmer, an einen langen Esstisch aus massivem Holz.

In den darauffolgenden Stunden lasen wir gemeinsam die Akte, jede einzelne der mehr als fünfzig Seiten schauten wir uns an. Manchmal fragte ich ihn etwas, dann erklärte er es mir sehr freundlich und ausführlich. Er zeigte mir anhand der Fotos, die er damals an der Unfallstelle gemacht hatte, wie die Kollision zustande gekommen war, und auch die Fotos, die er, als die beiden Fahrzeuge schon auf dem Hof des Abschleppdiensts gestanden waren, vom Motorrad meines Vaters gemacht hatte, sahen wir uns an. Auf einem von ihnen hing es am Hinterrad an einer Kette, die oben an einem kleinen Kran befestigt war, und ich bemerkte, dass es aussah wie ein kapitaler Hirsch, den ein Jäger zum Ausbluten an den Hinterbeinen an ein Holzgestell gehängt hatte. Bis auf die kaputte Vorderachse und das verbogene Vorderrad erschien es mir erstaunlich intakt. Es machte mir nichts aus, es so zu sehen.

Auf der Hinfahrt war ich besorgt gewesen. Ich hatte erwartet, dass es mich belasten würde, wenn jemand mir von dem Unfall erzählte, aber selbst als wir den Obduktionsbericht lasen und er mir die Verletzungen erläuterte, die auf der Unfallanzeige nur als

»Polytrauma« zusammengefasst waren, konnte ich das aushalten. Nur dass der Gerichtsmediziner meinen Vater, der für alle immer nur »Hans« gewesen war, durchgehend »Johannes« nannte, hinterließ in mir ein eigenartiges Gefühl. In das neue Notizbuch schrieb ich nichts. In einer Pause nahm der Gutachter mich mit in den Garten, wo er Igel fütterte, denen er im letzten Winter beim Überleben geholfen hatte. Er öffnete den Deckel einer Holzbox, die an der Rückwand seines Hauses stand, stellte eine Schale mit Katzenfutter hinein, und wir sahen den Tieren dabei zu, wie sie sich schmatzend darüber hermachten.

Als wir so da standen, fragte er mich, ob ich ein Bild von meinem Vater habe. Er sehe die Menschen immer nur, wenn sie tot seien, erklärte er. Er versuche dann oft, sich vorzustellen, wer sie waren, als sie noch lebten, und habe es sich angewöhnt, am Schluss jeder Autopsie Porträts von den Toten zu machen. Wenn er diese Bilder beim Schreiben des Gutachtens betrachte, sagte er, auf denen die Menschen, sofern sie keine Gesichtsverletzungen davongetragen hatten, immer friedlich aussähen, frage er sich oft, ob das Bild, das er sich in diesem Moment mache und für das ihm ja nichts zur Verfügung stehe außer dem wenigen, was sie zum Zeitpunkt des Unfalls bei sich hatten, der Realität entspreche.

Ich suchte ein Foto auf meinem Handy heraus. Als ich es ihm zeigte, war er überrascht. Er habe sich meinen Vater ganz anders vorgestellt, sagte er und fragte, ob ich ihm nicht ein wenig von ihm erzählen könne.

Den Rest des Abends redeten wir kaum noch über den Unfall selbst. Stattdessen sprachen wir bei einigen Espressi über meinen Vater, er erzählte von seiner Arbeit und ich von meinem Schuppen, den ich »Schreibwerkstatt« nannte, obwohl ich in den letzten Wochen kaum etwas geschrieben hatte. Ich erzählte ihm auch von den Gegenständen meines Vaters, die ich im Schuppen ausgelegt hatte wie in einem Museum, und er erwiderte, dass es schon seltsam sei, wie die banalsten, an sich ja toten Objekte bisweilen eine Bedeutung annähmen, die nichts mehr mit ihrer ursprünglichen Bestimmung zu tun habe, und so auf eine Weise fast selbst lebendig würden.

Auf dem Weg zurück nach A. rief ich Leo an. »Ich habe das Gefühl, es jetzt ein wenig besser zu verstehen«, erzählte ich ihr von meinem Gespräch mit dem Gutachter, und dass der ganze Abend insgesamt sehr angenehm gewesen sei. Dann sagte ich, dass ich nur noch eine letzte Sache tun wolle, bevor ich nach Hause zurückfahren würde.

Den Hügel hinunter lasse ich das Fahrrad ausrollen. Das letzte Mal, dass ich den Unfallort von Nahem betrachtet habe und stehen blieb, statt nur hindurchzufahren, ist beinahe zehn Jahre her.

Einige Tage nach dem Unfall, als die neonfarbenen Markierungen der Polizei noch auf dem Asphalt zu sehen waren, gesprühte Umrisse eines Motorrads und einer Form, in der ich glaubte, ihn zu erkennen, nahm ich ein laminiertes Foto mit zur Kreuzung und band es mit Geschenkband an das Stoppschild auf der Verkehrsinsel. Ich tat das, um dem Ort wenigstens ein bisschen von seiner Beliebigkeit zu nehmen. Als ich ein paar Tage später zurückkam, war das Foto verschwunden. Es schien mir damals, als wehre sich der Ort dagegen, erkannt zu werden, als setze er alles daran, sich selbst wieder zu vergessen und auch von allen anderen vergessen zu werden. Ich hörte auf hinzugehen.

Ich überquere die Straße und stelle das Fahrrad an den Schotterweg, der früher zum Steinmetz hinunterführte und heute nirgendwohin. Hinter den Grabsteinen, die noch immer auf dem Grundstück stehen, hat jemand alte Campinganhänger geparkt. Am Straßenrand entlang gehe ich ein paar Meter in Richtung des Dorfes und lehne mich an die Leitplanke. Obwohl ich weiß, dass das unsinnig ist, schaue ich kurz auf den Asphalt, um zu sehen, ob ich dort noch irgendwelche Reste der Markierungen finden kann. Ein kleines plattgefahrenes Tier liegt mitten auf der Fahrbahn, es muss schon seit Tagen hier liegen. Der Kadaver ist vertrocknet, und nur noch die in sich verdrehte, borstige Haut ist übrig davon.

Am Rand der Straße finde ich einen rostigen Ring aus Metall, der wie eine große Unterlegscheibe aussieht. Woher er kommt, weiß ich nicht. Vielleicht ist er von einem Lastwagen gefallen, vielleicht ist es etwas ganz anderes. Wie aus einem Reflex heraus stecke ich ihn in meine Hosentasche. Ich schaue auf meine Uhr, es ist kurz vor halb acht. So könnte es damals hier ausgesehen haben. Es ist trocken und warm, später wird es womöglich regnen. Ein paar Autos fahren vorbei, ein Lastwagen.

Erst als ich mich umdrehe, um zum Fahrrad zurückzugehen, sehe ich das Haus. Als würde es sich in der Böschung verstecken wollen, steht es im Windschatten hinter den hohen Sträuchern neben der Erdrampe, auf der die Staatsstraße in Richtung der Stadt zur Brücke über die Bundesstraße hinaufführt. Ich sehe es zum ersten Mal. Am Fahrrad angekommen, gehe ich den Schotterweg hinunter, fast renne ich. Ich laufe um einen tropfenförmig geschnittenen Busch herum und zur Haustür. Ich drücke den Klingelknopf und höre kein Geräusch. Als ich klopfe, höre ich niemanden. Ich luge durch die langen, verglasten Schlitze in der Tür und sehe, dass das Haus wohl schon seit einiger Zeit leer steht.

Im Flur lehnt ein Kinderauto aus rosa Plastik an der Wand, sonst ist da nichts. Auf dem Briefkasten klebt eine Visitenkarte für einen KFZ-Service, sie ist schon etwas ausgeblichen. Ich rufe die Nummer an, die darauf steht, viel Hoffnung, jemanden zu erreichen, mache ich mir nicht.

Eine Männerstimme antwortet. Ich sage, dass ich die Nummer von der Visitenkarte habe, die an dem Briefkasten klebt. Ja, das sei sein Elternhaus, antwortet er, aber da wohne niemand mehr. Ich entschuldige mich, dass ich ihn am Feierabend störe. Ich habe, wie er, als Kind in der Stadt gelebt und sei, nachdem ich lange weg gewesen sei, für einige Zeit hierher zurückgekommen, um etwas über den Tod meines Vaters herauszufinden. Der habe vor zehn Jahren an der Kreuzung neben seinem Elternhaus einen Motorradunfall gehabt. Ob ich denn wisse, wer der andere Fahrer gewesen sei, fragt er und wartet, als wäre der Name ein Passwort, das ich wissen müsste, damit er mit mir spricht. Ich sage ihm den Namen. Ja, er erinnere sich, höre ich seine Stimme jetzt im Telefon sagen, er habe damals noch zuhause gewohnt. »Ich komm kurz vorbei«, sagt er, »dauert nur eine Viertelstunde.«

Zwölf Minuten später bremst ein BMW auf dem Schotterweg. Ein Mann in Jogginghosen, der nicht mehr als ein paar Jahre älter sein kann als ich, steigt aus und gibt mir die Hand. Ich versuche noch einmal, mich zu erklären, und sage, dass es mir leidtue, ihn so zu überfallen. »Kein Problem«, antwortet er. Er sei, als damals der Unfall passierte, gerade mit seinem Mofa vom Angeln gekommen, erzählt er, die Fische, die er gefangen hatte und seine Ausrüstung hatte er in seinem Anhänger. Der Unfall musste, als er heranfuhr, schon eine Weile her gewesen sein. Die Straße sei in weitem Radius abgesperrt gewesen, sodass er von hinten über die Feldwege nach Hause fahren musste. Viel habe er nicht davon gesehen, aber das weiße Auto und das Motorrad habe er ausmachen können, ungefähr da, wo der Kadaver liege, und drumherum sei Sand gestreut gewesen, wegen des Benzins. Hier in der Nähe seien damals andauernd Unfälle passiert, sagt er, besonders auf der Bundesstraße habe sich fast jedes Wochenende jemand »darennt«.

Ich weiß, was er mit dem Wort meint. Die Bundesstraße galt, als ich hier lebte, als die gefährlichste Straße im Landkreis, weil sie nur einspurig war, aber gleichzeitig so gerade, dass sie zum Rasen und zu gefährlichen Überholmanövern einlud. Vor allem junge Männer, die gerade erst ihren Führerschein gemacht hatten, sagten die Leute immer, würden besonders oft sterben, und als ich meinen hatte, schien es mir, wenn ich auf ihr fuhr, wirklich so, als stünde jede Woche ein neues Kreuz zwischen den Leitpfosten.

An den Unfall meines Vaters erinnere er sich aber nicht nur deshalb, weil er die Unfallstelle gesehen habe, sagt der Mann. Er sei damals selbst Motorrad gefahren, eine Rennmaschine, mit der er regelmäßig die Bundesstraße auf und ab heizte, nicht um irgendwo hinzukommen, sondern um schnell zu sein. Nach dem Unfall meines Vaters habe er das Motorrad verkauft, sagt er.

Wir sind gerade dabei, uns zu verabschieden, als er plötzlich in Richtung der Kreuzung zeigt. »Das ist er ja«, sagt er, »der Unfallfahrer.« Er sagt irgendetwas von einem Firmengebäude im Gewerbegebiet, doch das höre ich nur halb. Ich drehe mich um und sehe einen Mann in einem weißen SUV an die Kreuzung heranfahren. Er ist älter, um die fünfzig, er trägt eine Brille. Er hat kurze braun graue Haare, er hat einen leichten Stoppelbart. Er sieht erschöpft aus, wie ein Mensch eben aussieht, der am Ende eines Tages nach Hause fährt. Er wird langsamer. Er wird langsamer und bleibt stehen. Er blinkt, er biegt in die Staatsstraße ein.

Zum Unfallzeitpunkt führte der 01 seinen Abbiegevorgang nach links durch und übersah den 02.

Er beschleunigt langsam, der Asphalt ist immer noch weiß von der Sonne. Er fährt die Straße hinauf, oben angekommen sticht das weiße Auto kurz aus dem Horizont heraus. Dann ist er verschwunden.

Zum Zeitpunkt des Unfalls herrschte Sonnenschein, die Fahrbahn war trocken.

CRASH

WAHRSCHEINLICH BEGANN ES DAMIT, dass sein Vater ihn anrief. Der Junge ruft seinen Vater selten an, er hat keine Zeit, während des Semesters andauernd mit ihm zu telefonieren, er hat schließlich wichtige Dinge zu tun. Warum genau sein Vater anrief, hat er vergessen. Wahrscheinlich wollte er irgendetwas von ihm. Irgendwelche Unterlagen, eine Immatrikulationsbestätigung für die Steuer, irgendeinen unwichtigen Mist. Aber es ist auch egal, wie es anfing und worum es eigentlich ging. Darum geht es schon lange nicht mehr.

Der Junge steht im Innenhof hinter dem Café, in dem er zwischen seinen Vorlesungen und Seminaren seine Zeit verbringt. Es liegt gleich neben dem Fakultätsgebäude, es gibt dort Internet und außerdem kostet ein Espresso dort nur einen Euro und man muss nur etwa jede Stunde einen neuen kaufen, damit der Besitzer einen nicht schief anschaut. Zumindest, solange er einen noch nicht kennt. Doch weil der Junge im letzten Jahr fast jeden Tag dort war und Espresso getrunken hat und eigentlich immer schon draußen wartet, wenn der Cafébesitzer morgens die Tür aufsperrt, nimmt der das mit der Karenzzeit zwischen den Kaffees nicht mehr so genau. Der Junge hat sogar das Gefühl, dass er ihm seinen Tisch an der Tür, die ins Lager führt, extra freihält. Sein Studentenwohnheim liegt am anderen Ende der Stadt, deshalb geht er untertags selten nach Hause. Er hat sich sogar schon einmal

Post hierherschicken lassen, aber weniger weil es wirklich praktisch ist, sondern weil er gelesen hat, dass die großen Autoren das so gemacht haben im Fin de Siècle. Außer ihm und dem Cafébesitzer weiß das aber niemand.

Der Junge schreit in sein Handy. Wenn er ehrlich ist, weiß er gar nicht so richtig warum, aber sein Vater schreit auch, und er will sich das nicht gefallen lassen. Eigentlich hasst er es, sich zu streiten, so sehr, dass er selbst die Konflikte vermeidet, die notwendig wären. Wenn ihm das einmal nicht gelingt, ist er jedes Mal noch am Tag danach so erschöpft, dass er nur schlafen kann.

Das, was gerade mit ihm passiert, ist jedoch etwas völlig anderes. Er erschrickt vor sich selbst. Die Dinge, die er ins Telefon brüllt, haben längst nichts mehr mit irgendeinem wirklichen Thema zu tun. Er hat das Gefühl, dass er ein anderer Mensch geworden ist. Als hätte er eine Grenze übertreten, von der er zuvor nicht wusste, dass sie existiert, und hinter der keine der üblichen Regeln noch etwas gilt. Hinter dieser Grenze geht es nicht mehr um Logik oder Lösung und auch nicht mehr um irgendeinen Sieg, sondern nur noch darum, größtmöglichen Schaden anzurichten. Der Person, zu der er in diesem Moment geworden ist, geht es darum, den Mann am anderen Ende der Leitung, den er nur noch schwach als seinen Vater erkennt, zu bestrafen. Raubvogelgleich fokussiert sich seine ganze Aufmerksamkeit auf die verwundbarsten Stellen dieses Mannes, und er schlägt zu, ohne Rücksicht auf irgendetwas. Und sieht sich ohnmächtig und verwundert selbst dabei zu.

Ach, er soll aufhören zu brüllen? Warum hält er nicht selbst seine Schnauze, warum ist er überhaupt schockiert, dass sein Sohn laut ist, er wundert sich eher, dass es ihn nicht verwirrt, wenn er leise spricht, schließlich ist er doch der König des in Maximallautstärke geführten Streits, er hat einfach vom Meister gelernt, also bitte ein bisschen mehr Stolz für das, was er im Leben erreicht hat und dass er die Familientradition aufrechterhält, fang dich mal wieder ein. Und überhaupt, wäre er nicht während der gesamten Ehe mit seiner Mutter so ein Griesgram gewesen, dann hätte sie ihn auch nicht vor einigen Jahren rausgeschmissen, und, ehrlich gesagt, versteht er seine Mutter auch, sie hätte das schon viel früher machen sollen, es war ja am Ende auch wirklich für jeden ersichtlich, wie tot dieser Gaul war, den sie da weiter durch dieses wüste Land zogen, das sie Ehe nannten, und überhaupt, was erdreistet er sich eigentlich, ihn anzurufen und zu sagen, dass er sich keine Zeit für die Dinge nimmt. Wie wäre es denn gewesen, in den vergangenen zwanzig Jahren einfach mal da zu sein, statt sich in seiner Werkstatt zu verbarrikadieren oder mit dem Motorrad zu fliehen und das dann »Touren« zu nennen. Wann hat er sich denn bitte wirklich einmal für ihn interessiert, jenseits irgendwelcher Alibiunternehmungen? Andere Väter wüssten doch auch, dass ein Vater wenigstens ein Mindestmaß an Interesse für seinen Nachwuchs zeigen sollte und dass eine Beziehung zwischen Vater und Sohn vor allem von der Zeit lebt, die man miteinander verbringt, und es tut ihm ja leid, aber alles andere reicht höchstens für einen Status als grantiger, älterer Untermieter, er soll sein Maul halten.

Der Junge meint nichts von dem, was er sagt. Er kann sich aber auch nicht stoppen. Wie Sperrfeuer verlassen die Worte seinen Kopf, sind ausgesprochen, bevor er sie gedacht hat. Erst nach ein paar Sekunden bemerkt er, dass sein Vater gar nichts mehr sagt.

»Fuck you!«, schreit der Junge. Er streckt seinen Mittelfinger in die Luft, als könnte sein Vater das sehen. Dann legt er auf.

Als der Junge durch den Hintereingang ins Café zurückkommt,

fragt der Cafébesitzer hinter der Bar, ob er Stress habe. Mein Vater, antwortet der Junge, und sein Herz ist eine Dampfmaschine. Er bestellt noch einen Espresso, trinkt ihn und bereut es sofort, weil er auf einmal so zittert. Er schaut die Folge der Comedyserie auf seinem Laptop fertig, die gerade alle schauen und die sein Vater, als er anrief, unterbrochen hat.

Als sein Vater am nächsten Tag anruft, geht der Junge nicht ans Telefon. Er wäre schon rangegangen, er ist nicht mehr wütend, und das, was er seinem Vater an den Kopf geworfen hat, tut ihm einen Tag später auch leid. Doch als sein Handy klingelt, ist er gerade mit Freunden beim Schwimmen. Im Winter haben sie eine abgelegene Schleife im Fluss gefunden, die ein Stück des Ufers so einrahmt, dass man sich, wenn man im Frühling mit seinen Handtüchern und ein paar Flaschen Sekt dort liegt, fast so fühlt, als wäre man auf einer kleinen Insel, weit weg vom Rest der Welt. Am Abend drückt ein Sturm in das Flusstal, und als sie nach Hause gehen und er wieder Empfang hat, sieht der Junge den verpassten Anruf seines Vaters. Er ruft nicht zurück. Das Gewitter dauert die ganze Nacht an. Der späte Mai ist stürmischer als gewöhnlich in diesem Jahr. Mitte Juni wird er für ein paar Tage nach Hause fahren.

IM DICKICHT

»IN COLD HELL, IN THICKET«, »Collected Poems«, Seite 155. Es ist das eine Gedicht von Charles Olson, das ich immer vermieden habe. Als ich es zum ersten Mal las, hielt ich es kaum aus. Es jagte mir damals eine unglaubliche Angst ein, dass dieser Text derartige Gefühlswallungen in mir auslöste.

In cold hell, in thicket, how (...)
strung, how cold
can a man stay (can men) confronted
thus?
(...)

Die tiefe Hoffnungslosigkeit, die Olson darin zu beschreiben scheint, überwältigte mich. In seinen anderen Gedichten gelingt es ihm fast immer, aus den obskursten Quellen etwas herauszulösen; in diesem stellt er fast ausschließlich Fragen, auf die er keine Antworten findet. Vielleicht war es sein ohnmächtiger Appell am Ende der ersten Strophe, seine Frage, wie sich ein Mensch angesichts einer unlösbaren Situation verhalten solle. Vielleicht war es die Tatsache, dass er, den ein anderer Künstler einmal »die große Feuerquelle« nannte, in diesem Gedicht fast völlig ausgelöscht erscheint. Das Gedicht dieses Mannes, mit dem mich eigentlich ja nichts verband und der fast zwanzig Jahre vor meiner Geburt gestorbe ist, kam mir wie ein unglaublich lautes Echo vor, und gleichzeitig verstand ich es überhaupt nicht.

Am Nachmittag sitze ich an einem der Plastiktische auf dem Stadtplatz, und obwohl ich nicht hier sein will, schaffe ich es nicht wegzugehen. Ich versuche, an nichts zu denken, und es gelingt mir nicht. Als läge da ein Porträtfoto, sehe ich das Gesicht des Fahrers des weißen Autos vor mir. Solange ich noch hier lebte, fragte ich mich regelmäßig, ob ich ihm schon irgendwo einmal begegnet war, ohne zu wissen, dass er es war. Nachdem ich weggezogen war, hatte ich es vermieden, ihn mir vorzustellen. Nicht weil ich ihm gegenüber Hass empfand, ich kannte ja die Fakten, und ich hatte beim Autofahren selbst oft genug jemanden an einer Kreuzung erst dann gesehen, wenn es fast schon zu spät war. Ich betrachtete es logisch. Und trotzdem, oder vielleicht deshalb verzerrte mein Unterbewusstsein ihn. Er wurde gestaltlos, ein Nebel in einem Fahrzeug. Ein Mensch war er nie, bis ich ihn an der Kreuzung sah.

Ein älterer Herr, der so aussieht, als könnte er mir sympathisch sein. Ein älterer Herr, auf den ich wütend sein kann. Jemand, dem das einfach nur passiert ist. Jemand, dem *das* passiert ist. Der Mann, der einem Zufall zum Opfer gefallen ist. Der Mann, der meinen Vater getötet hat. Der Mann, dessen Leben danach weiterging. Der Mann, dessen Leben danach weiterging.

Ich trinke Espresso Macchiato. Ich trinke Apfelschorle. Ich hoffe, dass er um die Ecke kommt, dass er nicht um die Ecke kommt. Ich will hier weg und kann nicht.

What has he to say?
In hell it is not easy
to know the traceries, the markings

Schreibtisch. Noch einmal ein Interview. Es war ja besser nach meinem Treffen mit dem Gutachter. Ich muss es einfach besser verstehen, ich brauche mehr Beweise. *Be an historian as Herodotus was.* An einem Vormittag rufe ich in der Polizeiinspektion der Kreisstadt an. »Guten Tag, entschuldigen Sie, dass ich Sie so überfalle, ich würde gerne mit zwei Beamten sprechen, die vor ein paar Jahren zu einem Unfall gerufen wurden, es ging dabei um meinen Vater.« Die Frau am anderen Ende der Leitung ist freundlich, gerne wolle sie mir helfen, antwortet sie. Ich nenne ihr die Namen der Polizisten, die den Unfallbericht geschrieben haben. Das tue ihr jetzt sehr leid, antwortet sie. Einer habe die Dienststelle gewechselt, einer sei in Pension. »Könnten Sie mir sagen, wie ich sie jetzt erreichen kann?« Es tue ihr leid, aber das könne sie nicht, wegen der Vorschrift. Ob ich es schon bei der Gerichtsmedizin probiert habe, die stünden ja auch in der Akte.

Ich rufe den Gerichtsmediziner an. »Guten Tag, entschuldigen Sie, dass ich Sie so überfalle, ich würde gerne mit Ihnen über einen Mann sprechen, den Sie vor zehn Jahren …« Er werde nicht mit mir sprechen, sagt er. »Es geht gar nicht um irgendwelche kritischen Fragen, ich will nur verstehen, der Mann war mein Vater.« Er habe schon verstanden, was ich wolle, aber er werde nicht mit mir sprechen, Wiedersehen.

Die Notärztin, die meinen Vater an der Kreuzung versorgte, hat einen seltenen Namen. Ich versuche sie zu finden. Sie müsste leicht zu finden sein. Ich finde sie nicht.

(…) hell now is not exterior, is not to be got out of, is
the coat of your own self, the beasts
emblazoned on you (…)

Die Hölle ist ohne Ausweg, sagt Olson, weil man nicht in ihr ist. Die Hölle ist der Mantel des eigenen Ichs. Die Hölle sind die Bestien, die auf einem selbst prangen. Olsons Hölle sind seine eigenen Gedanken, die sich so sehr in ihm befinden wie er sich in ihnen, sie existiert und gleichzeitig existiert sie nicht. Das Dickicht, in dem man steckt, ist man selbst. Und jeder Versuch, es zu roden, mit Feuer oder Machete, zerstört am Ende immer alles und nicht nur das Unkraut.

Freibad. An einem heißen Nachmittag rennt Paulina mit einem aufblasbaren Krokodil über die Handtücher. Das Tier ist doppelt so groß wie sie, sie hält es über ihren Kopf wie ein Surfbrett. Ohne abzubremsen, pflügt sie ins Wasser. Fünf Minuten später steht sie auf einem großen Stein in der Mitte des Beckens wie eine Fregattenkapitänin, die ihre Mannschaft auf einen Seekrieg einschwört.

Marie sitzt neben mir. Sie trägt einen schwarzen Badeanzug mit weißen Punkten und eine große Sonnenbrille, durch die ich ihre Augen nicht sehen kann. Sie sieht aus wie eine französische Schauspielerin, die den Sommer von 1953 an der Riviera verbringt. Der Sonnenschirm ist gelb gestreift, von seinem Rand hängen weiße Fransen. Paulina rennt aus dem Wasser heraus auf uns zu. Marie gibt ihr eine Limonade und einen Strohhalm. Marie sagt etwas zu mir, das ich nicht verstehe.

»Warum hörst du mir denn nicht zu?«

Sie fragt, ob alles in Ordnung sei mit mir, ich sei so still. Sie sieht mich an, wie sie mich früher ansah, wenn sie sich Sorgen um mich machte. Ich kann nichts sagen.

All things are made bitter, words even
are made to taste like paper

Fluss. Es ist früher Abend. Lukas sitzt hinter mir auf dem Boot, fast eine Stunde schon. Der Fluss unter uns ist schmutzig. Ich habe ihn gefragt, ob er mit mir Kanu fährt. Wir sind noch nie miteinander Kanu gefahren. Wir paddeln langsam, wir schaffen es nicht, das Boot richtig zu steuern. Jedes Mal, wenn wir an eine enge Kehre oder ein Hindernis kommen, kentern wir fast. Als ich ein Kind war, musste mein Vater mir ein Kinderbuch öfter vorlesen als jedes andere. Drei Jungen schwänzen darin die Schule, um einen Tag lang auf dem Reifen eines Traktors ihren Fluss hinunterzufahren. Auf der ersten Seite des Buches war eine Karte, auf der man ihre Reise nachverfolgen konnte, auf der letzten sah man die Tiere, die am Fluss leben. Die meisten von ihnen waren Vögel. Ich war damals noch nie auf einem Traktorreifen meinen Fluss hinuntergepaddelt. Es gab Tage, an denen wollte ich nichts mehr als das. Auf dem Fluss, dachte ich mir als Kind, vergisst man alles Unwichtige.

Am Rand des Flusses hängt langes Gras ins Wasser. An manchen Stellen geht das Kanu fast auf Grund. Lukas sitzt hinter mir, er hört auf zu rudern. »Können wir bitte wieder heimfahren?«, fragt er. Zurück an der Anlegestelle, ziehen wir eine Plane über das Boot. Lukas geht nach Hause. Ich bleibe am Fluss.

(…) this
is the abstract, this
is the cold doing, this
is the almost impossible

EIN RICHTIGER JUNGE

ICH STEHE AUF DEM FRIEDHOF von Mariä Himmelfahrt, es ist früher Abend. Ich bin hier, weil ich nicht weiß, wo ich sonst hinsoll. Die vergangenen Tage habe ich auf dem Stadtplatz verbracht, sitzend, auf einem der Plastikstühle. Wartend, ohne zu wissen auf was. Wie lange das schon so geht, weiß ich nicht. Die Tage haben ihre Konturen verloren. Heute hat mich das Glockenspiel am Rathaus von dort vertrieben. Sie haben es wieder aufgehängt, und zum ersten Mal dröhnte wieder »Gott mit dir, du Land der Bayern« über den Platz. Ein paar Leute an einem der Tische im Café nebenan begannen zu klatschen, ob es Touristen oder Einheimische waren, konnte ich nicht erkennen. Ich verließ den Platz und lief zum Friedhof, auf der großen Straße diesmal, nicht durch die Wiesen. Durch das teure Wohngebiet an einem Hang am Rand der Stadt schlich ich mich zum Hügel, auf dem die Kirche steht. Statt der 34 Stufen vom Parkplatz zur Kirche nahm ich diesmal die schmale, steile Treppe, die durch den Wald zur Rückseite der Kirche führt. Das kleine Eisentor an ihrem Ende stand offen. Jetzt stehe ich vor dem Grab, seit mehr als einer Dreiviertelstunde schon. Gestern habe ich Leo geschrieben und ihr gesagt, dass ich mich geirrt habe, dass ich nichts von alldem verstehe. Sie rief mich an, und ich konnte mich nicht dazu bringen dranzugehen. Ich höre den Kies hinter mir knirschen, aber ich drehe mich nicht um. Das Letzte, was ich jetzt will, ist von einer der Frauen, die die Gräber pflegen, in ein Gespräch verwickelt zu werden. Die Schritte kommen näher, aber sie gehen nicht nach links zum Unterstand, in dem die Geräte stehen.

»Entschuldigung, aber bist du der Sohn vom Hans?«

Ich fahre herum wie ein aufgeschrecktes Tier. Ein junger Mann steht hinter mir auf dem Kies, er trägt eine gelbe Kappe, er hebt beschwichtigend seine Hände. Es tue ihm leid, dass er mich erschreckt habe, sagt er. »Schon in Ordnung«, antworte ich. Ich sei gerade ein wenig schreckhaft. Und, ja, ich sei der Sohn vom Hans, warum er das denn wissen wolle.

»Du schaust so aus wie er, du stehst so, wie er manchmal gestanden ist«, sagt er.

»Kennen wir uns?«

»Ich bin Nico.«

Es dauert einen Moment, bis ich den Namen zuordnen kann. Als ich ihn zum letzten Mal sah, war er ein Grundschüler, eine Brille hatte er schon damals. »Der Nico mit dem Stein?«, frage ich ihn. Er versteht sofort, was ich meine. Es gibt nur einen hier. Ja, das sei seiner, sagt er und zeigt auf den bemalten Stein, der auf der Grabplatte liegt. Er fragt, ob er sich neben mich stellen dürfe, ich antworte, dass es mir nichts ausmache. Eine Weile stehen wir schweigend da, dann frage ich ihn, was er denn hier mache.

»Ich komm alle zwei Wochen«, sagt er.

»Warum?«, frage ich.

»Mach ich eigentlich schon seit zehn Jahren.« Nach einer Weile, mehr aus Verlegenheit, frage ich ihn, warum er damals den Stein bemalt hat. »Lange oder kurze Antwort?«, fragt er. Ich sage, dass ich nirgendwo dringend hinmüsse. Er beginnt zu erzählen.

Seine Mutter lernte meinen Vater kennen, als er vier war, sie studierte damals Soziale Arbeit und machte ein Praktikum an der Einrichtung, in der mein Vater arbeitete. Irgendwann erzählte mein Vater ihr von seinem Hund, und da sie auch einen Hund hatte, beschlossen sie, gemeinsam spazieren zu gehen. Wann sie Freunde wurden, weiß Nico nicht mehr, aber die gemeinsamen Spaziergänge an den Wochenenden, auf denen auch er immer dabei war, wurden zu einer Gewohnheit. Von da an sei mein Vater in ihrem Leben gewesen, so präsent, dass einmal eine Nachbarin seine Mutter sogar fragte, ob »der Mann mit Hut« ihr neuer Partner sei. Aber so etwas sei das nie gewesen, sagt Nico. Mein Vater war für seine Mutter ein guter Freund, einer, den man um Rat fragen konnte, wenn man einen Rat brauchte. »Auch für mich«, sagt Nico, »wurde Hans schnell zu einer sehr wichtigen Person.« Die Spaziergänge, die sie durch den ganzen Landkreis führten, seien Ereignisse gewesen, denen er in den Wochen zuvor regelrecht entgegengefiebert habe.

Er habe es damals schwer gehabt in der Grundschule, sagt er, weil er nicht Fußball spielte und auch sonst nicht so war, wie die meisten Menschen sich hier einen richtigen Jungen vorstellten.

Die Touren mit Hans und den Hunden, erzählt er weiter, seien für ihn immer so etwas wie ein Reset, ein Urlaub vom Alltag gewesen. »Danach fiel mir alles immer ein wenig leichter, weil er mir das Gefühl gab, dass ich schon in Ordnung war und wert, ernst genommen zu werden.« Wahrscheinlich habe er auch deshalb kurze Zeit, nachdem er gestorben war, angefangen, alle zwei Wochen vom Haus seiner Mutter, das nur ein paar hundert Meter entfernt im Wohngebiet liegt, hierherzukommen. Allerdings falle ihm diese Verbindung erst jetzt auf, wo er mir das so erzähle. Er nimmt den Stein von der Grabplatte und hält ihn für eine Weile in der

Hand, ich habe ihn bei meinen Besuchen nie von der Grabplatte genommen. Auf der Rückseite sind ein brauner Hund, ein kleiner Junge und eine Frau gemalt. »Ich wollte sicherstellen, dass ich das alles nicht vergesse. Wie man sich das als Kind halt so denkt«, sagt er.

Ein paar Stunden vor seinem Unfall habe Hans noch auf ihren Anrufbeantworter gesprochen. Das habe seinen Tod für ihn als Kind sehr unwirklich gemacht, sagt er. »Meine Mutter hat die Nachricht damals aufgenommen. Ich habe sie auf meinem Handy, willst du sie hören? Deine Stimme klingt ein bisschen wie seine, aber man hört, dass du lange Englisch gesprochen hast.« Er entsperrt sein Telefon und sucht eine Weile herum, dann öffnet er eine Audiodatei und drückt den Play-Button.

Zuerst hört man ihn sprechen, er ist jünger, und er sagt, dass das der Anrufbeantworter seiner Mutter sei und auch sein eigener. Dann höre ich die Stimme meines Vaters.

»Hey, ich erreich dich grad nicht, wahrscheinlich bist du gerade mit deiner Mama irgendwo unterwegs. Ich probier's einfach später nochmal. Ich freu mich, wenn wir uns am Wochenende sehen. Ciao!«

IV | VI

ES IST ABEND, EIN DONNERSTAG in einer Reihe von Donnerstagen, Juni. Der Junge steht am Spielfeldrand. Er steht immer am Spielfeldrand. Sein Freund Bodo hat ihn überredet mitzukommen. Sie sind im zweiten Semester, die Mannschaft ihres Studiengangs spielt beim Turnier der Studiengänge. Bodo jubelt ein paar Meter von ihm entfernt. Er versteht Fußball. Der Junge versteht Fußball nicht, aber hier scheint beides egal zu sein. Der Junge findet das schön.

Alle, die der Junge kennt, sind hier, am Sportplatz der Universität auf dem Hügel über der Altmühl. Nach dem Spiel werden sie vielleicht noch etwas trinken gehen. Er hat sowieso keine Lust, heute mit der Studienarbeit anzufangen, die er seit Wochen vor sich herschiebt.

Seit mehr als einem Monat war der Junge nicht mehr zu Besuch bei seinen Eltern, es ist die längste Zeit, die er je weg war. Früher fuhr er jedes Wochenende heim, zur Bandprobe oder um mit dem Bandbus zu irgendeinem Auftritt zu fahren. Seit er die Band verlassen hat, muss er das nicht mehr. Anfang Mai spielte er in Ingolstadt sein letztes Konzert. Bodo war mitgekommen. »Damit ich die Band, mit der du beinahe groß rausgekommen wärst, wenigstens einmal sehe.« Dabei hatte er gelacht. Der Junge hatte auch gelacht, noch wenige Monate zuvor hätte er ihm diesen Witz übelgenommen. Mit dem klapprigen Mercedes einer Kommilitonin fuhren sie zum Auftritt. Auf der Hinfahrt, die nur eine halbe Stunde dauerte, machte der Junge sich über eine kleine Hula-Tänzerin aus Plastik lustig, die auf dem beigen Armaturenbrett mit ihrem Bastrock hin und her wackelte. Am Lokschuppen, in dem sie an diesem Abend spielen würden, stand das Motorrad. Sein Vater war gekommen, er hatte ihm nichts davon gesagt, und er hatte wieder seine Kamera dabei. Es gab aber nicht viel zu fotografieren, der Saal blieb fast leer. Ein Jahr zuvor wäre der Junge deswegen enttäuscht gewesen. Er wunderte sich darüber, dass es ihm an diesem letzten Abend nichts auszumachen schien. Fast mechanisch spielte er die Songs, sang die Texte, die sich, obwohl er sie selbst geschrieben hatte, schon nicht mehr wie die seinen anfühlten. Als Zugabe spielten sie »Kill All the White Men« von NOFX, ein letztes langes Trompetensolo, dann war es vorbei. Im Backstage-Raum gab er Lukas, Tim, Duke und den anderen, die schon etwas betrunken in den abgewetzten Ledersofas hingen, die Abschiedsgeschenke, die er für sie zusammengestellt hatte. Sie überreichten ihm feierlich eine große Plastiktüte mit den Boxershorts, die sie während des Auftritts getragen hatten. Er bedankte sich und ging nach draußen, um seinen Vater zu sehen.

Der stand bei seinem Motorrad und rauchte eine Zigarette. »Und?«, fragte er, als er seinen Sohn kommen sah. »Ja«, antwortete der Junge. Er mochte es nicht, wenn sein Vater rauchte, hatte jahrelang versucht, ihn zum Aufhören zu bewegen. Er wusste an diesem Abend nicht, dass er wenige Wochen später selbst damit anfangen würde. Als der Junge neben seinem Vater stand, wurde er auf einmal sehr traurig. Er dachte an die Wochenenden der vergangenen Jahre, die nur für die Band existiert hatten und die jetzt plötzlich freie Tage waren, er dachte an den Bandbus und aus irgendeinem Grund auch an die Tage, an denen sie den Bandprobenraum mit Eierkartons gedämmt hatten. Aber er erinnerte sich auch an die selbst gebrannten Foto-CDs, die ihm sein Vater nach jedem Konzert mitgegeben hatte, damit er und die anderen sie sich bei der nächsten Bandprobe ansehen konnten. Er erinnerte sich an den Jahreskalender mit den Lieblingsfotos seines Vaters, den er ihnen vergangenes Weihnachten geschenkt hatte. Er hatte sich dafür sogar das Bandlogo als Bilddatei heruntergeladen, um es als Wasserzeichen auf die Kalenderblätter zu drucken. Der Junge hatte den Kalender nie aufgehängt. Er hatte es nie als etwas Besonderes betrachtet, dass sein Vater zu ihren Konzerten gefahren war, manchmal hatte es ihn sogar gestört. Er war einfach immer da gewesen. Erst jetzt, als ihm klar wurde, dass sie zum letzten Mal nach einem Auftritt so zusammenstehen würden, überkam den Jungen das Gefühl, dass er auch seinem Vater etwas wegnahm. Er wollte ihn fragen, was er denn jetzt an seinen Wochenenden machen würde, und tat es dann doch nicht. Stattdessen sagte er, dass er jetzt wohl erst einmal länger nicht heimkommen werde, einen Monat, zwei vielleicht. »Wir sehen uns, wenn wir uns sehen«, antwortete sein Vater. Er zog sich seinen Motorrad-Overall über die Jeans und das Hemd, das ihm zu weit war, setzte seinen Motorradhelm auf und fuhr los. Sie haben sich danach nicht mehr getroffen und nur dieses eine Mal telefoniert.

Als das Fußballspiel fast vorbei ist, klingelt das Handy des Jungen. Er kennt die Nummer nicht, aber sie hat die Vorwahl seines Heimatortes, also hebt er ab.

»Dein Vater hat einen Motorradunfall gehabt. Er ist im Klinikum. Er ist stabil.«

Der Junge versucht, sich auf die Fragen zu besinnen, die in einer solchen Situation gestellt werden müssen, jede von ihnen klingt falsch, unvereinbar mit der Realität, wie er sie kennt. Mit dem Fußballspiel, dem Hügel, dem Abend. Mit Bodo und allem anderen. Er erinnert sich an einen Tag in der Grundschule, als ein Polizist zu Besuch kam und ihnen beibrachte, wie man nicht entführt wird. Wenn ein Fremder ihnen erzähle, dass ihre Eltern einen Unfall gehabt hätten, anböte, sie ins Krankenhaus zu bringen, erklärte der Wachtmeister der Klasse, sei Vorsicht geboten. Der Junge hatte noch nie zuvor jemanden »Vorsicht geboten« sagen hören. Er fand es lustig und rief, wie zur Erwiderung, »Hühnerarsch, sei wachsam« nach vorne, die Zeile eines Liedes, das sein Vater gerne hörte und das der Junge nach diesem Tag nicht mehr mit ihm anhören durfte, da seine Klassenkameraden zwar sehr lachen mussten in diesem Moment, der Wachtmeister allerdings überhaupt nicht.

Der Junge fragt den Anrufer, wo es passiert sei. Am Ortsausgang seiner Heimatstadt, sagt der Anrufer. Was passiert ist, fragt der Junge nicht.

Er geht hinüber zu Bodo, der am Mittelstreifen immer noch den Fußballspielern zusieht. Er brauche das Auto ihrer Kommilitonin, er müsse nach Ingolstadt ins Krankenhaus fahren, sein Vater, ein Unfall. Irgendwie macht er sich verständlich. Bodo verbietet ihm selbst zu fahren. Als die Kommilitonin zehn Minuten später vom Spielfeld kommt, bittet er sie um den Autoschlüssel, damit der Junge es nicht tun muss.

Sie sprechen kaum auf ihrem Weg zum Krankenhaus. Der Junge weiß nicht, was man auf so einer Autofahrt sagt, er ist froh, dass Bodo ihn nichts fragt. Auf dem Armaturenbrett vor ihm wackelt die kleine Hula-Tänzerin in ihrem Baströckchen hin und her. Er versucht sich zu konzentrieren und schafft es nicht, seine Gedanken schwirren wie Fliegen an einem heißen Tag. Was heißt »stabil«? Im Fernsehen hat jemand, der stabil ist, das Schlimmste immer schon überstanden, zwei Schnitte später dann der Besuch am Krankenbett, am Ende der Folge kann der Verletzte dann meistens schon wieder laufen. Wahrscheinlich wird es das sein. Wahrscheinlich hat er sich ein Bein gebrochen, wahrscheinlich hat er schlimme Schürfwunden. Wahrscheinlich muss er einige Tage im Krankenhaus bleiben. Gut, dass er nicht weit weg ist, er kann ihn am nächsten Wochenende besuchen. Wahrscheinlich muss er ihm Klamotten aus der Wohnung bringen, Socken, Unterhosen, einen Schlafanzug. Wahrscheinlich darf er im Krankenhaus nicht rauchen, sie werden dazu in den Park gehen müssen, langsam, wegen der Krücken.

Das Auto fährt in eine Rechtskurve, die Hula-Tänzerin wackelt.

Wahrscheinlich ist es doch schlimmer. Wahrscheinlich hat er sich beide Beine gebrochen oder die Hüfte, wahrscheinlich muss er operiert werden, unter Vollnarkose. Wahrscheinlich muss er danach einige Wochen im Krankenhaus bleiben. Gut, dass er nicht weit weg ist, er kann ihn an den Wochenenden besuchen. Wahrscheinlich braucht er etwas zu lesen, vielleicht ein Probeabo, ein paar Wochen lang, jeden Tag eine Zeitung, weil er sich nicht bewegen kann, vielleicht den neuen Venedig-Krimi, der gerade veröffentlicht worden ist. Die schwarzen Haare der Tänzerin fallen in Wellen über ihre Schultern. Wahrscheinlich darf er im Krankenhaus nicht rauchen. Wahrscheinlich werden sie dazu in den Park gehen, er wird ihn im Rollstuhl schieben.

Der Bastrock der Hula-Tänzerin ist aus echtem Bast, die Blumenkette, die ihre nackten Brüste verdeckt, ist aufgemalt. Wenn das Auto über ein Schlagloch fährt, zittern ihre Hüften.

Wahrscheinlich ist alles viel schlimmer. Wahrscheinlich ist es die Wirbelsäule, das Rückenmark, das Genick. Etwas, das sich nicht reparieren lässt.

Die Hula-Tänzerin hat ihre Augen zum Autohimmel gerichtet, sie hat eine große weiße Blüte im Haar.

Gut, dass er nicht weit weg ist, er kann ihn besuchen, an jedem Wochenende, so oft es geht.

Die Hula-Tänzerin hat eine Ukulele in der Hand.

Er wird den Hund bei seiner Mutter abholen, das Tier wird neben dem Bett seines Vaters liegen.

Er kennt keine hawaiischen Lieder, er denkt an das Girl from Ipanema, aber Ipanema liegt in Rio de Janeiro –

Wahrscheinlich wird der Hund irgendwann zu winseln beginnen, und er wird kurz mit ihm nach draußen gehen müssen, nach unten zum Fluss, über die Brücke auf die Insel –

Tall and tan and young and lovely –

Auf dem Rückweg wird er zwei Espresso Macchiato kaufen und das Fenster aufmachen, damit sein Vater eine Zigarette rauchen kann –

The girl from Ipanema goes walking –

Wer ist eigentlich auf die Idee gekommen, Hula-Tänzerinnen auf Armaturenbretter –

And when she passes, each one she passes goes »Ah!« –

Wahrscheinlich –

Der Junge schließt die Augen. Wenn man das Schlimmste befürchtet, ist es am Ende nie wirklich schlimm. Er weiß nicht, wo er den Satz gehört hat, auf einmal ist er da. Immer wieder denkt er nur diesen einen Satz. Er versucht, sich die Hula-Tänzerin vorzustellen, ihr perfektes Lächeln, die Blumenkette, die Blüte im Haar, den Bastrock. Wenn er es schafft, sich an alle Details zu erinnern, ist alles in Ordnung. Wenn man das Schlimmste befürchtet, ist es am Ende nie wirklich schlimm. Der Junge öffnet die Augen. Erst jetzt bemerkt er, wie schnell sein Herz schlägt. An den Straßenrändern ziehen die Häuser der Stadt an ihnen vorbei. Sie fahren auf glattem Asphalt, die Hula-Tänzerin wippt langsam, gleichmäßig. Ihr aufgemaltes Lächeln ist ein bisschen schief, die Blume in ihrem Haar ist weiß, nicht rot. Wahrscheinlich ist alles in Ordnung.

Um kurz nach halb neun fahren sie auf den Parkplatz vor dem Krankenhaus. Der Junge reißt die Tür auf, der Mercedes rollt noch, beim Aussteigen fällt er fast hin. Er vergisst seine Tasche im Fußraum, Bodo hebt sie auf und trägt sie ihm hinterher.

Die wenigen Menschen, denen er auf seinem Weg durch das Krankenhaus begegnet, dessen Gänge länger zu werden scheinen, je weiter er vordringt, registriert der Junge kaum. Sie verschwinden an den Rändern. Es kommt ihm vor, als bewege er sich durch eine verlassene Raumstation am Ende eines Sternensystems, deren lebenserhaltende Systeme irgendwann einfach aufgehört haben zu funktionieren. Fast erwartet er, einen leeren Raumanzug vorübertreiben zu sehen, aus einem der Zimmer, die, da ist er sich sicher, ja ebenfalls leer sein müssen an diesem Ort, der kein Ort ist.

Gleich wird er ihn sehen, denkt er sich. »Und?«, wird er fragen. »Ja«, wird sein Vater antworten. Was er dann sagen wird, weiß er noch nicht. Er kann sich nicht konzentrieren.

Er müsse noch warten, sagt die Frau, die hinter der Theke in der Notaufnahme sitzt, sein Vater werde noch operiert. Er fragt, was los sei. Sie sagt, dass sie nicht mehr sagen kann, er solle Geduld haben. Er will seine Mutter anrufen, aber sie ist bei Verwandten in der Oberpfalz, deren Nummer er nicht weiß, und sie hat kein Handy. Er setzt sich auf einen der Stühle am Rand des Wartebereichs, er versucht, Geduld zu haben. Die Lehne aus Plastik drückt gegen seine Wirbelsäule, er rutscht nach vorne, die Lehne drückt immer noch. Er versucht, sich zu konzentrieren, und schafft es nicht. Er steht auf, er will die Frau fragen, ob sie etwas Neues weiß. Er schaut zur Theke und sieht die Uhr, auf der erst fünf Minuten vergangen sind. Er geht ein paar Schritte in Richtung der Theke, dann kehrt er um, dann noch einmal und noch einmal. Er bemerkt, dass er im Kreis geht, und setzt sich wieder hin. Die Lehne drückt gegen seine Wirbelsäule.

Bodo liest in einer der Zeitschriften, die neben den Plastikstühlen auf einem niedrigen Tisch ausliegen. Der Junge steht auf und nimmt auch eine vom Stapel. Als er ein Kind war, hatte sein Vater die Wochenzeitschrift mit dem rot-weißen Logo abonniert, jeden Sonntagnachmittag las er sie im Wohnzimmer oder in der bunt gestreiften Hängematte, zwischen dem Pflaumenbaum und dem größeren Apfelbaum, während der Junge auf dem Rasen spielte. Manchmal trennte sein Vater einige Seiten aus einer Ausgabe heraus, die er in Klarsichtfolien steckte und in einem Leitzordner abheftete, auf dessen Rücken er mit schwarzem Filzstift »Interessante Artikel« geschrieben hatte. Meistens waren es Geschichten über seltene Tiere, über Menschen, die in Ländern, die er nur von seinem Kinderglobus kannte, ganz andere Leben lebten als er selbst, oder über Ereignisse, die lange vor seiner Zeit passiert waren. Manche der Artikel musste der Junge mehrmals lesen, um sie zu verstehen, bei anderen schaute er sich nur die Bilder an. Seinen liebsten Text in diesem Ordner las er immer und immer wieder.

Auf 18 Seiten ging es dort um einen Mann, der mehr als fünftausend Jahre vor ihm südlich der Alpen gelebt hatte und dessen mumifizierte Leiche im Jahr 1991 von einem Hausmeister aus Nürnberg und seiner Frau in einer Felsmulde gefunden wurde, die das Gletschereis nach jahrtausendelangem Frost freigegeben hatte. Der Artikel, den das Magazin einige Jahre nach der Entdeckung veröffentlichte, beschrieb aufs Genaueste das Leben dieses jungsteinzeitlichen Mannes, den die Welt Ötzi getauft hatte. Besonders faszinierten den Jungen dabei die detaillierten Illustrationen der Werkzeuge und Waffen des Mannes und die Rekonstruktionen der Kleidung, die er bei seinem Tod trug, den die Forscher erst Jahre später als die Folge eines Pfeilschusses in den Rücken erkennen sollten. Über Wochen sah der Junge sich die Bilder immer wieder an, er studierte die Felljacke und die mit Gras ausgestopften Schuhe mit den Bärenfellsohlen, das Beil mit der Kupferklinge und den aus Eibenholz gefertigten Bogen. Seine Verwunderung darüber, mit welcher Genauigkeit die Archäologen diese Gegenstände noch nach Tausenden Jahren im Eis zu beschreiben vermochten, wurde mit jedem erneuten Lesen größer. Es war ihm damals unbegreiflich, wie man über jemanden, an den ja niemand, der noch lebte, mehr eine Erinnerung hatte, noch nach so langer Zeit so viel in Erfahrung bringen konnte. Die anderen Artikel in dem Magazin durfte er nie lesen. Er sei zu jung dafür, sagte sein Vater. Fast jede Woche stahl der Junge deshalb das Magazin aus der Papiertonne und versteckte sich damit auf dem Dach seines Baumhauses. Dort las er von den Kriegen, den Hungersnöten und den Unfällen, die in der Woche zuvor stattgefunden hatten, und manchmal bekam er, weil ihm diese Geschichten – anders als die des steinzeitlichen Jägers – auf eine grausame Weise sinnlos vorkamen, eine große Angst, über die er mit seinem Vater nicht sprechen konnte. Schließlich hätte der dann aufgehört, das Magazin in der Papiertonne zu entsorgen.

Die Zeitschrift in der Notaufnahme des Krankenhauses hat keine Geschichte über wiederentdeckte Geheimnisse, auf der Titelseite ist eine nackte Frau von hinten zu sehen, daneben steht irgendetwas über Darmgesundheit. Der Junge versucht zu lesen und schafft es nicht. Ein paar Minuten blättert er darin herum, dann steht er auf, trägt das Heft zurück zum Stapel und nimmt sich ein anderes, das er sich nicht einmal ansieht, weil er weiß, dass er es nicht lesen wird.

Am Kaffeeautomaten kann man Suppe in Bechern kaufen, aber sie haben kein Kleingeld. Irgendwann überredet Bodo den Jungen, mit ihm an die frische Luft zu gehen, er lässt die Frau an der Infotheke versprechen, dass sie sich meldet, sobald es etwas Neues gibt, weil der Junge sonst nicht mitgehen würde. Die Sonne ist untergegangen, im Nordosten färben die Lichter der Autofabrik den Nachthimmel orange. Nach seinem Abitur arbeitete der Junge dort, viele aus seinem Jahrgang taten das damals. Ein Freund hatte ihm den Kontakt gegeben, der Junge wollte nicht in der Autofabrik arbeiten, aber man verdiente dort mehr Geld als irgendwo anders. In der Dauernachtschicht drückte er mit seinen Daumen Bremsschläuche in klauenartige Halterungen aus Metall, die der Mann vor ihm am Fließband an der linken und rechten Seite einer Hinterachse festgeschraubt hatte, bevor ein Aufzug sie in die nächste Montagehalle zog. Manchmal stockte der Aufzug, dann war dort ein Fehler passiert, das wusste der Junge, aber wie es dort oben aussah, wusste er nicht. Er wusste nicht einmal, was die Männer wenige Meter von seiner Station entfernt, am Beginn seiner Arbeitsgruppe machten. Er wusste nur, dass der Mann vor ihm die Klauen montierte und er die Schläuche mit den Daumen hineindrücken musste. Nach einer Woche brannten seine Daumengelenke. Mit medizinischem Klebeband klebte er sie in die Position, die sie zum korrekten Hineindrücken der Schläuche haben mussten, alle zwei Tage kaufte er eine neue Rolle in der Apotheke. In der Pause saßen sie an einem von Stellwänden umgebenen langen Tisch, und die Männer, die immer hier arbeiteten, lachten über seine schmerzenden Hände und darüber, dass er mit den starr umwickelten Fingern die Plastikbox, in die seine Mutter ihm jeden Tag sein Pausenbrot packte, nicht richtig öffnen konnte. Sein Sitznachbar, ein breiter Mann mit tiefschwarzen Augenbrauen und einer Stimme, die ihn zum Anführer der Arbeitsgruppe machte, öffnete die Box für ihn und verriet ihm, dass er die Position am Ende des Fließbands nur deshalb bekommen hatte, weil alle am Tisch wussten, dass einem davon die Daumengelenke brannten. Der Junge saß von da an in jeder Pause neben dem Mann. Er erzählte von seinen Kindern und dass er auch deshalb in Dauernachtschicht arbeite, weil er sie so von der Schule abholen könne. Natürlich sei er auch wegen des Geldes hier, sagte er dann, niemand sei nicht auch deswegen hier, er fahre zweimal im Jahr in den Urlaub. An Pfingsten, erzählte er, sei er mit seinem Sohn in Amerika gewesen, er fragte den Jungen, ob er schon einmal mit seinem Vater in Amerika gewesen sei. Der Junge sagte, dass er noch nie mit seinem Vater in Amerika gewesen sei.

Bodo und der Junge setzen sich auf eine niedrige Mauer, der Junge hat seine Zeitschrift mitgenommen, weil Bodo seine Zeitschrift mitgenommen hat. »Ich glaube, das ist ein gutes Zeichen, dass sie noch operieren«, sagt Bodo. Der Junge antwortet ihm nicht, er will Bodo glauben, aber er kann gerade nichts glauben. Hinter ihnen erstreckt sich ein quadratisches Kiesfeld, in die Ecken hat jemand vier junge Bäume gepflanzt. Der Junge steht auf und beginnt, im Uhrzeigersinn auf der Betonmauer um das Kiesfeld herum zu balancieren. Jedes Mal, wenn er einen der Bäume erreicht, streckt er den rechten Arm aus und berührt den Stamm, im Kopf zählt er. Bodo bleibt sitzen, der Junge spürt, dass sein Blick ihm folgt, aber er schaut nicht zurück, weil er das Gefühl hat, dass er sonst etwas sagen müsste. Er versucht sich zu konzentrieren und schafft es nicht. Die Fliegen.

Als sie in den Warteraum zurückkehren, ist auf der großen Uhr eine halbe Stunde vergangen. Sie setzen sich gerade hin, als das Telefon an der Theke klingelt. Die Frau hebt ab, sie nickt, der Junge hört nicht, was sie sagt. Er steht auf und geht zu ihr. Sie sagt ihm, es komme gleich jemand, der mit ihm sprechen werde, er solle sich wieder hinsetzen. Er dreht sich um, er geht zu den Bänken, in der Mitte des Raums bleibt er stehen. Er kann das Blut in seinem Körper spüren. Es fließt nicht durch seine Blutbahnen, es drückt sich hindurch.

Zwei Ärzte. Sie tragen weiße Kittel über ihren grünen Krankenhausklamotten. Einer ist jünger, er hat eine kleine Narbe neben seinem rechten Auge, so lang wie ein Daumennagel. Der zweite ist größer und älter, das muss der Chef sein, denkt sich der Junge. Er sieht sie zur Anmeldung gehen, sie sprechen mit der Frau, sie schauen zu ihm herüber. Er will hinübergehen und bleibt mitten im Raum stehen. Er hört, wie Bodo hinter ihm aus dem Plastikstuhl aufsteht, die Plastiklehne knarzt. Er spürt, dass Bodo ihm das Magazin aus der Hand nimmt. Die Ärzte kommen auf sie zu. Er hört den älteren fragen: »Sind Sie die Angehörigen von …« Er sagt »ja«, bevor er den Namen seines Vaters hört. »Ich bin nur ein Freund«, hört er Bodo sagen. Das Wort »nur« stört den Jungen. Er würde es ihm gern sagen. Er kann nichts sagen.

Die Ärzte bitten ihn mitzukommen. Bodo soll warten. Der Junge möchte sie fragen, ob Bodo mitkommen kann, aber er weiß, dass das, was sie zu seinem Freund gesagt haben, keine Bitte war. Sie führen ihn einen Gang entlang, nach rechts, zu einem kleinen Behandlungszimmer. Der Arzt mit der Narbe schiebt die Schiebetür aus Edelstahl auf, er zeigt auf einen Stuhl mit dünnen Metallbeinen, er schließt die Tür hinter ihnen.

Sie warten, bis er sitzt. Sie stehen nebeneinander, der Größere, der Chef rechts, der mit der Narbe links. Der Chef spricht den Jungen mit seinem Namen an, er macht eine kurze Pause. »Er ist tot, oder?«, fragt der Junge. Er hört nicht, was der Arzt antwortet.

Für einen Moment, der ihm losgelöst scheint von aller Zeit, muss der Junge an einen Albtraum denken, der ihn seit seiner frühsten Kindheit heimsuchte. Es ist der einzige Albtraum, den er je hatte, aber er kam häufig und ohne Vorwarnung. Er konnte sich nie erklären, warum er immer wieder schreiend aufwachte. Der Traum kam ihm sinnlos vor, ohne wirkliche Substanz oder Handlung. Als er als Kind einmal versuchte, ihn seinen Eltern zu beschreiben, erzählte er von zwei Gebilden, die er Sphären nannte, weil er nicht genau wusste, was Sphären waren und das Wort ihm genau deshalb passend erschien. Er erzählte von der völligen Dunkelheit und Stille, in der diese Sphären aufeinander zurollten, an einem Ort, der kein Ort war. Er erzählte, dass er zusah und verstand, dass ihr Zusammenstoß, den weder er noch irgendjemand verhindern konnte, das Ende aller Dinge bedeuten würde. Als sie ihn fragten, was er mit allen Dingen meinte, konnte er es nicht sagen, aber das machte es nicht weniger wahr. Anders als bei den Träumen, die realer waren, in denen Dinge passierten, die er am nächsten Morgen als Geschichten erzählen konnte, war ihm, wann immer der Albtraum begann, klar, dass all das nicht wirklich passierte, was aber nichts daran änderte, dass es ihm in diesem Moment wirklich passierte. Der Zeitpunkt, zu dem er aufwachte, war der Moment der Kollision, die in völliger Stille stattfand und gleichzeitig ohrenbetäubend war. Der Junge konnte sich nie einen Reim darauf machen.

VI | IV

DAS ERSTE, WORAN ICH MICH ERINNERE, ist die Stille, die sich explosionsartig über alles zu legen schien. Einige Wochen zuvor hatte ich die Reportage »Hiroshima« von John Hersey gelesen. Er hatte sie 1945 für den »New Yorker« geschrieben, basierend auf Augenzeugenberichten rekonstruierte er darin den Abwurf der Atombombe über der japanischen Stadt und die Folgen. Ich weiß noch, dass ich in diesem Moment daran denken musste, an das erste Kapitel dieses Textes, das er »A Noiseless Flash« nannte, und das mir, als ich es das erste Mal las, ein Satz aufgefallen war, weil ich ihn mir nicht hatte vorstellen können:

> *Er spürte einen plötzlichen Druck, und dann fielen Splitter und Stücke von Brettern und Ziegelsteinen auf ihn. Er hörte kein Getöse. (Fast niemand in Hiroshima kann sich daran erinnern, ein Geräusch der Bombe gehört zu haben. (…))*

Es hatte mir beim Lesen damals nicht einleuchten wollen, wie eine alles verschlingende Explosion völlig geräuschlos ablaufen konnte. In diesem Moment glaubte ich, es zu verstehen, obwohl es ja gänzlich unsinnig war. Gleichzeitig hatte ich das Gefühl, dass nichts, was vor diesem Moment passiert war, passiert war, und ich mich stattdessen am Nullpunkt einer Zeitrechnung befand, von dem ich nicht sagen konnte, ob er Anfang oder Ende ebendieser darstellte.

Im Nachhinein glaube ich, im Behandlungszimmer des Krankenhauses einen grellen, wimmernden Laut gehört zu haben, der von mir zu kommen schien und gleichzeitig so animalisch klang, dass es eigentlich unmöglich war. Ich erinnere mich, dass ich, vielleicht war da ein Spiegel, ein zusammengesacktes Bündel auf dem Stuhl sah, das ich nicht als etwas Menschliches zu identifizieren vermochte. Ich weiß nicht, wie lange dieser Moment andauerte. Nichts davon passierte wirklich. Und alles immer wieder. Nur an einen Gedanken kann ich mich klar erinnern: Ist das die richtige Reaktion auf das, was hier gerade passiert?

Ich glaube, dass ich meinen Vater sehen wollte. Die Ärzte rieten mir davon ab und baten die Frau hinter der Infotheke, den Kriseninterventionsdienst zu rufen.

Ob ich irgendjemanden anrief, weiß ich nicht mehr.

Den Rest dieses Tages kann ich heute nur in den Erzählungen anderer finden. Bodo sagt mir, dass er mich wie einen Elefanten an die frische Luft schieben musste, dass ich dastand und immer und immer wieder »Oh, Gott« murmelte.

Die Freundin, die mich abholte und nach A. brachte, erzählt mir, dass wir zuvor noch in meiner Universitätsstadt vorbeifuhren. Als ich zu ihr in ihr Auto stieg, sagt sie, habe ich einfach nur nach vorne gestarrt, durch die Windschutzscheibe hindurch.

Irgendwann muss ich schlafen gegangen sein. Am nächsten Tag wachte ich in meinem Kinderzimmer auf, und für einige Sekunden war, als ich die Augen öffnete, mein Vater nicht gestorben.

RÜTTELFLUG

DAS TURMFALKENWEIBCHEN SCHWEBT über dem Feld neben dem bewaldeten Hügel. Mit schnellen Flügelschlägen hält es sich in der Luft, im Rüttelflug ist das ihr einziger Auftrieb. Ihr Kopf bewegt sich keinen Millimeter, sie sucht nach Beute für die Jungen, die sie mit ihrem Männchen in der Kuppel des Kirchturms am höchsten Punkt des Hügels ausgebrütet hat. Rund drei Wochen sind die jungen Turmfalken alt, in einigen Tagen werden sie flügge sein und selbst jagen.

Turmfalken sind nichts Besonderes. Kaum jemand kommt wohl am Abend nach Hause und erzählt, dass er einen gesehen hat. Sie sind weit verbreitet, auch heute noch. Ihr Lebensraum erstreckt sich von Marokko über ganz Europa hinweg bis nach Westrussland, rund hunderttausend von ihnen gab es zu Beginn des 21. Jahrhunderts allein in Deutschland. Ausgewachsene Turmfalken werden nicht groß, und tatsächlich sind sie enger mit Papageien verwandt als mit Adlern. Die Männchen sind etwas kleiner als die Weibchen, doch der auffälligste Unterschied liegt, anders als bei den meisten anderen Raubvögeln, in der Farbe des Gefieders. Weibchen tragen ein eher unauffälliges braunes Federkleid, die Federn auf dem Rücken der männlichen Turmfalken sind rötlich gefärbt und sie haben den blaugrauen Kopf, der sie auch für den unerfahrensten Vogelbeobachter sofort erkennbar macht.

Im 16. Jahrhundert nannten sie Turmfalken in Großbritannien »Windfucker«, was zu dieser Zeit nicht viel mehr als »Windschläger« bedeutete. Ihr lateinischer Name Falco tinnunculus bedeutet übersetzt so viel wie »kleiner, schriller Falke«, womit auf den alarmartigen Ruf angespielt wird, den man hört, wenn die Vögel sich beim Nisten gestört fühlen. Im Deutschen wird der lautsprachlich als »kikikikiki« übersetzt, doch viel schöner ist die französische Transkription. »Vite-vite-vite« – schnell-schnell-schnell.

Meist jagen Turmfalken Wühlmäuse oder andere kleine Tiere, die einfach genug zu fangen sind. Es ist nicht der Aufprall, der die Beute tötet, und es sind auch nicht die Krallen der Falken. Es ist der fortwährende Druck, den ihr Griff auf die kleinen Körper ausübt.

Der Kirchturm ist schon seit einigen Jahren der Nistplatz desselben Turmfalkenpärchens. Zwischen der Stadt und der Straße liegt ein breiter Streifen aus Feldern und Wiesen, auf denen sie genug Beute für sich und ihre Jungen finden. Auch Menschen kommen ihnen dort nur selten in die Quere. Manchmal treffen sich große Ansammlungen auf dem Friedhof, dann kreist einer der beiden Falken mit lauten Rufen um den Turm herum, um sie von den Jungen fernzuhalten, doch die meisten, die auf den Kirchhof kommen, sind allein. Auch heute ist er fast leer, nur zwei Männer stehen dort unten, sie sind ganz still. Der ältere der beiden sitzt auf dem Boden. Er hat die Knie an die Brust gezogen. Er starrt auf die Mauer vor sich. Der jüngere Mann, fast noch ein Junge, steht neben ihm. Er trägt einen gelben Hut, seine Hand liegt auf der Schulter des älteren. Nach oben schauen die Männer nicht. Das Falkenweibchen sieht sie, doch es interessiert sich nicht für sie. Sie bemerkt die Bewegung einer Wühlmaus im Gestrüpp unter ihr und stürzt auf den Boden zu.

Als die Männer aufstehen und den Friedhof verlassen, hat sie den Kadaver bereits zu ihren Jungen getragen und schwebt wieder mit schnell schlagenden Flügeln über einem der Felder.

DAS ENDE DER WELT

VON ALLEN ARTEN ZU REISEN ist das Radfahren ohne Gangschaltung wohl die ehrlichste. Mehr als alle anderen verlangt ein Fahrrad mit nur einem Gang dem, der es lenkt, eine realistische Einschätzung der eigenen Fähigkeiten und ihrer Grenzen ab. Schon wenn man losfährt, weiß man, dass jeder Hügel und jede Steigung ein Vielfaches der Kraft fordern werden, die einen das Fahren in der Ebene kostet, und dass man gleichzeitig keine Möglichkeit hat, sich die Sache irgendwie zu erleichtern. Beim Gehen kann man während eines steilen Anstiegs auf halber Strecke eine Pause einlegen und dann den Weg erholt fortsetzen. Beim Fahren auf einem Fahrrad ohne Schaltung ist am Fuß jedes Hügels klar, dass Absteigen und Pausieren bedeutet, dass es danach fast unmöglich sein wird, wieder anzufahren und den Rest zu bewältigen. Dann bleibt nur noch das Schieben, aber Schieben ist Gehen und nicht Fahrradfahren.

Mit dem alten Fahrrad meines Vaters fahre ich in Richtung Nordwesten. Gleich hinter dem Jugendzentrum verläuft hier ein breiter Radweg direkt neben der Straße, die in einer beinahe geraden Linie aus der Stadt hinaus- und in die Landschaft hineinführt. Wie überall am Rand der Stadt lässt sich auch hier nicht klar erkennen, wo die Stadt endet und das Land beginnt. Der Ort streut in die Felder, an manchen Stellen reichen die Wohngebiete hinter den hölzernen Lärmschutzwällen bis an die nahen Nutzwälder heran. Ein paar hundert Meter vom Fahrradweg entfernt stehen Toskanahäuser im blühenden Raps, doch das Viertel sieht bewohnter aus als viele andere, die ich in den Wochen in A. gesehen habe. Auf der Hauptstraße des Wohngebiets laufen Kinder herum, sie haben zwei kleine Tore mitten auf den Asphalt gestellt und spielen Fußball. Vielleicht liegt es nur an den Kindern.

Hinter dem Raps beginnen die Felder der Spargelbauern. Zwischen den niedrigen, mit Folien bedeckten Sandwällen stehen die Spargelstecher. Jeden Morgen fahren die Bauern sie mit ausrangierten Schulbussen auf die Felder und abends dann zurück zu den Höfen, wo sie in Gemeinschaftsunterkünften in Hochbetten schlafen. Als wir Kinder waren, kamen die Wanderarbeiter aus Polen, bis es sich für sie nicht mehr lohnte. Heute arbeiten größtenteils Rumänen auf den Feldern. Doch auch sie werden wohl irgendwann nicht mehr kommen, und die Bauern werden ihre Arbeiter weiter im Osten rekrutieren.

Das erste Dorf, an dem ich vorbeifahre, verdankt seinen Wohlstand fast allein dem Spargel, auf tausend Einwohner kommen dort zehn Spargelhöfe. Einmal im Jahr wird dort ein Spargelmarkt veranstaltet, und vor dem Ortseingang ragt vom Dach eines Gehöfts eine riesige Figur in den Himmel, die ein Hemd mit Fliege trägt und deren Kopf ein Spargel ist. In Automaten, die neben der Straße aufgestellt sind, werden eingeschweißte Schinken und Weißwürste in Konserven verkauft. Ich fahre weiter.

Rechteckig liegen die Felder neben der Straße, so wie sie schon dalagen, als ich als kleiner Junge hier Fahrrad fuhr. Sie verändern sich mit der Fruchtfolge und den Jahreszeiten und bleiben trotzdem immer gleich. Die Landschaft hier ist nichts Besonderes. Wer an Bayern denkt, denkt nicht an diese Gegend. Nur selten machen Menschen hier Urlaub, sie fahren nach Regensburg oder auf der Autobahn weiter in den Bayerischen oder den Oberpfälzer Wald. Oder sie fahren gleich durch bis nach Oberbayern, nach München, zum Oktoberfest, an die Seen, an deren Ufern die Reichen sich Villen gebaut haben, und in die Berge. Die Umgebung von A. ist vor allem eine Gegend, die die Menschen durchqueren, auf ihrem Weg anderswohin. Hier leben die Menschen in erster Linie für sich. Als ich ein Kind war, dachte ich darüber nicht nach. Damals war es einfach nur die Gegend, aus der ich kam.

Am Straßenrand steht ein Marterl. Es ist schon das dritte Wegkreuz, an dem ich auf meinem Weg vorbeikomme, an jedem habe ich angehalten, um ein Foto zu machen. Eines von ihnen zeigt die Gottesmutter, das zweite den heiligen Georg und seinen Drachen. Warum sie aufgestellt wurden, konnte ich bei keinem von ihnen herausfinden, auch dieses, eine schlichte steinerne Stele, gibt keinen Hinweis auf das Ereignis, das jemanden einmal dazu brachte, sie an diesen Ort zu stellen. Doch irgendeinen Grund muss es gegeben haben. Ich weiß nicht, wie lange genau hier schon Marterl errichtet werden, doch man findet sie überall, an Kreuzungen und neben Straßen, aufgestellt von Menschen, die an etwas erinnern wollen. Die ältesten dieser kleinen Denkmäler sind in den hunderten von Jahren, die sie schon dem Regen, dem Wind und im Winter dem Schnee ausgesetzt sind, so stark abgeschliffen worden, dass sie fast aussehen, als wären sie selbst zu einem Teil der Natur geworden, die sie umgibt. Und auf eine Weise sind sie das ja auch.

Im zweiten Dorf, vor einem Feuerwehrhaus mit nur einer kleinen Garage, auf das jemand den heiligen Florian gemalt hat, knickt die Straße fast im rechten Winkel nach rechts ab, weil die Donau sie daran hindert, geradeaus weiterzuführen. Dahinter liegt das Ende der Welt. Südlich dieses Dorfs, auf einer Anhöhe über dem Fluss, stand einmal ein römisches Kastell, von dem aus Soldaten die Befestigungslinie im Blick hatten, die ihre Kaiser im zweiten Jahrhundert unserer Zeitrechnung zwischen Donau und Rhein anlegen ließen, um das Reich zu schützen. Bis dahin hatte sich das Imperium nur durch sein schier endloses Wachstum definiert. »Die Grenzen der Provinzen reichen so weit wie unsere Schwerter und Speere«, fasste Cicero dieses Selbstverständnis in einer Rede zusammen. Erst als in einer einzigen Schlacht im Jahr 9 drei römische Legionen östlich des Rheins von einem 25-jährigen Cheruskerprinzen vernichtet wurden, änderten die römischen Kaiser ihre Strategie. Infolge dieser Niederlage begannen sie, sich hinter Mauern zurückzuziehen, die von da an den Rand des Reiches bildeten und jenseits derer, zumindest habe ich mir das immer so ausgemalt, in der Vorstellung der römischen Durchschnittsbürger einfach nichts lag. Eine dieser künstlich angelegten Grenzlinien, der obergermanisch-rätische Limes, endete hier am Ufer der Donau, wo heute eine Dorffeuerwehr das Bild eines heiliggesprochenen römischen Soldaten auf ihren Geräteschuppen gemalt hat.

Ich stelle mein Fahrrad am Eingang zu den Ruinen ab und gehe eine Weile zwischen den Mauerresten spazieren. In der Mitte des ehemaligen Kastells steht eine einzelne, aus Marmor gehauene Säule mit einer Inschrift und einem Relief auf einem kleinen Podest, ansonsten sind nur noch die Fundamente zu sehen. Jemand hat seinen Strohhut auf einer Mauer vergessen, eine Goldammer fliegt erschreckt auf, als ich mich ihr nähere. Fast vierhundert Jahre lang hielten die Römer das Kastell, bevor es im 5. Jahrhundert endgültig zerstört wurde und die Menschen begannen zu vergessen, dass sie hier gewesen waren. Das Kastell zerbrach unter der fortlaufenden Zeit, und die Grenzanlage auf der gegenüberliegenden Seite des Flusses, von der die Bewohner der Gegend irgendwann nicht mehr wussten, wozu sie einmal gedient hatte, und die das Land – für sie völlig grundlos – in zwei Teile zerschnitt, erklärten sie sich, wie sie sich damals alles erklärten, was sie sich nicht erklären konnten: Der Teufel, sagten sie, habe lange vor jeder Zeitrechnung Gott dazu gebracht, ihm so viel Land zu versprechen, wie er innerhalb einer Nacht ummauern könne, und habe sich aufgrund der atemberaubenden Schönheit der Gegend natürlich ihre Heimat ausgesucht. In der Nacht, in der er seinen Anspruch durchsetzen wollte, wurde der Teufel jedoch gierig und verlor jedes Zeitgefühl. Am Morgen hatte er nur eine lange, gerade Mauer gebaut, die nichts umschloss, und er musste sich geschlagen geben. Die Bauern nannten die Überreste deshalb Teufelsmauer und lebten in ständiger Furcht davor, dass die Wilde Jagd oder andere dämonische Mächte, von dieser geheimnisvollen Struktur angezogen, über ihre Dörfer herfallen und sie verwüsten könnten.

Ich fahre den Fluss entlang zu einem Biergarten, den, wenn man einen Gong am Ufer schlägt, eine Fähre anfährt, um einen ans nördliche Donauufer überzusetzen. Ich trinke ein Spezi und schaue einer Gruppe älterer Motorradfahrer zu, die an einem der Biertische Steckerlfisch essen und Cola trinken. Sie tragen die gleichen praktischen Motorradoveralls, die auch mein Vater trug, weil er sie über seine Arbeitskleidung ziehen konnte. Wenn er bei seinen Touren Pause machte, knotete er den oberen Teil wie einen Pullover mit den Ärmeln um seine Hüften. Auch die Männer am Biertisch sitzen hemdsärmelig da. Kurz stelle ich mir vor, dass sie die Wilde Jagd sind, auf dem Weg zur Teufelsmauer, um dort nach dem Rechten zu sehen. Doch ihr Plan wird von der Mittagspause des Fährmanns vereitelt.

Als sie auf ihren schweren Tourenmaschinen in Formation an das Ufer hinunterrollen und den Gong schlagen, regt sich nichts auf der anderen Seite. Sie müssen umkehren und die Brücke nehmen, ein paar Kilometer südlich von hier.

Ich trinke aus und fahre auf einem Feldweg am Flussufer weiter nach Norden. Der Fluss ist hier breiter als eine Autobahn, er fließt einsam vor sich hin, nur einmal treibt ein Kanufahrer an mir vorbei. Früher gingen mein Vater und ich hier oft mit dem Hund spazieren. Bei einem unserer ersten Spaziergänge auf diesem Weg sprang unser Hund, der damals fast noch ein Welpe war, in die Donau und wurde mehrere hundert Meter von der Strömung mitgerissen. Mein Vater und ich rannten hinterher, und ich war in diesem Moment fest davon überzeugt, dass er ertrinken würde. Doch als mein Vater sich schon seines T-Shirts entledigt hatte, um hineinzuspringen und ihn zu retten, strauchelte der Hund ans Ufer, wo er völlig verdattert und ein wenig zittrig stehen blieb. Danach ging er für den Rest seines Lebens nur noch dort ins Wasser, wo er stehen konnte.

Ich fahre weiter. Rund eine Dreiviertelstunde später erreiche ich mein Ziel. Der Fluss fließt hier in einer engen Schleife in eine tiefe Schlucht aus fast senkrecht aufragenden Felsen hinein. Das Wasser rauscht von links nach rechts, dort wo die Engstelle beginnt, verdreht es sich in kleinen schnellen Strudeln. Davor liegt, auf einer spitzen Landzunge, das barocke Kloster. Die Wände sind in einem sanften Rosa gestrichen, das kein bisschen fehl am Platz wirkt. Auf dem First der Klosterkirche steht eine Statue des heiligen Benedikt auf einer aus Kupferplatten geformten Wolke, und hinter dem Kloster führt der Weg einen Hügel hinauf zu einer kleinen Kapelle, an deren Stelle früher ein römischer Tempel gestanden haben soll. Weniger als zweihundert Jahre, nachdem das Römerkastell für immer zerstört wurde, haben zwei Mönche die Abtei gegründet, erzählt die Legende, um von hier aus die Bayern zum Christentum zu überreden. Seitdem steht es am Ufer, und seine Geschichte wird meist als eine Abfolge verschiedener Kriege und ihrer Auswirkungen auf die Abtei erzählt. Die eigentliche Geschichte des Klosters, die mir immer interessanter schien, findet man jedoch an einer äußeren, zum Fluss hingewandten Ecke des Gebäudes. Mit einem Meißel haben die Mönche hier die Hochwassermarken der vergangenen Jahrhunderte eingeschlagen, so wie Großeltern die Größe ihrer Enkel im Türrahmen einzeichnen. Die höchste dieser Kerben befindet sich bei mehr als fünf Metern. Als ich ein Kind war, stand ich oft vor diesen Marken und versuchte mit aller Kraft, mir auszumalen, was den Fluss dermaßen anschwellen ließ, dass er die Marke erreichte, die höher zu sein schien als das Dach unseres Hauses. Die Vorstellung jagte mir eine schreckliche Angst ein.

Ich gehe zur Spitze der Landzunge und setze mich auf die groben Kiesel des Strands, der fast bis an das Eingangstor des Klosterhofs heranreicht. Ich habe eine Decke mitgebracht. Der Strand ist fast leer, nur ein paar Kinder versuchen, Steine hüpfen zu lassen. Auf der gegenüberliegenden Seite des Flusses führt eine enge Straße am Wasser entlang, dahinter liegt der Wald. Früher fuhr ich mit meinen Eltern regelmäßig hierher, um im Biergarten, der im Hof des Klosters liegt, Eis zu essen. Als ich in der Grundschule begann, mich für solche Dinge zu interessieren, erzählte mein Vater mir, dass auf der Seite, auf der wir mit unserem Eis saßen, früher die Römer standen und auf der anderen Seite, im Wald, die Germanen. Ich stellte es mir auch wirklich so vor, und ich erfand einen römischen Soldaten, der am Strand stand und über das vorbeirauschende Wasser schaute, und einen germanischen Krieger, der von drüben, aus dem dunklen Wald, zurückblickte. Ich glaube, ich verstand damals zum ersten Mal, was eine Grenze war.

»at the boundary of the mighty world« betitelte Charles Olson eines seiner Maximus-Gedichte und zitiert damit Hesiods Beschreibung des Orts am Rand der Welt, an den Zeus die Titanen verbannte. In diesem Gedicht lässt Olson einen von riesigen Felsblöcken übersäten Hügel im Norden von Gloucester, den er »Gravelly Hill« nennt und dem er mythologisches Leben einhaucht, zum Leser sprechen. Der Hügel, den Olson beschreibt, hat mich dabei nie wirklich interessiert, sondern vielmehr das, was er ihn sagen lässt:

leave me be, I am contingent, the end of the world
is the borders
of my being

Der Satz fasziniert mich, seit ich ihn zum ersten Mal gelesen habe, weil man ihn doppelt lesen kann. Weil er, und ich glaube, Cicero würde diese Interpretation besser gefallen, entweder bedeuten kann, dass die Möglichkeiten der Erfahrung nur begrenzt sind durch das Ende der Welt – oder eben, dass die Welt an den Grenzen der eigenen Erfahrungen ihr Ende findet.

Als ich ein Kind war, war die Donau die Grenze der mir bekannten Welt, und in meiner Vorstellung war es fast so, als würde das grüne Wasser mein Zuhause nicht nur auf einer, sondern von allen Seiten umschließen wie ein Burggraben eine Burg. Es gab damals nur den Ort, den ich kannte, und den Fluss, und dahinter lag einfach das andere. Und weil alles auf der anderen Seite nicht mehr mein Zuhause war, hätte dort genauso gut nichts liegen können. Wenn ich ehrlich bin, änderte sich das auch dann nicht, als ich älter wurde. Bis mein Vater starb und ich es änderte.

Ich könnte es mir jetzt leicht machen und behaupten, dass es sein Tod war, der mich nach England trieb und mich dazu brachte, dort zu bleiben. Aber das stimmt nicht. Ich entschied mich selbst dazu. Ich tat das auch nicht, um die Tatsache seines Todes zu verdrängen. Es ging dabei nie um seinen Tod. Außer in den Tagen, in denen mein eigenes Gehirn mir jeden Morgen die Tatsachen verbog, mir vorgaukelte, dass all das nicht passiert war, habe ich nie Probleme damit gehabt zu akzeptieren, dass mein Vater tot ist, im Gegenteil. Jetzt, wo ich darüber nachdenke, scheint es mir sogar so, als hätte ich in den Jahren, die dem Tod meines Vaters folgten, in einem weitaus perfideren Zustand einer ständigen Überakzeptanz der Tatsachen gelebt, der mich denken und handeln ließ, als wäre mein Vater immer schon tot gewesen. Als wäre das schlicht der Zustand, den Väter vor der Geburt ihrer Kinder naturgemäß annehmen.

Was ich jedoch verdrängte, war die Tatsache, dass er gestorben war – und dass mir das passiert war. Indem ich so tat, als wäre mein Zustand normal und er nie da gewesen, gelang es mir auszublenden, dass ich ihn verloren hatte.

Das Problem daran waren nur die Erinnerungen, weil sie Beweise dafür waren, dass er gelebt hatte und dann nicht mehr. Und sie wurden ja nicht einfach auf magische Weise meinem Zugriff entzogen. Als ich mich in den Tagen, nachdem es passiert war, aus den Scherben wieder zusammensetzte, ließ ich sie einfach weg und tat so, als wären sie mir genommen worden, bis ich sie irgendwann, selbst wenn ich mich anstrengte, nicht mehr fand. Und weil ich zwar meine Erinnerungen kontrollieren konnte, aber nicht die Menschen und Orte, die mich an ihn erinnerten, ging ich an einen Ort, an dem er nicht gewesen war und an dem niemand ihn kannte.

Natürlich gelang mir das alles nie lückenlos, und es war auch vom ersten Moment an zum Scheitern verurteilt. Womöglich war es das, was die beiden Worte *borders/burials* bedeuteten, die ich wenige Wochen nach dem Tod zu schreiben begann, ohne zu wissen, warum. Die Erkenntnis, dass mein Vater erst da gewesen war und dann nicht mehr, drängte sich in den banalsten Momenten zurück. So schaffte ich es in den vergangenen Jahren nie, nicht zu weinen, wenn ich Hannes Waders »Es ist an der Zeit« hörte, und die letzte Szene eines ansonsten sehr mittelmäßigen Piratenfilms, in der ein junger Mann seinen vor Jahrzehnten auf See verschollenen Vater wiedertrifft, sah ich mir unzählige Male an, obwohl ich es kaum aushielt. In diesen Momenten überkam mich jedes Mal eine so intensive Traurigkeit, dass ich sie nicht zurückhalten konnte, egal wie sehr ich es wollte. Und wie die Bauern an der Donau im Mittelalter, die es sich nicht ausmalen konnten, dass etwas so Großes und Außergewöhnliches vollständig verschwinden konnte, und deswegen eine Geschichte über den Teufel und seine Mauer erfanden, die immer schon da war, erklärte ich mir meine Situation auf immer kompliziertere Weise, statt mir einzugestehen, dass ich ganz einfach nur sehr traurig darüber war, dass ich meinen Vater verloren hatte.

Vielleicht ist es gut, traurig zu sein. Vielleicht wird es dann irgendwann besser. Vielleicht wird es nicht besser, und ich werde nur besser darin, es auszuhalten. Ziemlich sicher ist es besser, als halb zu existieren, so viel angenehmer das auch sein mag, für eine

Zeit. Ich kann das alles nicht rückgängig machen und an den Punkt zurückgehen, an dem der Ort wie eine Burg im Fluss lag und mein Zuhause war. Ich bin mir auch nicht sicher, ob ich das wollen würde. Aber ich kann mich daran erinnern, dass es ihn einmal gab. Und daran, warum es ihn nicht mehr gibt.

Am 4. Juni 2009 ist mein Vater gestorben. Und das ist mir wirklich passiert.

Ich falte meine Decke zusammen und stehe noch eine Weile am Fluss. Die Kinder spielen noch immer auf den Steinen des Strands. Sie haben einen Hügel aufgeschüttet und einen Graben darumgezogen. Mit kleinen Eimern versuchen sie, ihn mit Wasser zu füllen. Jedes Mal, wenn sie mit einer neuen Ladung zu ihrer Burg zurückkommen, ist das alte bereits zwischen den Steinen versickert. Trotzdem machen sie weiter.

Ich verlasse den Strand in Richtung der Straße. Einen Moment lang überlege ich, auch zurück nach A. mit dem Fahrrad zu fahren. Dann entscheide ich mich, auf den Bus zu warten.

ARCADIA

ICH HOLE LEO VOM BAHNHOF AB. Als sie aus der hintersten Tür des Zugs auf den Bahnsteig und in die Nachmittagssonne tritt, wird mir klar, dass ich sie sehr vermisst habe. Sie trägt einen schwarzen Overall, und sie sieht mich an, als hätte sie gerade etwas vollkommen Unerklärliches erlebt. Um sie herum verlassen Männer in Lederhosen und Frauen in knallbunten Dirndln die Regionalbahn, die meisten von ihnen sind schon etwas betrunken. »In was hast du mich da reingezogen?«, fragt sie und küsst mich. »Zuhause liegt schon ein Dirndl für dich«, erwidere ich, und dass es ja wirklich höchste Zeit sei, dass sie den Ort kennenlerne, an dem die Seltsamkeiten ihres Mannes ihren Anfang nahmen. Mit einer ausladenden Bewegung dreht sie sich um und läuft zurück zum Zug, kurz vor der Tür macht sie lachend auf dem Absatz kehrt. »Na, dann los«, sagt sie.

Wir gehen durch die Stadt nach Hause. Auf dem Platz vor dem Rathaus sitzen die Menschen unter den Sonnenschirmen, auch hier tragen die meisten jetzt Trachten. In ein paar Stunden werden die Cafés und Restaurants schließen, weil die meisten Wirte Verkaufsstände auf dem Volksfest haben und an diesem Wochenende ohnehin niemand in die Innenstadt geht. Ab und zu will Leo etwas über einen Platz, eine Gasse oder ein Gebäude wissen, doch die meisten Geschichten erzähle ich ihr ungefragt, viele davon zum ersten Mal. Bei manchen überrascht es mich selbst, dass sie mir in diesem Moment einfallen.

Die Haustür meiner Mutter steht offen. Am Vormittag ist sie in München gelandet, ich habe sie vom Flughafen abgeholt. Als sie die Wartehalle betrat, sah sie jünger aus, als ich sie in Erinnerung gehabt hatte. Auf der einstündigen Fahrt zurück nach A. erzählte sie mir begeistert von ihren Wochen in Dharamsala, die Zeit dort habe ihr geholfen, ihre Energien wieder zu fokussieren. Sie bedankte sich dafür, dass ich ihr diese Reise vorgeschlagen hatte, und ich sagte ihr nicht, dass ich eigentlich nur einen Scherz hatte machen wollen.

Sie kommt uns aus der Haustür entgegen, frisch gemacht, fast scheint sie zu schweben in ihrem langen wallenden Gewand und der weiten Hose aus lilafarbenem Stoff. An ihren Handgelenken trägt sie vier breite goldene Armreifen. Sie habe das Ensemble während ihrer Reise auf einem Markt gesehen und es einfach kaufen müssen, sagt sie uns, es habe ihr so gut gefallen. Mit Schwung umarmt sie Leo. »You are very, very welcome here!« Leo sagt ihr, wie großartig sie ihr Outfit findet. Immer wenn ich die beiden zusammen sehe, überrascht es mich, wie gern sie sich haben, obwohl sie kaum irgendwelche Interessen teilen. Als wir das Gepäck und die Schuhe in den Flur gestellt haben, verteilt meine Mutter Geschenke, die sie uns mitgebracht hat. Leo bekommt eine tibetanische Gebetstrommel und ist davon etwas überrumpelt. Dann holt meine Mutter, beinahe feierlich, eine Bronzeskulptur, so groß wie eine Haarspraydose, aus ihrem Jutebeutel. Vajra nenne man dieses rituelle Objekt, sagt sie, und es symbolisiere im Buddhismus die Unzerstörbarkeit der Erleuchtung. Sie habe sich gedacht, dass ich so etwas gut gebrauchen könne, und man spreche es übrigens »Wadschra« aus. Ich frage sie, ob sie denn jetzt, da ihre Energien wieder voll aufgeladen seien, vorhabe, in ihrem Garten eine spirituelle Gemeinschaft zu gründen. »Dass du das immer so lächerlich machen musst, wenn sich Leute mit dem beschäftigen, was in ihnen drin passiert«, echauffiert sie sich. Sie habe übrigens eine Katze jetzt, sage ich ihr, ich hätte den roten Kater im Garten für sie gezähmt und ihn auch gefragt, ob er schon einen Namen habe. Er habe noch keinen, sie habe also völlig freie Wahl.

Ich zeige Leo das Haus, und wir bringen ihr Gepäck in das Gästezimmer. Mit fast peinlicher Vorsicht legt sie die Gebetstrommel auf das Fensterbrett. Sie sieht den Stapel Olson-Bücher auf dem Schreibtisch und stöhnt laut auf. »Und ausgerechnet du fragst deine Mutter, ob sie eine Religion gründen will?«

Wir gehen in den Garten, zum Schuppen. Ich habe ihn leergeräumt, nur das Hirschgeweih meines Großvaters und die getrockneten Blumen hängen noch da, und der Wasserkocher steht auf der Arbeitsfläche. Ich mache Kaffee, und wir trinken ihn unter dem Nussbaum. »Schön ist es hier«, sagt sie, »idyllisch.«

Der Auszug der Vereine zur Volksfestwiese beginnt um fünf. Gemeinsam mit Lukas und Tim stehen wir vor einem Getränkemarkt in der Nähe des Startpunkts, als sich der mit Hopfen und Fässern überquellende und von riesigen schwarzen Kaltblütern gezogene Brauereiwagen an der Spitze des Zugs ruckartig in Bewegung setzt. Die Musik der ersten Marschkapelle dröhnt die Straße herunter in unsere Richtung. Gleich hinter dem ersten Wagen gehen vier Dirndlköniginnen, in aufwendigem Make-up. Ihre Frisuren müssen Stunden in Anspruch genommen haben. Mit den ansteckerbespickten Schärpen, die sie über ihren Kleidern tragen, ähneln sie den Generälen eines autokratischen Regimes.

Die beiden, die vorneweg gehen, halten Händchen mit einem Mann in einem Teddybärenkostüm, mit ihren freien Händen winken sie im Takt. »Was macht eine Dirndlkönigin eigentlich?«, fragt mich Leo. Ich versuche, es ihr zu erklären, dann realisiere ich, dass man es nicht wirklich erklären kann. Hinter den Dirndlköniginnen laufen die Hasenzüchter, sie ziehen ihre Tiere in Bollerwagen, in die sie Hopfenranken geflochten haben. Die Mitglieder des Line-Dance-Vereins, fast ausschließlich Frauen um die fünfzig, tanzen mit Halstüchern und Cowboyhüten in Cowboystiefeln zur Musik, die aus einem schwarzen Hot Rod herausschallt. Ein Geschwader Vespafahrer folgt ihnen in Lederhosen und Formation, jedes Mal, wenn der Zug stockt, müssen sie mit dem Gas spielen, damit ihre Oldtimer-Roller nicht absterben. Einer der Roller scheint gar nicht mehr anspringen zu wollen, sein Fahrer sitzt auf ihm und schiebt sich mit seinen Beinen vorwärts wie ein Kind auf einem Laufrad.

Zwei Kapellen, drei Feuerwehren und ein paar Kindergärten später rollen die Danubius Buam an uns vorbei. Zwei der Vereinsmitglieder marschieren voraus, sie tragen ein Schild mit bayerischen Rauten und ein Banner. Dahinter fahren, im Schritttempo, zwei Traktoren und ein Lastwagen, auf den sie einen Biertisch und einen kleinen weiß-blauen Maibaum mit Riesenbrezen montiert haben. Der größere der beiden Traktoren zieht den echten Maibaum des Burschenvereins hinter sich her. Auf ihm sitzen, in ihren Trachtenwesten und Lederhosen, mehr als zwanzig Burschen eng hintereinander aufgereiht, als ritten sie gemeinsam auf einem sehr langen Pferd. Zwei von ihnen schwenken halb volle Maßkrüge in Richtung der Zuschauer am Straßenrand, wie zum Gruß.

Kurz bevor die allerletzte Gruppe an uns vorbeizieht, gehen wir noch einmal in den Getränkemarkt, um die leeren Flaschen zurückzugeben. Dann reihen wir uns ein. Lukas geht in der Mitte, mit seinen zwei Metern überragt er alle um ihn herum. Seine Schritte scheinen jetzt fast noch ausladender als sonst, er lacht und winkt den Menschen am Straßenrand zu wie die Queen. Ich mache es ihm nach. Die meisten der Menschen, an denen wir vorbeigehen, winken zurück. Manche tun es einfach nur, weil sie Lust haben zu winken, aber die meisten kennen wir tatsächlich. »Das ist schon alles ein bisschen ›Arcadia‹ hier«, flüstert mir Leo grinsend zu.

Kurz vor dem Eingang zur Festwiese biegen wir nach links ab und gehen über eine Brücke auf die Insel, wo sie, wie Tim mir erzählt, seit einigen Jahren ein historisches Volksfest veranstalten, ohne verstärkte Musik und Fahrgeschäfte. Ein bisschen erinnert es an einen pittoresken Biergarten, auf der großen Wiese liegen jetzt Sägespäne, auf denen Biertische stehen, und sie haben Unterstände, eine Bühne und Bars aus Holzbalken an den Rand gebaut. Auf einer Tanzfläche tanzen ältere Paare in Dirndl und Lederhosen Walzer, eine Blaskapelle spielt Blasmusik. Ein paar von Lukas' und Tims Freunden haben eine Tischreihe unter einem der Unterstände am Rand der Insel freigehalten, gleich neben der Bühne. Ich kaufe Leo ein Pfund Emmentaler, eine Riesenbreze und eine Radlermaß. Fast eine Minute lang mustert sie das Gebäck in ihrer Hand und den Maßkrug daneben. Über die Tanzenden hinweg sehe ich meine und Lukas' Mutter die Insel betreten, wir winken sie zu uns an den Tisch.

Wilhelm Abraham bahnt sich seinen Weg zwischen den voll besetzten Bierbänken hindurch, er kommt in unsere Richtung. An der Kopfseite unseres Biertisches stellt er sich direkt vor Leo und mir auf. Er trägt eine alte, ausgebeulte Lederhose und einen speckigen Hut, in seiner Hand hält er ein kleines Saiteninstrument. Ich stelle ihm Leo vor, und er fragt, ob sie aus Bristol sei. Er habe einmal einen längeren Aufenthalt dort gehabt, in den Achtzigerjahren. Sie sagt, dass sie aus Surrey komme, und er nickt wissend. Ich frage ihn, was er hier mache. Er habe in aufwendiger Recherche ein altes Volksfestcouplet mit fünfzig Strophen rekonstruiert und in den letzten Wochen eingeübt, erklärt er mit seiner dröhnenden Stimme. »Und das spiel ich jetzt für deine Frrreundin auf dem Charrrangggo!«, ruft er laut und so selbstverständlich, als wüsste jeder hier, was ein Charango ist. »Ein Song für Leo from Brrristolll.« Ich biete ihm mein Bier an, und er nimmt einen Schluck, ein wenig Schaum bleibt dabei in seinem Bart hängen. Dann beginnt er.

> *Und olles rennt im gräßtn Saus! Wia narrisch grod auf'd Wiesn naus! Des is a Gschiab! Des is a Druck! Geht kaum wos vor! Geht kaum wos zruck! A Gschroa is oiwei umadumm! A Hetz und a Gaudium!*

Schon nach der ersten Strophe sieht Leo aus, als wäre irgendwo hinter ihren Augen etwas explodiert. Verwirrt starrt sie auf Wilhelm Abraham, der mit einem roten Gesicht alle fünfzig Strophen spielt, ohne dabei auf den Text zu schauen, den er in einer Klarsichthülle mitgebracht hat. Mit jeder Strophe wirkt er angestrengter und gleichzeitig entfesselter. Verstünde sie sein Bayerisch, könnten wir jetzt nach Hause gehen. Sein Lied beschreibt alle Eventualitäten eines bayerischen Volksfestes minutiös. Kaum ist er fertig, packt sich Leos betrunkener Sitznachbar ihren Arm und röhrt eine sehr grobe Version von »Wonderwall« in ihre Hand wie in ein Mikrofon. Als er ihren Arm über seinen Nacken ziehen will, um darauf ein Gitarrensolo zu spielen, stehe ich auf und beginne, ihm hektisch zu erklären, dass Leo und ich jetzt dringend die Verkaufsstände auf der Insel durchstöbern müssten, wir hätten das so geplant. Er singt ein letztes »Mayyyybeeeeee« in ihre geballte Faust hinein, dann lässt er sie los.

Ich kaufe uns eine große Tüte gebrannte Mandeln, und wir essen sie auf unserem Weg über den kleinen Markt. Am Hutstand probiert Leo jeden einzelnen Filzhut mit Gamsbart an. Sie macht Selfies, und als ich mir selbst einen aufsetze, bekommt sie einen Lachanfall. »Los, red mal Bayerisch!«, prustet sie, und ich singe die erste Strophe vom Volksfestcouplet.

Wir kommen gerade zurück an den Tisch, als der Bürgermeister die Bühne betritt, um das erste Fass anzuzapfen. Und weil er in der richtigen Partei ist und A. seit 23 Jahren unangefochten regiert, hat er viel Übung im Bieranzapfen und versenkt den Hahn mit einem Schlag im Fass. Die Menge jubelt, und die Kapelle spielt »Ein Prosit der Gemütlichkeit«. »Der sieht mit seinem kahlrasierten Kopf ein bisschen aus wie ein Bond-Bösewicht!«, schreit Leo mir durch den Aufruhr hindurch über den Tisch entgegen. Lukas hakt sich bei ihr unter, sie beginnen zu schunkeln, und ich bin erleichtert, dass er mit Oasis nichts anfangen kann. Dann haken sich Lukas' und meine Mutter bei mir unter und ich schunkle auch.

Lukas und Tim wollen mit den Fahrgeschäften fahren. Ich will auch, also gehen wir auf den Volksfestplatz. Die Wege sind hier mehr als fünfmal so breit wie die auf der Insel, aber trotzdem kommt man vor lauter Menschen kaum durch. Wummernder Dance-Pop liegt wie eine Decke über allem. »Sooojetztgehtswiederlooos!«, ruft eine knarzende Frauenstimme am Kettenkarussell in ein kaputtes Mikrofon. Am Ende jedes Satzes drückt sie die Reverb-Taste. »DasmachtSpaßdasmachtFreudeeeFreudeeeFreudeee!« Vor dem Karussell stehen Marie und Paulina. Ich stelle Leo und Marie einander vor und begrüße Paulina, die eine Lederhose anhat. Ich solle bloß nicht glauben, dass sie die von ihr bekommen habe, sagt Marie. Ihr Vater habe sich nicht davon abbringen lassen, mit ihr zum Trachtengeschäft zu fahren. Eigentlich habe er ihr ein Dirndl kaufen wollen, aber Paulina protestierte und wollte stattdessen lieber eine Lederhose, »weil man mit der besser rennen kann«. Sie wären auf dem Weg zum Autoscooter, sagt Marie, der sei Paulinas Lieblingsfahrgeschäft. Ob wir mitkommen wollen? Auf dem Weg beginnen Leo und Marie sich zu unterhalten. Sie scheinen sich gut zu verstehen, schnell wird ihr Gespräch zu einem Austausch über all meine unüberlegten Äußerungen der letzten 14 Jahre, also frage ich Paulina, ob sie mit mir fahren will. »Meinetwegen«, sagt sie und grinst. Wir holen uns Chips an der Kasse, und auch Lukas und Tim holen sich welche. Wir warten auf eine Kinderrunde, dann steigen wir ein. Paulina will lenken.

»AufdiePlätzePlätzePlätzejetztmachenwir's!«, tönt es nasal von der Ticketbox herüber. Paulina fährt frontal in den nächstbesten Autoscooter, in dem ein kleiner Junge und ein Mann mit Brille und Schnauzer sitzen. Der Mann muss wohl über zwei Meter groß sein, der Junge wirkt ein wenig eingequetscht neben ihm. Drei Runden lang nimmt Paulina ihren Fuß nicht vom Gaspedal. Die Hälfte der Zeit fährt sie rückwärts, dass sie dabei nichts sieht, scheint das Ganze für sie noch besser zu machen. Immer wieder rammt sie den riesigen Mann und den Jungen. »Die sind leicht zu finden«, sagt sie, »der alte Opa ist so groß.«

Als Marie und Paulina am frühen Abend nach Hause müssen, lädt Leo sie nach Berlin ein. Es würde sie freuen, sagt Marie und putzt Paulina den Zuckerwattebart vom Kinn.

Lukas und Tim sind lange verschwunden, Leo und ich gehen zu

zweit weiter über den Festplatz. Am Eierlikörstand der Tierhilfe erklärt uns eine Dame mit Dauerwelle und Wolfs-T-Shirt, dass sie nur noch veganen Eierlikör verkaufen, seit sie vor einigen Jahren festgestellt hätten, dass Eierlikör und Tierschutz sich nicht miteinander vertragen. Wir kaufen uns zwei Becher und trinken sie an einem der runden Stehtische. Neben uns steht eine Gruppe Männer in Tricolore-Trainingsanzügen, auf ihren Rücken ist der Name irgendeines französischen Regionalfußballvereins aufgedruckt. Der Kleinste von ihnen, der gleichzeitig der Lauteste ist und wahrscheinlich der Chef, hält eine mitreißende Rede darüber, wie großartig dieses Volksfest sei, und er verspricht seiner Mannschaft, die schon etwas angeschlagen aussieht, dass das die letzte Runde Eierlikör sei, die sie trinken müssten, und dass sie dann sicher ins Bierzelt gehen würden, zur Dirndlköniginnenwahl.

Zurück im pittoresken Biergarten sagt mir meine Mutter, dass sie jetzt nach Hause gehen werde. Sie brauche vor dem Zubettgehen noch Zeit für ihre Abendgedanken.

»Ich muss auch ins Bett«, sagt Leo, »aber bleib du doch noch da, wenn es dir gefällt.«

»Aber hattest du Spaß?«, frage ich.

»Ich hatte viel Spaß«, antwortet sie.

Die beiden überqueren die Brücke. Links und rechts von ihnen hängen, wie Girlanden, die Vorhängeschlösser an den Brüstungen, die Brautpaare dort am Tag ihrer Hochzeit festschließen, bevor sie die Schlüssel in den Fluss werfen. Meine Mutter scheint Leo etwas Wichtiges zu erklären, mit fließenden Bewegungen malt sie Formen in die Luft. Ich gehe zurück auf den Festplatz. Am Süßigkeitenstand kaufe ich mir noch eine Tüte gebrannte Mandeln, dann schlendere ich ein wenig herum, inzwischen sind viele zum Feiern in den Festzelten verschwunden. Die Neonlichter der

Fahrgeschäfte brennen sich in den Nachthimmel, so wie sie es schon vor zehn Jahren getan haben. Im Zelt neben mir grölen 250 Menschen Aerosmith. Vor dem Eingang sehe ich Nico. Ich gehe zu ihm hin. Er ist leicht angetrunken, und er stellt mir seine Freundin vor. »Ah, du bist der Sohn vom Hans«, sagt sie, als er ihr meinen Namen nennt.

»Ja«, sage ich, »der bin ich.«

Sie seien gerade auf dem Weg zum Schießstand, sagt Nico, seine Freundin wolle ihm eine Rose schießen. Er schlägt mir vor mitzukommen. »Ich habe ewig kein Gewehr mehr in der Hand gehabt«, sage ich. »Das ist im Muskelgedächtnis, keine Sorge«, antwortet er. Am Schießstand, der einer Alm nachempfunden ist, schieße ich auf die Metalldachse, die in einer Box von links nach rechts fahren. Ich treffe mehr, als ich dachte, und bekomme gleich einen ganzen Strauß Plastikrosen von der rauchenden Frau, die die Gewehre lädt. Ich verabschiede mich von Nico und seiner Freundin und gehe weiter in Richtung des hölzernen Stadls, der das einzige feststehende Gebäude auf dem Platz ist. Früher traten dort regelmäßig Künstler auf, und ich habe dort häufiger Konzerte besucht.

Ich gehe über den Platz, auf der Suche nach Menschen, die ich von früher kenne. Ich treffe Katharina, die damals beim Tanzkurs in der Schule mit mir tanzte, obwohl ich nicht wusste, warum. Sie stellt mir ihren Mann vor und fragt mich, was ich denn seit dem Abitur gemacht habe. Ich erzähle ihr von England und von Leo. »Und selbst?«, frage ich zurück. Sie würden gerade ihr Haus planen, sagt sie. Leider nicht in A. selbst, sondern nur im Nachbardorf. Die Stadt sei einfach zu teuer geworden.

Ich bemerke, dass hinter dem Tisch, an dem Katharina sitzt, eine Stele in den Boden einbetoniert ist. Unter einem kleinen

Spitzdach hängt ein metallenes Bild des heiligen Aegidius. Er trägt eine Mönchskutte, ein König kniet zu seinen Füßen, den er entweder tröstet oder segnet, genau kann man das nicht sagen. Neben ihm steht ein Reh. Hinter dem Heiligen ist die mittelalterliche Silhouette von A. zu sehen, obwohl Aegidius aus Athen kam und später in Frankreich lebte. In Bayern nennen sie ihn Gilg, in England Giles, und seine Legende besagt, dass er zeit seines Lebens an einer Wunde litt, die ihm durch einen Pfeil zugefügt wurde, als er eine Hirschkuh vor einer Jagdgesellschaft beschützte. Menschen, die an so etwas glauben, sagen, dass er Gott darum bat, die Wunde nicht abheilen zu lassen, um so seine Hingabe beweisen zu können. Wahrscheinlicher ist es allerdings, dass er es einfach nicht schaffte, sie adäquat zu verarzten. Aber das tut eigentlich auch nichts zur Sache. Ich nehme meinen Rosenstrauß und lege ihn unter das Heiligenbild. Vielleicht, denke ich mir, werden morgen andere die Rosen sehen, und vielleicht werden sie, ohne zu wissen, wer sie warum hier hingelegt hat, ihre eigenen dazulegen. Irgendwann dann, wenn sich niemand an mich oder irgendjemanden um mich herum erinnert, werden die Menschen hier jedes Jahr bergeweise Rosen anhäufen, weil sie schon immer angehäuft wurden. Sie werden denken, dass all dem eine tiefere Bedeutung innewohnt. Und vielleicht tut es das dann ja auch.

»Hey, Professeur!«, höre ich eine Stimme hinter mir rufen.

Lukas und Tim sitzen auf dem Weißbierkarussell, einem Kinderkarussell, auf dem statt Autos, Pferden und Flugzeugen eine Bar und Bänke montiert sind und auf dem man, während es sich langsam dreht, Weißbier trinken kann. Wie Klamotten über einer Wäscheleine hängen sie über dem Geländer und schauen zu mir herüber. Jedes Mal, wenn sich das Karussell wegdreht, brauchen sie eine Weile, um mich wieder mit ihren Blicken zu finden. Ich hüpfe auf die niedrige Treppe, ziehe mich zur Plattform hinauf und setze mich neben Lukas.

»Was hast du da am Marterl fabriziert?«

»Eine Erinnerung.«

»Weißt du noch, was ich dir vor der Bierprobe gesagt habe? Fang jetzt bloß nicht wieder mit so einem Schmarrn an.«

»Keine Sorge.«

Ich lege meinen Kopf zurück. Über uns ist ein Spiegel in die Decke des Karussells eingearbeitet. Als ich mich selbst darin sehe, habe ich für einen Moment das Gefühl, dort jemand ganz anderen zu erkennen als mich. Ich bitte Lukas und Tim, nach oben zu schauen, und mache Fotos von den alten Männern, die von dort auf uns zurückblicken. Und dann muss ich an Olson denken, an eines der ersten Gedichte, die er veröffentlichte:

O fahter, fahter
gone amoong
O eeys that loke
Loke, fahter:
your sone!

Ich will es nicht aussprechen und tue es dann doch, ganz leise rutscht es mir heraus. Das Karussell dreht sich langsam.

Am nächsten Tag fahren Leo und ich mit dem Zug nach Hause. Das Volksfest endet zwei Tage später.

DAS SCHWARZE MEER

UNTER DEN FÜSSEN DES JUNGEN knirscht der Strand. Er trägt seine neuen Gummistiefel, seine Mutter hat ihm einen roten Punkt auf den linken geklebt, damit er sie nicht verkehrt herum anzieht. Mit jedem Schritt, den er macht, sinken seine Füße ein paar Zentimeter zwischen den groben Steinen ein. Man braucht, das hat ihm sein Vater gesagt, zuallererst das richtige Wurfgeschoss. Alle paar Meter setzt der Junge sich auf den Boden und beginnt zu suchen. Einen Stein nach dem anderen dreht er um, viele von ihnen sind fast so groß wie seine Handflächen. Der Fluss hat sie geschliffen und über die Jahrhunderte am südlichen Ufer an Land gespült, das hat ihm sein Vater erklärt. An der Flussschlinge bleiben sie liegen, als Steinstrand neben den steil aufragenden Felsenwänden der Schlucht, die das Wasser hier in den Berg gegraben hat.

Der Fluss ist das größte Gewässer, das der Junge kennt, eine Schlange aus grünem Wasser, die sich ein paar Kilometer von der Stadt entfernt durch das Land windet und es begrenzt. Sein Vater hat ihm erklärt, dass der Fluss mehr als 2800 Kilometer lang ist, dass er durch zehn Länder fließt und am Ende ins Schwarze Meer mündet. Er hätte ihm genauso gut sagen können, dass der Fluss sich über vier Millionen Kilometer erstreckt und auf dem Mond sein Ende findet. Der Junge war noch nie am Schwarzen Meer. Der Junge war überhaupt noch nie am Meer. Er weiß auch gar nicht so genau, was das Schwarze Meer ist. Wahrscheinlich ist es schwarz, denkt er sich.

Das Eis mit dem Kaugummistiel, das ihm sein Vater im Biergarten im Innenhof des Klosters gekauft hat, tropft auf den Strand, wo es hinfällt, hinterlässt es blassrosa Flecken. Er beißt die letzten Bissen ab und steckt den klebrigen, mit blauem Plastik ummantelten Kaugummi in seine Hosentasche, als Ration für später. Dann sucht er weiter.

Als die Taschen seiner Windjacke voller Steine sind, läuft er zurück zur Picknickdecke, die seine Eltern an einer flachen Stelle des Strandes ausgebreitet haben, und zeigt sie seinem Vater. Sie gehen ans Wasser. Am äußersten Punkt des Strandes bleiben sie stehen. Auf der anderen Seite des Flusses liegen nur der Wald und die Dunkelheit.

»Man muss«, sagt ihm der Vater, »den Stein zwischen Daumen und Zeigefinger halten und dann mit einer schnellen Bewegung des Handgelenks möglichst flach auf die Wasseroberfläche werfen.« Der Vater hebt einen Stein auf. Er wiegt ihn in seiner Hand, probt die Wurfbewegung und wirft. Flach fliegt der Stein über den Fluss, er landet auf der Wasseroberfläche, prallt daran ab und dann wieder und wieder. Jedes Mal, wenn der Kiesel das Wasser trifft, schlägt er kreisförmige Wellen, Ringe drängen nach außen wie winzige Galaxien, die mit jedem Aufprall kleiner werden. Auch die Abstände zwischen den Einschlägen werden kürzer, bis der Stein wenige Zentimeter vor dem gegenüberliegenden Ufer nicht wieder nach oben springt und im Wasser versinkt.

Den Rest des Nachmittags versucht der Junge, es seinem Vater nachzumachen. Einen Stein nach dem anderen kramt er aus seiner

Jackentasche und versucht jedes Mal erneut, das gegenüberliegende Ufer zu erreichen. Es klappt nicht. Er ist drauf und dran aufzugeben. Er müsse nur üben, sagt sein Vater, der hinter ihm auf dem Boden sitzt und Pfeife raucht. Und Geduld haben. Er erzählt ihm etwas von Meistern, die nicht vom Himmel fallen, und obwohl der Junge nicht genau weiß, was er damit meint, macht er weiter. Am Ende des Tages gelingt es ihm, den Stein zwei Mal hüpfen zu lassen. Sein Vater sagt ihm, dass das fürs erste Mal wirklich sehr gut sei. Der Junge holt den Kaugummi aus der Hosentasche, der ein bisschen sandig geworden ist. Er knispelt die blaue Plastikfolie ab und steckt ihn sich in den Mund. Auf dem Weg nach Hause, im Fahrradanhänger hinter seinem Vater, als der Kaugummi schon lange nicht mehr süß schmeckt, stellt der Junge sich vor, dass sein Stein jetzt auf dem Weg zum Schwarzen Meer ist.

DANKE.

Es gibt dieses Buch, weil es Menschen gibt, die da waren und da sind. Vor dreizehn Jahren, vor drei Jahren, immer schon und immer noch.

Tom Müller, Till Tannhäuser, Laura Schaper und dem ganzen Tropen-Team.

Julia Prosinger, Lucas Vogelsang, Sabrina Markutzyk, Julia Sellmann, Lena Niethammer, Wolfgang Büscher, Jo Schneider, Billy MacKinnon & Michael Obert, Konstantin Ferstl.

Lukas Schätzl, Saskia Zinsser-Krys, Magdalena & Viktor Damjantschitsch, Christoph Seidl, Andreas Steber, Albert & Elfriede Steber, Sarah Strasser, Hans-Josef Bösl, Hildegard Gassner, Margit Kovacs-Ernst, Beatrix Eder, Carola Bernhardt, Beate Olschinski, Gerlinde Winter & Urban Dorner, Simon Brunner, Elif Gül, SPD-Ortsverein A., Simon Bernhard, Johannes Damjantschitsch, The Prosecution und Kuchlbauer Spezi.

Silke, Martin, Lotti & Lena Lengemann, Max & Sarah Zeitler, Maria Weingarten & Bodo Weissenborn, Mark Truesdale & Helen Langdon, Joy, Ben & Eloise Connell, Olly Canning & Emily Broad, Charlie Withers & Molly Slight, Drew Holland, Ranjitha Gunasekaran, Marius Mestermann, Julia Naue, Martin Theis, Chris Hahn, Laurent Milesi, Sian Lazar, Radhika Mohanram, Kathrin Krauß,

Ericson Ecke, Anna Hellge, Patrick Bauer, Nora Gohlke & ZRS 11, Julia Weiß, Madlen Haarbach, Johannes Ehrmann, Kathrin Wessling, Lisa McMinn, Jan Oberländer, Daniel Erk, Dirk Gieselmann, Potoula Diaz, Erdmann Wingert.

Walter & Hedimarie Adam, Lisa Roithmeier, Houzam Aldbayat, Nico Wöhrl, Stephie Bader Wöhrl, Michael Hocke, Anton Vogl, Simon Haller, Daniel Bergemann, Quirin Ertlmeier, Jillena und Deborah Zinsser-Krys & allen, die im Sommer 2019 mit mir gesprochen haben.

Allen, die ich vergessen habe. Erinnern ist eine komplizierte Angelegenheit.

Anna & Paul Riemann, Chrissie O'Neal & The Stargazers, Anna Nölscher.

Meiner Mutter. Meiner Familie. Dieter Merk & Franz Kleierl.

Josey O'Neal, für alles.